카우치 서핑, 사람을 만나다

국립중앙도서관 출판시도서목록(CIP)

카우치 서핑, 사람을 만나다/ 글 · 사진: 송우진. -- 서울:
이지원, 2013
    p. ; cm

ISBN 978-89-97714-15-5 03810: W13800

여행기[旅行記]
한국: 현대 문학[韓國現代文學]

816.7-KDC5
895.765-DDC21   CIP2013004418

카우치 서핑, 사람을 만나다

글·사진 송우진

익숙한 삶에서 벗어나, 새로운 세상에서 잠들고 싶을 때
여행 속 청춘의 기록!

목차

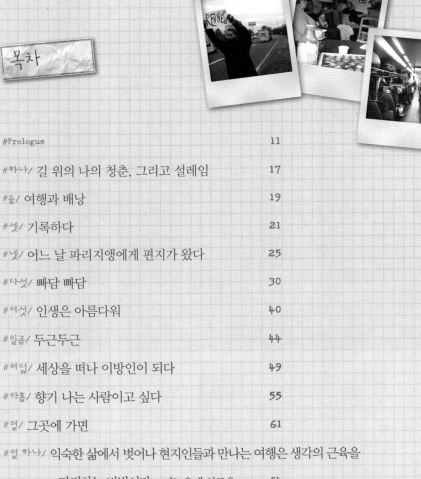

우연적인 사실이 생산하는 즐거움을 아는가? 대부분의 사람들은 그 사실을 알지 못한 채 살아가곤 한다. 우연은 기대 이상의 것을 여운과 감동으로 이끌어내며 가장 커다란 즐거움 또한 선사한다. 우리는 무의식적으로 그렇게 자유의지를 경험하지만, 사람들은 자신의 영역을 벗어나면, 마치 자신의 능력을 제대로 발휘하지 못 하는 줄 알고 두려움을 갖는다. 그래서 여행을 시작할 때는 누구나 처음이라는 두려움을 맞이하게 된다. 여행은 여행자 자신뿐만이 아니라, 저명한 물리학자이든, 유명한 스타강사이든, 평범한 대학생이든, 누구든지 원시적인 감각으로 세상이 어떻게 돌아가는지 느낄 뿐이다. 처음으로 마주하는 환경 속에서 접하는 언어와 문화, 생활방식은 모든 것이 새롭다. 여행을 통해 이렇게 경험해보지 못한 새로운 사회 속에서 첫걸음을 내딛으며, 나 자신의 철학적, 사고적, 이지적인 영역을 넓혀간다. 또한 소박한 사람들, 소소한 일상들의 기억을 되새김질하며 그 안에서 충분한 삶의 자양분을 얻으며 당신의 마음속에 풍성함을 더할 것이다.

두렵더라도 용기를 내보자. 필자 또한 이번 여행이 첫 해외 여행이었고, 런던의 히드로 공항의 출국장에 첫 발을 들어섰을 때에는 조선말기의 신사유람단처럼 놀라고 당황할 수밖에 없었다. 평소에는 항상 침묵을 유지하며 둘보단 혼자 있는 시간을 좋아하며, 무척이나 소심하고 나서기를 무서워하는 사람이었지만, 여행할 땐 사람을 더 많이 만나고, 더 많은 후일담을 만들어 보고자 스스로를 극한에 내몰기도 했다. 그렇지 않으면 사람들에게 한마디라도 건넬 용기가 나지 않을 것 같았다. 도대체 나는 스스로에게 무엇을 전하고 싶었을까? 변화가 절실해서 였을까?

프랑스에서의 10일 간 무전여행, 언어도 통하지 않는 곳에서 종이에 목적지를 적어 히치하이킹을 시작했다. 길거리에서 친구를 사귀어 하룻밤 신세지고, 길에서 만난 친구에게 소개를 받아 일일아르바이트로 경비를 보충하였다. 이런 이야기를 하면 대다수의 사람들은 '나는 영어를 할 줄 몰라서 안 돼.'라며 자기 자신의 한계를 스스로 단정 짓는다. 그것이 시간적인 한계이든, 금전적인 한계이든 자기 자신의

능력을 비하하는 것이다. 사실 내 영어 실력은 유치원 꼬마 아이조차 설득하기 어려운 수준이다. 하지만 애초에 언어적 한계를 긋지 않고 늘 현지인들과 이야기를 나누려 노력했다. 첫마디는 항상 "Sorry my English is bad….."이었다. 그리고선 현지의 명소부터 맛 집까지 현지인에게 직접 물었다. 그들은 어쭙잖은 내 영어를 잘한다고 칭찬해주었으며, 오히려 자기는 한국말을 한마디도 할 줄 모른다며 나를 위로했다. 이렇게 두 달이 지난 후 마주한 여행의 막바지에 내 입에서 영어로 농담을 나누는 내 자신을 보며 스스로 놀라움을 느꼈고, 이런 여정을 통해 여행의 진정한 가치와 즐거움은 그 과정에 있다는 작은 깨달음을 얻었다. 떠나지 못하는 이유는 하늘의 뜻이 아니라 익숙한 것을 버리지 못하는 낯선 것에 대한 두려움 때문에 혹은 현실적인 일상에서 벗어나 마주하게 되는 희생이 두려워서가 아닐까?

불과 한 세기 전까지만 해도 여행이라는 것은 극소수의 부자들만이 즐길 수 있는 사치였다. 여권을 만들려면 외교부에 줄을 서야 갈 수 있을 정도로 여행은 소위 있는 사람들의 전유물이었다. 하지만 지금은 1년에 1300만 명이 넘는 사람들이 해외로 나가며 누구라도 할 수 있는 수많은 경험 중 하나가 되었다. 새로운 장소에서 다양한 경험을 하고 정보를 교환하며 각자의 인생을 다채롭게 만들고 있다. 세상은 계속 변화하고 있는데 언제까지 나 자신은 도태될 것인가, 우리는 세상과 소통해야한다.

유럽여행을 다녀오기 전 전국 무전여행을 다녀온 적이 있다. 여행을 다니며 '카우치 서핑'이라는 커뮤니티도 만났고, 그 이외에도 정말 다채로운 색깔의 사람들을 만나가며 정서공유를 하였다. 내가 인지하지 못한 곳에는 체험해보지도 못했던 것들, 느껴보지도 못했던 감성들, 상상도 못했던 세상이 존재하고 있었다. 어린 꼬마들에게도 배울 점이 있다는 에머슨의 가르침대로 나는 그들에게 무엇이든 배워보고자 다가갔다. 다양한 삶의 방식부터 사업 노하우, 윤택한 살림을 꾸리는 방법, 손님을 접대하는 방법, 심지어 여자 꼬시는 방법까지도 진지하게 배웠다. 그들은 공연히 빙빙 돌려 말하는 것도 없이 항상 진실로서 물어보고 답해주었다. 두서없이 다양한 이야기를 나누며 나의 고민을 해결하기도 하고 인생에 도움이 되는 조언들도 곧잘 해주었다. 혹여 당신이 말 못할 고민을 가지고 있다면 주변 선배에게 조언을 듣고 고민을 털어놓는 것이 문제 해결에 최고의 처방이라고 생각한다. 실질적으로 여행을 떠난다고 해서 지금 고민하는 문제가 근본적으로 바뀌거나, 상황이 나아지지 않는다. 좀처럼 헤어 나오기 힘든 깊은 수렁에 빠졌다 해도 여행이 해결해주는 것도 아니다. 하지만, 여행은 넓은 식견과 예리한 통찰력, 그리고 새로운 영감을 얻을 수 있도록 도움을 줄 것이다.

이 모든 과정에서 새로운 나의 모습을 찾을 수 있었고, 삶에 대한 성찰을 할 수 있었으며 사람, 추억, 철학, 자신감 등 수많은 것들을 얻을 수 있었다. 여행은 나에게 인생의 과외선생님인 셈이다. 수많은

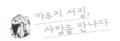
카우치 서핑,
사람을 만나다

시도와 착오, 그리고 실패와 성공을 이룬 선배들의 다년간의 경험을 엿들을 수 있었다. 앞으로 수십 년을 더 살아야하는 인생에 있어서 이러한 수많은 경험과 다양한 장소, 멋진 사람들을 만나보지 못했다면 너무 안타깝지 아니한가. 자기 자신의 능력을 자신이 알기 위해 직접 찾아 나서기 전까지 우리는 스스로가 가진 능력을 깨달을 수 없다. 그래서 여행을 다니는 것은 자아를 찾기 위한 모험이다.

여행을 통해 당신의 이성과 감성에 불을 지펴라!

길 위의 나의 청춘, 그리고 설레임

여행을 준비한다는 것은 누구든지 설레고 가슴 뛰는 일이다. 낯선 곳에서의 로맨스를 꿈꿔보기도 하고 때로는 자신이 좋아하는 세계적인 유명스타를 만나거나, 권위 있는 아티스트의 전시회나 콘서트를 꿈꾸며 어떤 사람을 만날지도 궁금해 한다. 부푼 기대와 긴장감, 낡았지만 낭만적인 고택의 다락방에서 반짝이는 별들과 차가운 달빛을 바라보며 느낄 해방감들, 삶에 있어 이번 여행은 나를 더욱 풍요롭게 만들어 줄 것이다. 그래서인지 몇 번이고 떠날 때마다 매번 설레게 한다. 긴장감에 몇 번이고 배낭을 풀어서 빠뜨린 것이 없는지 확인하고 또 확인하였다. 모든 것을 버리고 새로운 나로 다시 시작할 때가 왔다.

카우치 서핑,
사람을 만나다

#둘

여행과 배낭

나의 여행배낭은 가족 관계로는 삼촌뻘이어서 나보다는 출생년도가 빠르다. 아버지께서 스무 살 때부터 여행을 다니며 메었던 배낭을 그대로 물려주셨기 때문이다. 그래서인지 여행하는 내내 배낭에 더욱 애착이 갔으며, 여행 중 매번 길거리에서 텐트를 치고 잘 때면 배낭을 껴안고 잤다. 그렇지만 주변 사람들은 내 배낭의 가치를 알지 못한다. 그저 후줄근해 보인다하여 수명을 다해버린 촌스러운 가방처럼 쳐다본다. 오랜 세월 햇빛을 받아 제 빛은 잃은지 오래지만, 아직까지도 튼튼하니 쓸 만하다. 오래되었다고 촌스러워 보이지도 않으며 빨간색과 감색의 적절한 배치로 서울 패션 위크의 F/W 무대에 소품으로도 아깝지 않을 만큼 세련되어 보인다. 이 배낭을 메고 전국을 완주하고선 기필코 전 세계를 완주해 보아야겠다고 다짐하였다. 배낭은 첫 여정부터 끝 여정까지 함께한 나의 유일한 동반자이다. 함께 길을 걸으며 힘들 땐 기댈 수 있었고, 함께한 추억들을 고스란히 기억하고 있다. 내 청춘의 한 시절을 함께 했다고 자신할 수 있다. 누가 묻는다면 이 배낭은 나의 일탈과 자유, 열정의 동반자라고 말할 것이다. 그래서 더더욱 소중하다. 나 역시 아버지처럼 내 아들에게 이 배낭과 책을 물려준다면 정말 의미있는 선물이 되겠구나 생각해본다.

#셋

기록하다

여행에 앞서 내 자신 스스로가 해야 할 리스트를 작성하고, 여행 목표를 설정한다. 또한 길거리를 걸으며 새롭게 느끼는 감성과 정보를 담을 수첩도 챙기는 것을 잊지 않는다. 배낭을 싸고서 체크리스트를 작성한다. 장비나 여행물품이 너무 과하면 어깨가 무거워져 금방 피곤하게 되며, 피로가 축척된 발바닥과 어깨는 여행하는 내내 피로를 몰고 다닌다. 그렇기 때문에 항상 소지 품목을 최소화하여 체크리스트를 적어두고 확인해야 한다. 여러 곳을 둘러보고 매번 장소를 옮기기 때문에 챙겨온 짐들을 빠뜨리기 십상이기 때문이다. 더군다나 일주일 이상의 장기 배낭여행을 계획하고 있다면, 장비나 필요한 물품에 바짝 신경을 써야한다. 전국여행 당시에는 하루에 8~9시간을 걸

어 다녔는데, 무거워서 전국 세부 지도까지도 버리는 만행을 저지르
고 말았다. 그리고 좀 더 돌아다니며 느끼고 즐기기 위해 짐을 최소
화해서 양말과 속옷까지도 두벌만 남겨두었다. 결국엔 양말이 헤져
서 꿰매 신을 엄두조차 나지 않았다. 상상해보라. 혹 어제 숙박하였
던 곳에서나, 호스텔 카운터에서 허겁지겁 계산을 하다가 돌아갈 비

행기 티켓이나, 여권, 유레일패스를 분실한다면, 그 자리에서 귀국해야하는 상황에 놓일 수 있다. 끔찍하다. 이렇듯 관심이나 주의가 부족한 이에겐 체크리스트가 필수이다. 그렇다 하여 모든 것을 낱낱이 계획하여 어느 곳에서 무엇을 보고, 무엇을 먹고, 몇 시에 떠날지 정할 필요까지는 없다.

유럽여행하면 각국의 풍경과 명소들을 모두 둘러보기 위해 루트에 얽매이는 분들이 많다. 대략적인 동선만 정하고서 자유롭게 움직여야지 모든 것을 챙기려고 욕심내면 여행에서만 느낄 수 있는 감성들도 놓치게 된다. 물론 무엇을 볼 것이며, 어떤 것에 투자할지는 여행자의 기분과 상황, 그리고 기회비용에 따라 달라진다. 자유롭게 움직이더라도 경우의 수는 생각해야 한다. 그래야만 계획이 틀어졌을 경우 방황하지 않고 다른 문제 해결방법을 모색하기 때문이다. 카우치서핑을 통해서라면 호텔과 호스텔 예약에 억압받지 않아도 되고, 무엇을 먹어야 할지 고민하지 않고 낮은 식비를 편성할 수 있다. 물론 성수기에는 그 이야기가 달라진다. 여름에는 엄청난 인파가 유럽에 휴가를 오기 때문에 기차표부터 호텔예약이 겨울철에 비해 복잡하고 어렵다. 성수기에는 하나부터 열까지 예약을 해야 하고, 예약비를 따로 지불해야한다. 성수기만큼은 체계적인 루트선정과 사전예약이 필요할 것이다. 계획에 차질이 생겨 염두 해 두었던 몇 가지를 포기해야하는 상황에 놓이기도 하는데, 그것은 금전이나 시간이 될 수도 있다. 배낭 여행자에게 시간은 금 같은 존재이다.

나는 3주라는 짧은 기간 동안 여행준비에 열을 올렸다. 여행을 떠나면 아는 것만 보인다는 여행선배들의 충고에 따라 열심히 책을 빌려 공부하였다. 유럽에 다녀온 지인이 있으면 시간과 장소를 가리지 않고 전화를 해서 괴롭히거나 집에 무작정 찾아갔다.

첫 해외여행은 나에게 커다란 부담감을 안겨주었다. 비자 발급부터 출국 절차까지 모든 것에 경험이 없는 초보 여행가인 나에겐 엄청난 압박감과 알 수 없는 긴장감마저 들었다. 첫 시도에 대한 두려움이 컸지만, 하늘이 도울 것이라 믿었다. 그 후 주변 사람들에게 소문을 내고 다녔다. 비록 기념품을 사오라는 답장이나 말들뿐이었지만, 이렇게나마 주변에 소문을 내놓으면 반드시 해야 한다는 의무감에 이런 방법을 자주 쓰곤 했다. 이제 3주 후면 지구 저 반대편의 유라시아 대륙에 서 있을 것이 분명하다. 아무도 나를 찾지 않을 것이고, 잠시 나를 놓아두고 오랫동안 새로운 사람들과 함께할 생각에 흥분이 되었고, 이런 기분조차도 소중하다는 생각이 들었다.

#넷

어느 날 파리지앵에게 편지가 왔다

1, 2, 3 … 12, 13, 14 '띵 동' 14층 엘리베이터가 열리자마자 꿈에서
깨어났다. 요즈음 눈만 뜨면 카우치 서핑에 접속한다. 매 순간순간이
진지하다. 틈나는 대로 런던에 사는 현지인들에게 쪽지를 보내고, 요
청을 받아준 호스트가 있는지 수시로 확인하지만, 소리 없는 메아리
일 뿐이다. 아침에 일어나면 눈, 코 뜰 새도 없이 여행에 대한 막연한
걱정뿐이다. 내 머릿속에 아는 것도 명확한 것도 없이 대충 짐작 가
는 대로 허공에다 그림을 그린다. 바람이 불면 내심 확신했던 것들도
모두 날아가 버릴 것만 같다. 만약 이렇게 호스트를 구하기 어렵다면
재정부터 모든 계획에 차질이 생길 수밖에 없다. 나에겐 경험자의 명
쾌한 해답이 필요했다. 하루하루 출발 일자가 다가올수록 여행의 기

대감보다는 불안이 커지면서 너무 생각만 앞서 간 건 아닌지 초조감
에 휩싸인다. 머릿속으로 수없이 생각만 하다가 몇 가지 가설을 만들
어 보았다. 첫 번째는 며칠동안 호스텔과 민박을 전전하다가 우연히
좋은 사람을 만나서 여행을 잘 풀어가거나, 두 번째는 조기 복귀, 세
번째는 30유로 정도 되는 숙박비가 내기 싫어서 하이드파크의 벤치
에서 잠을 청하는 것은 아닌지 여러 가지 추측이 앞섰다. 그때 마침
출처 불명의 메일이 한통 들어 왔다. 그 메일을 받고 불안감과 기대
감이 나를 지배했다.

"Paul_Halbert 님으로부터 카우치서핑 요청이 들어왔습니다. 수락하
시겠습니까?"

그는 프랑스출신으로 현재 8년째 카우치 서핑으로 세상을 누비고 있
었다. 나이는 27살. 세계여행자답게 4개 국어가 능통하고 그 외에도
터키어, 타밀어, 인도네시아어 등 들어보지 못한 언어를 구사할 수 있
었다. 그는 마치 풍랑이 심한 바닷가에서도 요란스러운 파도와 바람
속에서도 살아남은 등대 같아서 그의 노하우를 들을 수 있다면 어떤
상황도 이겨낼 수 있을 것 같았다. 그 메일은 매혹적인 동시에 다시
한 번 나에게 불안감을 주었다. 과연 내가 이 제안을 받아들여 호스트
로서 해야 할 역할을 잘 할 수 있을지 고민이 된 것이다.

한참을 생각했다. 그리고 받아들이기로 했다. 그에겐 언제든지 환영

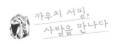
카우치 서핑,
사람을 만나다

이라며 며칠 몇 시까지 나의 고향, 광주로 오겠다는 메시지를 받고 부모님에게 알렸다. 나는 여행을 다니며 많은 사람들에게 신세를 지고 다닌 것이 있어서 기회가 되면 여행자들을 초대하여 식사도 같이 하며 숙박도 제공한 적이 있었다. 하지만 이번엔 프랑스 사람이라고 하니 부모님께서도 갸우뚱하셨다. 부모님입장에선 어디서 이런 신출내기가 무슨 재주로 남녀노소 동서양을 막론하고 친구를 데려오는지 궁금해하시는 눈치셨다. 모두가 아침부터 부산을 떨며 안절부절못하며 들뜬 마음에 정신이 산만해졌다. 아버지께서는 식전부터 무슨 소란이냐며 한마디 하셨지만, 중학교 영어책을 둘러보시면서 'How Are you! Fine.' 하고 영어 대화 준비에 누구보다 열을 올리신다. 다들 알수 없는 긴장감에 사로잡혔다. 해가 중천에 떴을 즈음, 때마침 울리는 전화벨 소리, 따르릉 따르릉, 숨을 가다듬고 수화기를 들었다.

불쑥 튀어나올 영어에 긴장된 말투로「여보세요.」「네, 여보세요?」
예상과 달리 한국사람이었다.
「누구시죠?」
「지나가는 사람인데요. 폴이라는 분께서 부탁을 해서요.」
약간 당황스러운 듯한 말투였다.
「네, 말씀하세요.」
「지금 도착을 했는데 어디로 가야 되는지 물어봐 달라고 하네요.」
옆에서 폴이 영어로 이야기를 하자 그녀는 잠시 침묵했다가 통역을 해준다.

「지금 어디 신데요? 제가 픽업하러 나갈게요.」
「네. 여기 경주역 앞이에요..」
나는 대답을 듣고서 잠시 동안 그곳이 어딘지 생각하였다.

「네? 경주역이요?」
아뿔싸, 광주와 경주 자그마치 286Km나 떨어진 거리였다. 외국인이
라면 충분히 오해의 여지가 다분했다. 터무니없는 대답을 들어서인
지 머릿속이 하얘졌다.
「저기 한 번 바꿔주시겠어요?」
「네. 잠시만요..」

카우치 서핑,
사람을 만나다

「폴! 경주가 아니라 광주예요 당신은 지금 우리 집과 꽤 멀리 떨어져 있어요.」

나는 천천히 퍼즐을 맞추듯이 이리저리 영어를 들이댔다.

「그래요? 기다리게 해서 미안해요, 내가 잘못 오긴 했지만, 경주도 꽤 멋진 도시네요. 오늘은 어쩔 수 없으니 내일 다시 연락할게요.」

그의 대답은 전혀 흐트러짐이 없었다.

「그래요, 그럼 내일 뵙죠.」

그렇게 그는 우연치 않게 명승고적이 많은 경주를 들르기로 했다.

역시 폴은 보통 내공의 여행가는 아니었다. 이런 상황에는 보통 길을 잘못 찾은 여행자가 힘이 빠지기 마련인데 역할이 뒤바뀐 듯했다. 오히려 조마조마하여 손님을 기다리던 우리 가족이 오히려 기진맥진해 졌다. '이젠 난 무얼 하지….' 하며 막 걸려온 전화 한 통에 낙담할 수밖에 없었다. 소파에 누워 천장을 바라보며 마음의 동요를 진정시키고자 했다.

빠담 빠담

빠담 빠담은 프랑스어로 심장이 두근거리는 것을 의미한다. 그와의
첫 대면에서 나의 가슴 속은 '빠담 빠담' 했다. 나의 첫 카우치 서퍼
이기 때문이다. 약속시간에는 다소 늦긴 했지만, 폴은 무사히 광주에
도착했다. 픽업을 나갔는데 폴은 어느새 새로운 한국인 친구와 정이
들었는지 아쉬운 작별인사를 하고 있었다. 그는 강렬한 눈빛을 갖고
있으면서도, 온화한 미소를 하고 있었으며, 그의 패션은 70~80년대
에 멈춰있는 듯했다. 파란색과 초록색이 어우러진 배낭을 메고 있다.
물론 빛이 바랠 대로 바래서 파란색과 초록색이 햇빛 때문에 제 빛
을 잃어버렸다. 갈색 빛 머리카락은 목의 능선까지 기다랗게 내려났
는데 잘 묶어 두었고, 한 가닥의 머리카락은 고운 색 실과 함께 곱게

땋여 있었다. 첫인상이라 하면 엉터리 마법사 아니면 딱 여행가이다. 그는 어떤 존재의 사람일까?

그를 아버지와 함께 픽업하여 집으로 돌아왔다. 어떻게 경주에서 광주까지 왔냐고 물어보니 경찰서에 가서 한국말을 쓸 줄을 모르니 '광주 가요'라는 팻말로 만들어 달라 했다고 한다. 실수를 번복하기 싫었는지 운전자에게 자꾸 확인했단다. 팻말을 들고 있는 경찰 아저씨의 인증 샷도 볼 수 있었는데 이런 일은 처음이신지 심히 당황한 기색이 역력해 보였다. 집에서는 막내동생과 어머니께서 기다리고 있었다. 그런데 집에 도착하자마자 폴은 갑자기 어머니의 뺨에 볼을 갖다 대는 것이다. 프랑스식 인사 '비주(bisou)'였다. 그는 그렇게 반가움을 표시하였지만, 아버지께선 움찔하셨다. 순간 알 수 없는 정적이 흘렀다. 평소에 여러 외국 채널을 자주 보는 나에게는 익숙한 광경이었지만 그동안 뉴스만 보아온 부모님에겐 당황스러운 눈치였다. 아버지가 쳐다보는 눈빛은 사이가 좋지 않은 강아지가 고양이를 바라보는 눈빛이었다. 강아지가 꼬리를 흔드는 것이 반가움의 표시지만 고양이는 꼬리를 세우는 것이 적대감의 표시이고, 강아지 귀를 뒤로 젖히는 것은 복종이지만, 고양이는 적대감의 표시이듯 서로의 가치관과 문화의 차이는 의도치 않는 오해를 낳고 있었다.

우리는 정적을 깨고 어렵사리 폴을 맞이해 삼겹살 파티를 준비해둔 식탁으로 둘러앉았다. 미식가의 나라에서 온 프랑스인이 우리나라

음식을 어떻게 평가해줄지 기대가 됐다. 그런데 폴이 미안한 표정으로 나를 바라보더니 한마디 한다. 「I am a vegetarian.」 우리 가족은 막구우려던 삼겹살을 모두 집어넣고 밑반찬에 먹기로 했다. 마침 쌈 채소와 된장이 있어서 다행이다. 그는 집 된장이며 각 장류에 묻힌 나물류도 맛있게 먹어주며 음식을 음미한다.

우리는 식사를 마치고 차를 마시며 단둘이서 이야기를 나눴다. 채식주의자임을 잠시 잊었던 것에 대해 사과하자, 그는 장난스럽게 괜찮

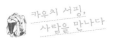

다며 받아주었다. 만난 지 3시간쯤 지났지만 오랜 친구를 만난 듯한 편안함마저 느껴진다. 다소 언어적인 면에서 벽을 느꼈지만 부족한 부분은 구글 번역기로 말을 옮겨 갔다.

「폴, 난 당신의 여행후일담이 듣고 싶어. 궁금해.」
그는 앉아서 단조롭지 않았던 여행기를 풀어놓았다. 그는 나를 위해 매우 느릿느릿 이야기해주었다.
「나는 한 나라를 여행하면 최대 3~4개월 정도 그 나라를 여행하지. 오로지 히치하이크와 도보로 이동하고 국경을 넘을 땐 가끔 비행기나 배를 빌려서 이동하기도 해.」
그가 배낭 깊숙한 곳에서 세계지도를 꺼내 펼쳐보니 7년간의 여정을 빨간 색깔 네임펜으로 기록하고 있었고, 틈나는 대로 그 기억을 점검하는 듯했다. 대륙마다 지도를 따로 갖고 있었지만, 망망대해 구석구석까지도 발길이 닿지 않는 곳이 없었다. 나도 전국여행지도에 지나온 루트를 표시해 이따금 펼쳐보며 지나온 여정을 회상하며 건방진 적이 많았는데, 폴의 지도를 살펴보니 나는 그저 얕은 냇물에 사는 청갈색 피라미였다. 반면에 폴은 마치 태평양을 건너 작은 냇물가로 건너온 커다란 배스 같았다. 그에 대한 나의 호기심은 더욱 강해졌다.

「난 내 삶을 사랑해. 숨 쉬고, 노래 부르고, 춤추고, 히치하이크하고, 자유를 느끼고, 사랑하고 어떤 사회적 압박도 받지 않고 절대적으로 돈을 위해서 살지도 않아. 또, 내 경력을 위해서 살지도 않아. 단지

이 아름다운 세상에서 사랑을 추구하지.」

그는 이 시대의 보헤미안이었다. 머리가 수그러졌다. 자신이 원하는
길을 선택하여 걸어오면서, 자기 자신이 주인공이 되어 다른 세상을
이해하고 소통함으로써 자신의 삶을 계속 변화시켜왔다. 저 멀리 미
지의 세계에서도 우연과 변화에 몸을 맡긴 채 자기만의 길을 개척해
왔다. 그동안 만났던 수많은 사람들과 자연 속에서 그는 사랑을 배웠
고, 그 자신을 차곡차곡 새겨 넣었다.

하지만 나는 현실에 안주하며 이상을 꿈꾸고 있었다. 터무니없는 허
상이었다. 이상을 꿈꾸는 고민들로 나를 채울 순 없었다. 남들처럼
번지르르 해 보이고 싶었고, 내적인 면은 점점 부패하고 있는 신선하
지 않은 삶이었다. 답답하고, 차갑고, 지겹고, 다람쥐 쳇바퀴처럼 굴
러가듯 돌아가는 삶에서 벗어나는 것이 나의 목표였다. 그저 그런 바
람만 가지고 있었을 뿐 어느 각성제도 나의 정신을 깨우진 못했다.
오늘 하루를 안빈낙도하며 편안하게 살아가는 욕심뿐이었다.

그러던 중 폴을 만나게 된 것은 정말 큰 행운이다. 내 생각엔 그는 어
떤 각성제보다 강력할 것 같았다. 그의 이야기를 더 자세하게 듣고
싶었다.

우린 그의 사진첩을 둘러보며 이야기를 나누기로 했다. 첫 번째 사진

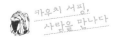

은 고급요트에서 커다란 물고기를 들고 있는 사진이었다. 눈대중으로만 보아도 족히 70~80cm는 되어 보였다. 처음으로 바다낚시를 배운 사진인가 하고 폴을 쳐다보았다. 사진 속의 폴은 번지르르 빛나는 물고기를 바라보며 물고기의 커다란 대가리에 만족한 듯했다.

「이건 태평양 횡단했을 때 사진이야. 항구에서 운이 좋게 요트를 갖

고 있는 사람과 친해졌는데, 그 사람과 함께 농담 삼아 이야기했던 태평양 횡단을 해냈지.」

「우와 대단하다! 참, 넌 채식주의자인데 50일짜리 식량을 요트에 싣고 떠난 거야?」

「아니, 물론 많은 식량을 싣고 떠났는데, 한 10일 되니깐 다 떨어졌어. 그래서 그때부턴 물고기를 잡아먹었지!」

아직 대한민국 영토와 영해 영공을 벗어나 보지 못한 나로서는 마치 21세기의 갈릴레이의 이야기를 듣고 있는 듯했다. 사진을 한 장 한 장 넘길 때마다 사진에 몰입되며 그것들은 나를 더욱 전율케 만들었다.

그 사진 말고도 2~3개월간 함께 이집트 배낭여행을 다니며 사귀었던 여자 친구 사진, 어느 나라의 노숙자와 친해져서 그 노숙자와 함께 일주일간 함께 길거리 노숙했던 사진, 사진 한장 한장에 담긴 에피소드를 들으며 사진 속에 감정이입이 되었다. 아니 어쩌면 이건 나의 이야기가 될 수도 있겠구나 하는 생각이 들었다. 그렇게 다양한 환경 속에서도 폴은 항상 현지인 같았다. 그 변화를 헤아릴 수 없었다.

그의 사진 속에서 느껴지는 여유와 매 순간을 즐기는 모습이 아름다워 보였다. 이야기를 나누면서도 폴이 여행 책을 쓴다면 얼마나 재밌는 이야기를 들려줄까 하는 생각이 들었다. 그런 그의 이야기를 시샘하며 대뜸 나의 유럽여행에 계획을 말해주었다. 그는 내게 도움을 주

고 싶다며 여행정보나 유럽 각지에 있는 친구들을 소개시켜주었고 또 프로필에 대해 문제점을 지적해주고 수정해주었다. 간절히 바라니 하늘도 나를 버리지 않았나 보다. 언제든지 문제가 있으면 쪽지를 보내라며 연락처를 주며, 혹 파리에 온다면 자신에게 연락하라고 당부한다. 파리로 놀러 오라는 제안에 발가락도 흥에 겨워 간질간질 거렸다. 정말 그를 다시 만날 수 있을까?

황량한 사막에서 오아시스를 발견한 것 같았다. 폴이 온 첫 번째 날은 스산한 밤 공기를 마시며 늦은 새벽까지 이야기를 나누었다. 그는 묻는 대로 거침없이 대답해주었다. 아마도 그의 이런 스스럼없는 면이 그의 여행 노하우라면 노하우였다.

「카우치 서핑은 파리로 떠난다면 에펠탑이 보이는 19세기 식 아파트에 머물 수도 있고, 미국으로 떠난다면 멋진 정원과 수영장을 겸비한 모던한 전원주택에서 머물 수도 있고, 남극으로 간다면 얼음으로 지어진 하얀 이글루에서 잠을 청해 볼 수 있을 거야. 단 한 번도 느껴보지 못한 라이프스타일을 느껴 볼 수 있는 거지.」나의 심장 소리는 더욱 커져갔다. 그리고 다시 한 번 생각해 보았다. 내가 일평생을 살면서 몇 번이나 큰 틀에서 벗어난 새로운 삶을 살아볼 수 있을까 하고 말이다. 하지만 이젠 일 년에도 몇 번이고 소원 할 수 있을 것 같다.

인생은 아름다워

모두가 인생의 무게를 못 이겨 무거운 눈을 껌뻑거릴 즈음, 우리는 내일을 위해 베개에 몸을 맡겼다. 잠들기 전 폴의 다이어리를 펼쳐보았다. 오랜 고난과 방황으로 만들어진 다이어리 겉표지면 가죽이 빛이 바랬고 거무스름하게 손자국이 남아있었다. 국어사전만한 두께가 바스락거리는 마른 낙엽처럼 편안한 인상을 주었다. 그의 다이어리는 무척 보배롭고 고귀해 보였다. 읽을 수 없는 숭고한 언어가 빼곡히 채워져 있어, 그것을 훑어보는데 8년간 여행을 다니며 만들어 놓은 예술 작품 같았다. 그 작품은 기행을 통해 만남을 창작하고, 또한 그것을 언어로 표현한 것이었다. 물론 나는 이해하지 못했지만, 꼬불꼬불 불어로 적힌 글자들이 성스러워 보였다. 자필로 빼곡히 채운 누

런 종이가 빈틈없이 채워진 걸 보면 얼마나 많은 일들이 있었는지 추측할 수 있었다. 또한, 공백에서는 잔잔하고 고요한 여유로움이 느껴지며, 그의 삶 속에 자연스레 젖어들어 갈 수 있었다.

첫 페이지 한편에는 각기 다른 문자이지만 뜻이 같다고 예측할만한 문장이 적혀있었다. 한글로도 적혀있었는데 그 문구는 '인생은 아름다워' 누구나 많이 들어보았을 유행가 가사 같았다. 이 글에 공감하지 못할 때는, 길거리에 피어난 조그마한 꽃송이를 보면 저것들도 피어나고 있는데 나만 시들어가는 느낌이 들기도 했었다. 따뜻한 햇살이 나의 온몸에 스며들 때는 태양의 자외선이 나의 피부를 괴롭히고 노화시킨다 생각하였다. 그것뿐만 아니었다. 부모님의 잔소리는 여간 나를 괴롭혔다. 길거리를 걷는 사람들 또한 어찌나 걱정이 많은지 내쉬는 숨들이 힘들어 보일 정도여서 하루하루를 권태롭게 살아가는 듯했다. 하지만 전국여행에서 느낄 수 있었던 것처럼, 길거리의 아름드리 꽃들은 여행길에서 길동무가 되었고, 따뜻한 햇살은 지친 내 마음속까지 따스하게 스며들었다. 나를 평화롭게 만들어 주었고 여행을 다니며 만났던 어른들의 잔소리는 실증보다는 애정 어린 충고로 들렸다. 그렇게 나는 하루하루를 사랑하고 있었다.

옆을 보라 - 이원규

앞만 보지 말고 옆을 보시라.
버스를 타더라도 맨 앞자리에 앉아서
앞만 보며 추월과 속도의 불안에 떨지 말고
창 밖 풍경을 바라보시라.

기차가 아름다운 것은
앞을 볼 수 없기 때문이지요.
창밖은 어디나 고향 같고
어둠이 내리면
지워지는 풍경 위로 선명하게 떠오르는 얼굴들.

언제나 가파른 죽음은 바로 앞에 있고
평화로운 삶은 바로 옆에 있지요.
...

두근두근

별안간 기나긴 밤이 지나고 새벽빛이 아침이슬과 함께 증발해버렸다. 눈 부신 햇살이 커튼 틈 사이로 들어와 우리의 단잠을 깨웠다. 폴은 어제의 여정이 버거웠는지 눈을 뜨질 못한다. 기분 좋게 잠에서 깨어 일어나 홀로 졸린 눈에 물만 묻히고 아침 준비에 나섰다. 어제 나눴던 이야기가 굉장한 자극이었는지 아직도 꿈속의 일만 같다. 모든 것이 현실이라는 사실을 깨달았을 때, 물론 불안하기도 하고 두렵기도 했지만, 이제는 강한 호기심이 내 중추 신경을 자극하는 듯했다.

우리는 어제 하룻밤 사이에 거리낌 없이 편해졌다. 아침에는 저절로 눈꺼풀이 떠질 때까지 잠을 청했다. 노곤 노곤한 몸을 이끌고 점심시

간에는 맛있는 한국 음식을 만들어 먹고, 오후에는 대학교에서 공부하는 친구를 불러 캠퍼스 라이프도 즐겨보고, 저녁 늦은 시간에는 펍에 가서 흥겨운 리듬에 맞춰 몸을 흔들어댔다.

우리는 서로에게 각자의 언어를 가르쳐 주며 자기나라의 문화를 하나씩 알려주었다. 폴은 한국여자들은 항상 사진 찍는 포즈가 똑같다며 흉내를 내면서 친구들을 유쾌하게 웃겨주었고, 내 친구들은 마치 지구에 불시착한 외계인인 듯 폴을 신기하게 바라본다. 모두 그가 어떤 성격을 지녔고, 어떤 사고방식을 가졌고, 그동안 어떤 여행을 다녔었는지 궁금해 했다. 우린 그렇게 함께 다니며 서로 알아가며, 서로를 이미지 트레이닝 하였다.

폴은 광주에 거주하는 현지인이 되려 했고, 나는 일주일 남은 나의 유럽행에 대비해 파리지앵이 되고 싶어 했다. 그렇게 우리의 3박 4일은 눈 깜짝할 사이에 지나갔다.

그 3박 4일이라는 시간은 나에게 무수히 많은 것을 얻게 해주었다. 그가 나에게 주었던 자극과 영감은 잊을 수 없을 만큼 크게 나의 뇌리에 박혔다. 이런 것이 카우치 서핑의 매력 아닐까? 비록 호스트였지만 여행자가 찾아옴으로써 내가 사는 곳을 여행자의 시선으로, 새로운 면도 찾아볼 수 있고, 서로의 삶도 공유하며, 남들에게 말하지 않던 고민도 털어놓으며 각자의 삶 속에 젖어들 수 있는 것 말이다.

찻잔 속에는 로즈마리 향이 가득하다. 직접 기른 로즈마리로 만든 차로 한잔의 여유를 홀짝홀짝 입안에 머금으며 늘어지는 오후의 창밖을 바라보았다. 폴이 다음 여행지가 어디가 좋을지 물어본다. 나에게 우리나라에서 인상 깊었던 도시 한 곳만 뽑아보라고 하면 단연 남해를 꼽을 것이다. 물론 해안가 주변을 위주로 다녔던 여행이라 내륙지방 구석구석까지 가보지 못했지만, 그중에서는 남해였다. 여행지 추천은 사람마다, 기분에 따라, 기준에 따라 따르다. 누구든지 지상 최고의 낙원에 간다 하더라도 내 마음이 물이 질퍽하게 고인 뭍에 앉아 있다면 나 또한 그 진흙탕 위에 앉아 있는 것과 같기 때문이다.

폴은 적극적인 나의 의견에 따라 남해로 떠나기로 했다. 남해에서는 카우치 호스트들이 없어서 남해에 유명한 사찰 보리암에서 하루를 묵으라고 추천해주었다. 그는 보랏빛의 기하학적인 무늬가 들어간 인도에서 구해온 도티를 나에게 선물해주었다. 그의 가방은 마치 기념품 가게 같았다. 일본의 나막신부터 누군가가 썼던 멕시코 스타일의 모자, 심지어 처음 보는 전통의상들까지도 의미가 있는 물건이라면 담아 넣었단다. 나도 그처럼 의미 있는 물건들을 담아 올 수 있을까? 그렇게 그는 나의 인생에 많은 물음표만 던져놓고 떠나버렸다.

카우치 서핑,
사람을 만나다

카우치 서핑,
사람을 만나다

세상을 떠나 이방인이 되다

끊임없는 외풍이 들어오는 적나라한 방, 시계가 이른 새벽 6시 30분을 가리키고 있다. 케세이 퍼시픽의 CX260호기의 런던행 기장이 눈을 떴다. CX260호기의 출발시간은 10시 30분, 첫 해외여행의 간절함과 설렘에 뜬눈을 지새운 나는 내 마음속 꿈틀거리는 놈을 새벽 비행기를 태워서 급히 떠나보냈다. 한시라도 빨리 이곳에서 떠나고 싶다.

여행 경비 중 가장 큰 부분을 차지한 것은 당연 비행기 티켓이다. 가장 예산을 많이 잡은 만큼 그 기대치 또한 컸다. 항상 광주에서 제주도까지 30분짜리 비행밖에 못 해본 터라 장거리 비행은 개인적으로나를 흥분케 만들었다. 육중한 가방을 이끌고 첫 입국심사에 첫 기내

식까지 모든 것이 신기했다. 가장 기대됐던 것은 SNS를 통해 보기만 했던 기내식이다. 작은 도시락에 오밀조밀 포장해 놓곤 예쁜 외국 승무원들이 나눠준다는 생각에 기분은 이미 상공 3만 5천 피트 위이다.

운이 좋게도 내 양옆 자리는 비었지만 생각하지 못했던 비행기의 협소함에 마음까지도 협소해졌다. 나름 기내의 지루함을 덜어보고자 담요도 펼쳐서 덮어보고 헤드셋도 써보고 비디오 게임도 해보며 여행 에세이를 펼쳐보며 기분을 내봤지만, 장거리 비행의 길고 지루함에 시무룩해졌다. 다시 가이드 책을 꺼내 LONDON을 펼쳤다. 가고 싶은 곳은 색깔 펜으로 표시하고 틈만 나면 그것을 보고 다시 보았다. 마치 시험기간을 앞둔 학생처럼 말이다. 책을 보는 내내 생각한 것은 가이드북을 암기하는 것보다 그것을 응용해서 그들의 라이프스타일과 핫 플레이스를 제대로 알고 즐기고 오겠다는 것이 내가 이끌어낸 결론이었다.

LONDON의 첫 목적지 'Elephant&Castle' 이라는 이름을 처음 들었을 땐 왠지 신비롭고 위대한 인도풍의 성스러운 성일 것 같았다. 그곳에선 매일 바게트를 싸들고 집에 가고, 멋진 펜트하우스에서 매력적인 이성과 하우스파티를 하며, 늦은 새벽 시간이 아닌 저녁 시간에 시원한 맥주 한잔하며 유럽 프리미어 리그를 시청할 것이다. 예쁜 금발 미녀들이 많을 것이며, 몸매 또한 서양인의 다부진 체격에 보는 눈 역시 즐거울 것이다. 또 유럽풍의 인테리어나 서양식 건축물을 좋

내가 좋아하는 BGM을 깔고,
이국적인 거리를 바라보니
영화 속에 주인공이 된 느낌이다.

아하는 나로서는 온갖 기대 속에 머릿속에 여러 가지 그림을 그리며
설레는 마음을 달랬다. 그렇게 10여 시간 비행을 더하니 화려한 불빛
들이 창에 비추면서 런던에 도착했음을 알려주었다. 점점 고도가 낮
아지면서 귀가 먹먹해졌다. 비행기 안에서 낯선 땅을 바라보며 하늘
에서 연신 마른침을 삼키었다. 며칠 전 처음으로 카우치 서핑 호스팅
이 수락 되서, 몇 번의 편지 왕래가 있었던 그를 무작정 찾아가기로
했다. 그의 이름은 앤드류, 그가 살고 있는 곳은 런던, 마치 서울에서
이 서방 찾기가 더 쉬울 것 같았다. 앤드류는 어디에서 무얼 하고 있
을까?

무뚝뚝하게 히드로 공항에 들어섰다. 이젠 길거리 위의 여행자가 되었다. 이곳 사람들에게 나는 이방인이다. 막연한 마음이 앞서지만, 한편으론 설레는 것이 꽤 오랜만에 느껴보는 감정이다. 이 낯선 곳에서의 추억은 나에게 새로운 영감과 내 생각의 전환점이 될 수 있을 거란 생각에 흥미로운 듯, 진지한 표정으로 마음을 다잡는다. 확실히 내가 살던 세계보다 넓고 큰 세계로 나왔다는 생각에 등골이 오싹해지며 머리털이 삐쭉삐쭉 섰다. 내가 세상에 뻗은 첫 발걸음이었다. 바닥에 첫발을 내딛는 순간, 영화 속 검정 프레임 속에 들어온 것 같았다. 왠지 사람들이 말하면 밑에서는 한글 자막이 나올 것 같았다. 머리가 굳어서 그런지 이런 환경은 영화에서 본 적이 전부였다. 공항방송은 영화 속에서 사건을 전개하려는 나레이터의 목소리 같았다. 내가 좋아하는 BGM을 깔고 나니 영화 속에 주인공이 된 느낌이다. 이국적인 거리는 왠지 모르게 더 우아하게 보였고, 영화에서 보았던 빨간 벽돌과 대리석으로 만든 건축물들이 내 앞에 서 있었다. 나는 틈만 나면 주위를 두리번 거렸지만, 주변은 모두 내 피부색과 다르며, 그들의 옷차림과 머리스타일 모두 다른 느낌에 다른 스타일이었다.

공항을 빠져 나오니 어여쁜 금발아가씨들이 조그마한 카페에서 수다를 떨고 있고, 멋지게 차려입은 신사들이 거리를 거닐고 있다. 도로에는 콘크리트가 아닌 울퉁불퉁한 벽돌이 깔려져있고 무척이나 오래되어 보이는 건물들이 공간을 차지하고 있었다. 런던은 오래된 도시지만, 건물들이 노후 됐다고 촌스럽거나 낡지도 않았다. 오히려 구와 신의 적절한 조화로 세련미와 웅장함 그리고 로맨틱함은 이루 말할 수 없다. 그중에서도 영화나 TV에서 자주 보았던 눈에 익은 건물들도 많았고, 들어보기만 했던 곳들이 한눈에 들어왔다. 내 마음속에 모호하게 자리 잡고있었던 여행에 대한 잔상들이 윤곽을 잡고 확고해졌다. 과연 무사히 여행을 마치고 제자리로 돌아갈 수 있을까? 내가 지금까지 생각해왔던 것과는 다르게 물 흐르듯 진행될 것만 같던 여행이 아니다. 다시 생각해보니 적어도 여행은 새로운 세상과 대면해야 하는 것이었다.

향기 나는 사람이고 싶다

여행의 첫 페이지가 시작되었다. 모든 것이 새로웠다. 런던의 거리는 다양한 색깔이 대칭적으로 조화롭게 공존하는 데칼코마니 같다. 데칼코마니의 빨주노초파남보 다양한 색채가 눈에 띈 것이 아니라 형형색색의 사람들이 자기 개성에 맞게 자기의 색깔에 맞게 서로의 색깔을 존중하며 조화를 이루고 있었다. 그들의 머릿속은 독립된 하나의 개체로서 자기의 캐릭터를 충실히 표현하고 있었다. 그러한 모습들이 부럽게만 보여 진다. 남이 하지 않는 일은 안 하는 것이 예의인 우리나라 예의범절, 자기 색깔이 뚜렷하던 친구들을 이상한 시선으로 쳐다보는 것이 대다수이다. 그래서 고유의 색을 발하지 못하고 칙칙한 색으로 일명 은둔형 외톨이로 변하는 친구들도 종종 보았다.

사람들의 시선이 우리의 행동을 제한시키고 범위를 정하고 있었다.

아무래도 우리나라 사회구조의 특성상 초등학교 때부터 오지선 답에서 답 맞추는 것에 익숙해져 인생에서 답을 찾으려는 내 친구들이 답답해 보였다. 모두가 자기의 색깔과 재능을 버리고, 남들과 똑같은 스펙을 쌓으려는 것이 안타까웠다. 당장에 나와 보니 개인의 색깔을 존중해주고 인정해주는 곳에서 나도 나의 색깔을 뚜렷이 찾아보아야겠다고 생각이 들었다.

나의 색깔은 무슨 색일까? 그 물음에 답을 찾으러 왔다.

생각이 부쩍 많아졌다. 여러 고민을 하며 지하철에 내려왔는데 역시 복잡하기로 소문난 지하철답게 Underground의 노선은 복잡하게 얽혀있어 나를 더욱 혼란케 만들었다. 약 3주 동안 여행을 준비하면서 생각하고 계획했던 것들로 이곳에서 잘 버틸 수 있을지 의문이다. 도착한 지 어느덧 30분이 지났다. 이른 시간이라면 천천히 둘러보겠지만, 약속 시간이 얼마 남지 않아 서두르기로 했다. 더구나 첫 만남에 약속을 어기는 그런 무례한 사람이 되기는 싫었다. 노선표를 보고 한참을 고민한 끝에 마음을 다잡고 지나가는 사람에게 묻기로 했다. 아는 길도 물어서 가라는 옛말이 있는데 더욱이 모르는 길이기 때문이다. 저 멀리 멋지게 차려입으신 할머니에게 물어볼까 하다 걸음을 옮기지 못하고 제자리다. 역시 패션의 1번지답게 수많은 패션 피플들이

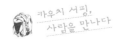

자기의 개성을 멋스럽게 표현하고 있다. 변변치 못한 영어 실력으로 대들었다가 무시당할까봐 의식적으로 거리를 두게 되었다. 마치 발목에 족쇄가 채워진 마냥 다가가기가 두려웠다. 하지만 떠나온 이상 이젠 되돌아갈 곳도 없는 상황이다. 여행 역시 현실이었다. 눈 딱 감고 말을 붙여 보기로 했다.

한 중년 남성과 스물넷 다섯 정도 먹은 듯한 사내 둘에게 말이다. 그들은 한겨울에 레인 부츠로 한껏 멋을 부렸다. 마치 ELLE나 GQ의 패션 잡지의 에디터라도 되어 유명 패션쇼 촬영이나 애프터 파티에 참가할 것 같았다. 나는 그들에게 다가가 아는 영어 단어를 주절주절 늘어놓았다. 그들은 다행히 정확하게 이해해주었고, 알기 쉽게 답해주었다. 그리고 그들도 같은 방향이라 운이 좋게 지하철을 함께 탈 수 있었다. 일단 고마움을 표시하고 중학교 때 배웠던 것처럼 어느 나라 출신이냐 물었다. 그가 대답했다. 「우린 스웨덴에서 왔어. 우린 Embarket역에서 내리지.」 「집에 가는 길이에요?」 「아니, 그곳엔 멋진 클럽이 있어, 우린 오늘 클럽에 갈 거야!」 그들은 친절하게 대답해주었다. Embarket역에 위치한 클럽은 Heaven이었다. 부모님에게 좋은 박자감과 리듬감을 물려받은 나로서 춤추는 것은 즐거운 취미이다. 전국 여행을 다니며 서울 대구 부산 제주도 광주 등 전국 팔도의 클럽을 섭렵했지만 런던의 클럽은 어떨지 잔뜩 기대된다. 내 머릿속은 화려한 조명들과 핫한 클러버들로 가득 찼다. 갑자기 두 사람의 사이가 더욱 궁금해졌다. 「혹시 어떤 사이세요. 아버지와 아들? 동생과

형?」 내가 물었다. 그들이 피식 웃으며 손을 잡으며 말했다. 「우린 친구인데.」 내 눈과 귀는 어리벙벙해졌다.

나이와 성별을 불문하고 친구를 한다는 것은 우리나라에서는 볼 수 없는 광경이기에 적잖이 놀라지 않을 수 없었다. 나이가 한 살이라도 높으면 형 대접을 해줘야 하고, 나이가 한 살이라도 어리면 동생 노릇

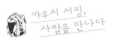
카우치 서핑,
사람을 만나다

을 해야 좋은 관계를 유지할 수 있는 우리나라에선 이렇게 나이와 관계없이 친구가 될 수 있다는 것이 신기할 뿐이었다. 특히 20대들은 나이에 민감하지 않는가? 하지만 이런 강박관념과 생각들이 우리를 옭아매고 있다는 생각이 들었다. 굳이 생년월일이 주는 의미는 무엇일까? 그들의 연륜, 얼굴에 묻어나는 주름살이 그의 인생을 대변해 주는 것일까? 이렇게 나이의 울타리에 벗어나 더 나아가 성별, 인종을 벗어나 세대 간의 구별 없이 생각을 공유한다면 더없이 좋을 것 같았다. 나와 똑같은 시대를 살아온 친구지만 시대적으로나 가치관적으로도 완전히 다른 삶을 살아가는 친구가 매우 흥미롭게 느껴졌다. 그렇게 그들은 나에게 시기와 질투를 남기고 Embarket 역에서 내려버렸다. 그들이 떠나고서 아이팟으로 Heaven을 검색하였다. 알고 보니 Heaven은 게이와 레즈비언, 즉 동성애자들을 위한 클럽이었다. 그렇게 그들은 게이커플 아닐까 하는 추측만 남기고 떠났다. 그 사실을 확인하자 레즈비언과 게이커플들이 심심치 않게 보인다. 런던의 게이 수만 전체인구의 대략 6% 약 40만 명이라고 하니 과연 게이와 레즈비언의 천국이나 마찬가지이다. 아무튼, 영국의 런던은 이상한 나라의 앨리스에 온 것처럼 모든 것이 신기하고 새롭게 느껴진다.

그렇게 어느새 Elephant&castle 역에 도착하였다. 이름과는 달리 대다수 거주자는 힙합스타일의 흑인들이었고, 길거리는 조금 음침한 기운이 돌았으며 불량해 보이는 흑인 사춘기 학생들이 옹기종기 앉아 있었다. 멋지게 기른 턱수염과 구레나룻이 그다지 멋져 보이지 않지만, 그들의 패션은 그야말로 화려하다. 그들은 마치 Kanye west와 Dr.Dre의 힙합 뮤직 비디오에 등장할 것 같은 복장이다. 술을 한잔 거하게 마셨는지 한밤의 코알라가 되어 전봇대에 매달려 자는 그런 분도 계셨다. 참새 논두렁 넘나 보듯 깐죽거렸다간 생명의 단축을 부추길 수도 있을 것 같다. 한밤중 아홉 시 뉴스의 기삿거리가 되기 싫어 눈은 항상 정면 60도 이상으로 올라가지 않았다. 나는 완전한 이방인이 되었다. 모든 시선이 낯설게 느껴지며 이곳이 내가 찾던 런던이 맞는지 도리어 의심이 들었다.

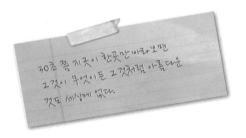

30초 쯤 지긋이 한곳만 바라보면 그것이 무엇이든 그것처럼 아름다운 것도 세상에 없다.

카우치 서핑,
사람을 만나다

그곳에 가면

런던의 우중충한 회색빛이 더욱 짙어졌다. 아무래도 내가 알고 있는 할렘가의 흑인들이 집값이 올랐는지 모두 Elephant&Castle로 온 듯한 느낌이었다. 경직된 심장 박동 소리는 나를 더욱 긴장케 만들었다. 예상했던 런던의 도심과는 상당히 달랐다. 한참을 헤매다가 한 행인의 도움으로 어두워진 도심에서 앤드류를 만날 수 있었다. 내심 조마조마하면서 처음 대면한 나의 첫 번째 호스트 앤드류는 전형적인 40대 런던의 아저씨 같았다. 집이 멀지 않은지 파자마 차림으로 마중 나왔는데 그 모습마저 귀엽게 보인다.

저녁 8시까지는 그의 집에 도착하겠다는 약속을 뒤로하고 초췌한 모습으로 11시에 나타났다. 무언가가 에워싸고 있는 듯한 알 수 없는 느낌이 우리를 조금 더 어색하게 만들었다. 예정보단 늦은 우리의 첫 만남이었지만 깊은 호기심도 안겨주었다. 오늘따라 진하게 번져가는 노란 달빛이 함초롬하니 주렁주렁 걸려있다.

아무래도 언어적인 문제가 가장 큰 것 같다. 아주 정확하게 또박또박 발음하기로 정평이 나 있는 영국의 영어는 나를 자꾸 불편하게 만들었다. 하지만 만난 지 그리 긴 시간이 되지 않았지만, 그는 상당히 오래된 사이처럼 그의 집에서 살고 있는, 여러 친구에게 나를 소개시켜 주었다. 나는 엉거주춤 서 있다가 그들과 악수를 나누고 내일 또 보기로 하고 만남을 뒤로 미뤘다. 신학공부를 하는 친구부터 맥도날드에서 일하는 친구까지, 그리 녹록지 않은 사정이었지만 앤드류의 도움을 받아 스스로 꿈을 펼치고 있는 친구들이었다.

그 친구들의 이야기를 들어보니 앤드류는 경제관념이 쏙 박혀있는 자수성가한 1인이었다. 세계에서 부동산이 가장 비싸다던 런던의 땅에서 집을 한 채 마련해 현재는 어려운 외국인이나 카우치 서퍼들에게 그의 공간을 공유하고 교류하고 나눔을 실천하는 영국의 진짜배기 신사였다. 일주일 동안 머물기로 한 나는 그의 집에서만 4명의 다른 카우치 서퍼를 만날 수 있었고, 그는 여행에 대한 열망을 여행자들과의 만남으로 풀고 있다는 것을 알 수 있었다. 그는 영국의 구석

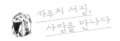

구석 명소를 추천해주고, 서퍼들과의 이야기를 통해 솟구치는 열망을 가라앉히는 듯했다. 그는 영국 런던의 한 공간에서 교통비 없이 세계를 여행하고 있는 듯했다. 그는 반복되는 일상 속에서, 늘 새로운 곳을 찾아 떠나는 여행가들이 번뜩이는 영감 덩어리라고 생각하는 듯했다.

앤드류는 어서 푹 쉬라며 내일은 환영 맞이 영국전통 음식을 해주겠다고 아침 7시까지 일어나라고 한다. 시차를 무시하는 바람에 대접이 나에겐 가혹하게만 느껴졌다. 아직 낯선 외국인과 말해본 경험이 전무한터라. 차마 말은 잇지 못하겠고, 영어 몇 마디 더듬더듬 거리다가 기상 시간에 열외 시켜줬으면 하고 구시렁대다 잠이 들었다. 첫날 밤부터 눈 위에 서리가 쳤는지 추위는 이불밖에 내어둔 내 귀를 베어갈 기세이고, 냉기가 느껴지는 마룻바닥은 벌써 나의 고향 한국의 뜨거운 온돌방을 떠올리게 만든다.

익숙한 삶에서 벗어나 현지인들과 만나는 여행은
생각의 근육을 단련하는 비법이다

−이노우에 히로유

같은 하늘 아래 전혀 다른 세상의 아침이 밝아 왔다. 항상 눈만 뜨면 보이던 것들도, 느껴지는 익숙한 감정도 느껴지지 않아, 몸속의 모든 시스템이 초기화된 느낌이다. 추운 날씨에 잠을 설친 나는 얼굴에 진한 다크 서클을 남긴 채 기내에서 괜히 영화를 보면서 공짜 치킨 컵 누들과 핫도그에 왜 목숨을 걸었는지 후회하며 눈을 비볐다. 그래도 머리 맡에는 비행기에서 챙겨온 공짜 땅콩 봉지들이 수북이 쌓여있어 오늘 하루가 든든하다. 앤드류는 말쑥한 차림으로 나를 위해 음식을 만들고 있었다. 「굿모닝!」 나는 칼칼한 목으로 그에게 말했다. 「일어났구나. 안 그래도 깨우려던 참이었는데.」 그가 온화한 목소리로 대답해주었다. 「화장실이 어디 있어요? 세수 좀 하고 나올게요.」 「여

기 바로 옆에 있어. 타월은 이거 쓰면 돼.」 화장실에 들어와 거울을 바라보니, 그의 상냥한 웃음과 소박한 마음이 너무 따뜻하고 고맙게 느껴진다. 지금 돌이켜 생각해보면 이런 소소한 일상마저도 그동안 너무 당연스럽게만 받아졌던 것들이지만 너무도 소중하다.

씻고 나오니 신학 공부를 한다는 샘도 같이 앉아 있다. 그가 준비한 음식은 포트릿 이라는 음식인데 우리나라로 치면 마치 죽 같았다. 어떤 곡류와 우유를 넣고 걸쭉하게 끓이면 죽 비스무레 되는데 거기에 바나나 건포도 등 자기 기호에 맞게 토핑을 넣어 먹는 것이 특징이었다. 앤드류는 이 음식은 건강을 생각하는 영국인이라면 이 포트릿을 아침에 즐긴다며, 든든할 뿐만 아니라 다른 육류나 인스턴트보단 몸에 좋은 음식이라며 강력히 추천해주었다. 맛은 우리나라 된장국 같이 진하고 얼큰한 맛과는 반대로 많이 민숭민숭해서 간하지 않는 쌀죽에 바나나와 건포도를 얹은 느낌이었다. 주로 양념을 많이 하지 않고 소금이나 후추 간으로 고유의 맛을 즐기는 영국에서는 세계 최상의 재료들로 최악의 요리를 내놓는다는 소문이 헛소문은 아닌 듯 싶었다. 당분간 맛 좋은 음식은 기대하기엔 영국은 무리라는 생각이 들었다.

마음을 비우고 방에 들어가 어젯밤 시간이 늦어 못했던 룸메이트와 인사를 나누고 배낭을 풀었다. 그는 맥도날드에서 햄버거를 만드는 27살의 타미라는 친구인데 부모님을 여의고 어려운 상황에 앤드류가

그가 메모장을 가져오더니 NORTH or SOUTH라고 적는 / 알고 보니 그는 심한 난청을 앓고 있어 말하지 못하는 / 친구였다.

도움을 줘서 얹혀사는 호기심이 무척이나 많은 친구였다.

그는 악수를 받아주고선 고개만 끄덕거린다. 그가 메모장을 가져오더니 NORTH or SOUTH라고 적는다. 알고 보니 그는 심한 난청을 앓고 있어 말하지 못하는 친구였다. 호기심이 많은 그는 한국에 대해 조금 알고 있었다. 김정일, 김정남 등 김가네 족보를 꿰뚫고 있었지만 정작 이명박 대통령은 모르고 말이다. 역시 여러 바람 같은 손님과 많이 지내본 경험이 있었는지 우린 쉽게 친해질 수 있었고, 구구절절 종이에 적어가며 남녀가 연애놀이 하듯 킥킥 대며 웃어댔다. 우리는 무언중에도 서로 이해하고 있었다.

영국의 런던, 나 홀로 나들이가 시작되었다. 끄무레했던 날이 개어 한줄기의 따뜻한 햇살이 이층버스의 뒷 자석에 들어와 앉았다. 우리나라에도 부산에 이층버스가 생겼지만, 영국의 상징인 이층버스는 꽤 보편적이면서 느낌 있는 교통수단이다. 12번 버스 안은 상당히 북적거리고 있었다. 일부러 말이라도 붙여보고자 이 버스가 트라팔가 스퀘어에 가는지 내 앞의 신사들에게 정중하게 물었다. 그는 고개를 끄덕인다. 한 명은 중년쯤 되어 보였고, 다른 한 명은 어리고 핸섬한 남자였다. 이야기를 나눠보니 그들은 소호에서 영어를 가르치는 영어 선생님이었다. 그러니깐 런던에 비싼 임금 때문에 주로 동유럽국가나 아시아권에서 넘어온 외국인들을 대상으로 무료로 영어를 가르쳐 준다는 것이었다. 나는 영어를 배워야 한다고 부산을 떨며 관심을 보였다. 그들은 런던에서 더 체류하려면 언제든지 환영하니 우리 집에서 하룻밤이든 그 이상을 머물러도 된다는 호의를 베풀며 핸드폰 번호와 이름을 남겨주었다. 시종일관 다음 역 안내방송에 귀를 기울인 채, 속으로 이런 식으로 풀리면 여행이 시시하게 끝날 것 같은데, 걱정 반 호의 반으로 정중하게 거절하고 연락처만 받아두었다. 나에겐 거대한 런던을 일주일 만에 주파하여야 한다는 부담감도 있었지만, 꽁지가 빠지게 유럽으로 도망 온 나에게는 아이스크림의 원더랜드인 유럽을 즐기겠다는 마음에 더욱 간질간질했다. 영국의 명소는 오랜 역사와 전통답게 아름다운 가치를 지닌 볼거리와 문화를 다 살펴보기엔 지루해할 수도 있다. 세계에서 손가락에 꼽히는 내셔널 갤러리만 하더라도 일주일을 그곳에서만 지내야 한다는 사람이 있을 정도로 그 규모는 상상만 해도 손이 저린다. 뉴욕의 브로드웨이와 세계 뮤지컬계의 양대 산맥인 런던의 웨스트엔드도 빼놓을 수 없다. 런던의 랜드마크 타워브리지, 피터 팬이 네버랜드로 날아가기 전에 들렸던 빅벤, 그리고 영국패션의 클래식함을 만들어준 버버리 팩토리, 호그 와트 급행을 타기 위해선 꼭 들려야 하는 킹스 크로스 역의 9와 3/4플랫폼, 물론 머글인 우리는 통과할 수 없지만 유명한 명소가 한두 곳이 아니다. 나의 첫 목적지는 트라팔가 스퀘어, Elephant&Castle 역에서 12번 버스를 타야 목적지에 다다를 수 있는 곳이다. 그곳은 1805년 나폴레옹의 프랑스군을 격파하여 영웅이 된 넬슨 제독을 기념하기 위해 만들어진 곳이었다.

잊지 못할 설렘을 끌어안다

어느샌가 12번 버스가 트라팔가 스퀘어에 도착했음을 알리고 그동안 책과 사진으로만 만났던 그곳에 도착하였다. 백번 읽고 공부해봐야 한번 보는 게 낫다는 말은 다시 한 번 뇌리에 박혔다. 규모는 웅장하였고 피사체는 눈이 부시도록 아름답다. 넓은 광장에 용맹하게 자기의 기백이라도 뿜어내는 듯한 사자들, 수많은 형형색색의 관광객들, 그리고 가을 하늘에나 볼 수 있는 깊고 맑은 하늘의 푸르름까지 모든 것이 완벽하다.

하지만 동행이 없이 돌아다니다 보니 불편한 점은 사진을 찍는 것이다. 타이머를 맞추어 찍거나, 말을 걸고 싶은 외국인에게는 직접 카메라를 건네기도 해보지만, 사진기에 찍힌 사진들을 보면 심히 떨떠름하다. 런던 사람들은 사진기를 오늘 처음 보았는지 아니면 감각이 없는 건지 인물사진에 인물이 뒷전이다. 심지어 부탁을 받은 곳 바로 그 자리 그대로 구도와 상관없이 나를 향해 셔터를 누르는 것이 사진이라고 생각하는 사람들도 있었다. 그러다 보면 내가 마음에 드는 사진이 나올 때까지 그 자리에서 여러 번 부탁하기도 했다. 이곳에서 유일하게 남길 수 있는 사진이기에 변변치 않고 보잘 것 없는 곳이라도 사진으로 그때의 내 마음과 느낌, 그리고 그 감성을 오래도록 보존할 수 있는 영상을 만들어 내려 노력한다. 나의 여행에는 중요하게 여길만한 나만의 철칙 몇 가지가 있다. 아무리 멋진 장소와 음식이 나와도 인물을 빼고 찍지 않는다는 것, 인물사진을 주로 찍는다는 것이다. 요즘 몇백만 원짜리 렌즈를 들고 남아메리카나, 서유럽 아프리카 동네방네 구석구석 찍어서 정말 돈 주고도 못살 멋진 사진들을 인터넷의 블로그나 홈페이지에 올리는데 번들 렌즈인 나에게는 그런 사진 감각조차 없을뿐더러 그런 멋진 배경을 찍어서 올려도 테마파크에 다녀왔냐고 무시 받을 수 있다. 하지만 나에게 도움을 주었던 정말 기억하고 싶은 세인들의 생생한 표정과 그들의 괴상야릇한 옷차림을 포착해 인화했을 때, 세계 각국의 친구들을 내 방에서 언제든지 만나 볼 수 있다.

그렇게 쉴 틈 없이 셔터를 눌러댔다. 이제 맛보기인데 벌써 수백 장의 사진이 카메라에 저장되었다. 한편의 모노드라마를 찍는 듯했다.

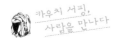
카우치 서핑,
사람을 만나다

영국의 웅장함과 거대함에 놀랐지만, 진정하고 머리를 식히며 버스에 올랐다. 버스 밖 풍경은 어수선했던 내 마음을 진정시켜 주었다. 아직까진 모든 길이 초행길인 나에게는 멋지게 폼 잡고 창틀 너머로 쏟아지는 그림들을 감상하기엔 아직 정신이 충분히 여유롭지 못했다. 목적지를 놓치지 않기 위해 바짝 긴장하며 Piccadilly 라인에 있는 다음 목적지 코벤트 가든 역에 내렸다. 크리스마스가 다가오는지 한쪽에는 커다란 트리를 근사하게 장식해 놓았다. 그리고 반대쪽에는 거리의 예술가들이 공연을 하고 있다. 무슨 구경이 났는지 코벤트 가든에 온 2/3의 사람들이 한 곳을 집중하고 있었다. 백문이 불여일견이라 예사롭지 않은 분위기에 이끌려 나도 모르게 사람들을 비집고 들어갔다. 순간 모골이 송연해졌다. 모든 시선이 나에게로 집중되고 있었다. 예술가는 마땅히 무대에서 함께할 관객을 찾고 있었고, 나의 적극적인 태도가 마음에 들었는지 나를 무대 위로 데리고 가는 것이 아닌가. 등을 꼿꼿이 세우고 다리에 힘을 주어 저항을 해보았지만, 한순간에 도마 위에 오른 물고기가 되었다. 매번 강 건너 불구경하다가 불 잔치할 생각을 하니 모공이 싸늘해 졌다. 예술가는 나에게 몇 가지 질문을 던졌다. 사람들은 환호하기 시작했다. 이젠 국적도 이름도 밝혀졌고, 엎질러진 물이나 다름없다. 이렇게 소란이 커져서 수습을 못 하게 된 적은 처음이었다. 그는 내 눈치를 보더니 자신 없어 하는 모습에 마음이 쓰였는지 관중 속으로 들어가서 미녀를 데리고 나왔다. 그녀도 아마 궁금해서 앞자리로 비집고 와 끌려 나온 표정이었다. 예술가의 요청은 좀 당혹스러운 것이었는데 만약 내가 자신이 시키는 것을 성공하면 이 미녀가 나에게 키스를 해준다는 것이었다. 여자에겐 크리스마스니깐 괜찮다는 식으로 집어 넘긴다. 게다가 모든 군중들이 KISS를 외친다. 마음속으론 올해의 계는 영국에서 타는구나. 헌짚신도 짝이 있다더니 내 짝은 영국 사람이나 싶었다. 그를 완벽하게 따라 하는 것이 내 미션이었는데 무반주에 몇 가지 해괴한 퍼포먼스와 표정을 함께 따라 하는 것이었다. 발가락조차도 민망함에 꿈틀거렸지만, 이것도 경험이 되리라 곧 잘 따라 하였다. 나에게 키스를 해줘야 하는 그녀는 속으로 실패를 외치고 있을지 모른다. 슬몃슬몃 그녀의 눈치를 보기 시작했다. 성공을 하고서도 간이 콩닥콩닥거리는 것이 죽을 맛이었다. 결국 목표를 이루겠다는 나의 간절함의

승리로 끝났다. 모두가 나에게 상을 주라는 식으로 키스를 외친다. 그녀가 과감히 다가와 내 눈을 마주치더니 귀엣말로 뭐라 속삭인다. 내 머릿속으로 밥이라도 한 끼 하자는 건가 추측이 난무했고 그리곤 삼 초 정도가 지났을 때 그녀의 촉촉한 입술과 맞댈 수 있었다. 비록 가벼운 키스였지만 전역 이래 오랜만에 느끼는 설렘이었다. 그렇게 한바탕 소동을 겨우 마치고 마저 코벤트 가든을 돌아다니려는 찰나! 이번엔 볼 장 다 본 나에게 키스했던 마리오네트 인형같은 여자가 성 큼성큼 다가왔다. 그다지 멋을 부리지도 않은 듯한 그녀의 세련됨이 마치 전형적인 영국소녀였다.

「방금 재미있게 잘 보았어요! 춤 잘 추던데 여행 온 거에요?」 하고 물 었다.
「네, 여행 중이에요.」
의도치 않는 시크한 대답이었다. 그녀가 태연하다는 듯이 나에게 펜 과 종이를 달라고 한다. 나는 기분이 좋은지 가만히 있지 못하고 계 속 좀스럽게 움직였다. 그녀는 종이에 자기 번호를 남기고 나중에 커 피 한잔 마시자며 떠났다. 그녀의 두 볼에 자리 잡은 수줍은 보조개 가 나마저도 수줍게 만들었다. 금발에 동그란 하얀 얼굴 옹달샘 같은 두 눈 더 이상 지체하기 싫었다. 나는 대화를 조금 더 이어가려는 노 력은 관두고 아무 말 없이 그녀와 헤어졌다. 이것이 영국 스타일인 가? 그렇게 해 저물녘이 되어 앤드류의 집으로 돌아왔다.

앤드류에게 나의 첫 무용담을 거침없이 털어놓았다. 그는 마치 자기 일 인양 재미있어하고 좋아한다. 저녁에 잘 들어갔는지 문자라도 한 통 보내볼 생각에 앤드류에게 핸드폰 좀 써도 되냐고 물었다. 그는 나에게 핸드폰을 선뜻 빌려주었고 나는 다시 방안으로 들어왔다. 어두컴컴한 방안에서 오늘의 흔적들을 뒤져가며 그녀에게 받은 쪽지를 찾으려 했다. 아니 이게 웬일인가. 바지속이며 외투 수첩 안을 아무리 찾아봐도 행방불명이 됐다. 쪽지가 보이지 않자 내 마음은 더 간절히 애가 타들어갔다. 매트릭스 밑부터 차분히 12번 버스를 탔을 때까지 차분히 다시 생각해보았다. 아무리 돌이켜 생각해보아도 애타는 가슴속에 남는 건 그녀에 대한 흐릿한 회상뿐이었다. 그렇게 그녀는 내 기억 속에서 차츰차츰 페이드아웃 되듯이 사라져갔다.

우리는 알지 못하는 모습

이름도 모르고 성도 모르고 전혀 알지 못한 사람에 대해 무슨 미련
이 남는 지, 아침이 밝았는데도 한숨부터 쉰다. 생각하면 할수록 그
상황이 아깝기만 하다. 그녀에 대한 생각으로 머릿속이 마치 뒤엉킨
실 덩어리 같다. 나는 아쉬움을 꾹 참으며 오늘의 스케줄을 점검한
다. 오늘은 앤드류가 전날 밤에 소개해준 아주머니와 약속을 한날이
다. 바쁜 일정관계로 밀린 집안일을 좀 돕기로 한 것이다. 나는 사소
한 일을 돕는 것을 좋아한다. 누군 여행을 가면 여행만 하지 뭐 하려
고 고생을 찾아서 하냐며 물을 수도 있지만, 나의 사소한 도움을 통
해 나의 작은 수고로움보다 그 사람이 진정 필요한 것을 얻으며, 더
큰 행복을 느낄 수 있다면 그게 더 좋다. 아마 그동안 여행을 다니며

그런 작은 도움을 받으면서 생겨난 사소한 습관인 듯하다.

그리 멀지 않은 곳에 두 꼬마가 나를 기다리고 있었다. 모두 아주머니의 자재들이었다. 사내 녀석은 처음 보는 내가 얼마나 반가웠는지 격하게 반긴다. 마치 자신의 영토를 침범한 오랑캐 정도로 생각했는지 마음에 찰 정도로 쫓아오며 두들기고, 꼬마 아가씨는 어찌나 여성스러운지 공주인형을 꼭 껴안고 공주놀이를 하고 있다. 그러자 저번에 만났던 한국인 아주머니께선 사내아이를 나에게서 뜯어말리신다.

주방에서 주전자가 수증기를 뿜어대며 성을 내고 있다. 아마도 아주머니께서 나를 위한 몇 가지 한국 음식을 준비하셨는지 익숙한 냄새가 내 코를 자극한다. 생각해보면 빵과 고기, 밀가루는 아무리 먹어도 밥 같은 든든한 포만감을 만들지는 못했다. 밥은 기력이 없는 나에게 몸보신이 되었다. 「우진 형제, 내가 일이 좀 바빠서 지금 나가봐야 하니까 일을 어떻게 하는지 알려줄게.」 아주머니를 따라 2층에 올라갔다. 세를 놓았던 방에 사람이 빠졌는데 며칠 지나지 않아 새로운 세입자가 들어오기로 한 듯했다. 「걱정하지 마세요. 다행히 군대에서 페인트 작업 나가본 경험이 있어서 일은 수월할 것 같아요. 모르는 부분은 전화 드릴게요.」「그래, 잘 좀 부탁할게.」 나가시면서 아이들을 불러 모르는 사람은 문을 열어주지 말라며 단단히 타이르시지만, 아이들은 딴청을 피우며 고개만 끄덕거린다. 「아주머니, 이쪽 동네가 치안이 별로 안 좋은가요?」 혹시 엘리펀트엔 케슬이라 그런지 싶어

물었다. 아주머니께선 잘못 이해하고 있는 나의 표정을 보시고 자초지종을 설명해주셨다.

영국 정부의 아동보호법에 따르면, 아이들끼리 집에 있는 것을 용납하지 않는다는 것이었다. 어느 정도 수긍이 되는 이야기였다. 하지만 혹 이웃이 지나가다 아이들끼리 집에 있는 것을 확인하면 이웃끼리도 경찰에 바로 신고한다는 것이다. 혹 차량 이동 중 볼일이 있더라도 아이만 차에 두고 내리는 것도 주변 사람들이 경찰에 신고한다는 것이었다. 그 사실을 듣고 미간이 찌푸려졌다. 아무리 국가가 그런 법을 정했다 하더라도 이웃끼리 그런 고발의식을 갖고 산다는 것, '영국에서 살기엔 척박한가….'라는 생각이 들었다. 게다가 만 11세 미만의 아이는 보호자 없이는 통학하는 것조차 허용되지 않아, 아이가 혼자 통학 시엔 학교에서 부모에게 통보하거나 사회 복지사들이 안전한 곳으로 아이를 옮겨 놓는다는 것이었다. 물론 세계 최초의 복지 국가임을 누구나 알고 있지만, 영국의 과다한 사회장치가 과연 국민을 위한 것인지 야속해 보였다. 아주머니께선 그 부작용의 예로 런던의 거리를 거닐던 어린 여학생들의 이야기를 해주셨다. 「여학생들이 아기를 유모차에 이끌고 산책하러 다니는 모습을 종종 볼 수 있죠. 속을 알지 못하는 사람은 그것을 베이비시터로 오해할 수 있지만 그렇게 생각하면 큰 오산이에요. 그 이유는 정부에선 홀어머니 수당, 저소득수당, 그리고 아이들에게 나오는 육아 보조금까지 물론 소득 수준에 따라 다르겠지만 300만 원 이상의 재정적 보조가 나오기 때문에 어린 학생들이 그런 제도를 악용하고 있는 것이예요.」심지어 집이 없다면 집도 지원받을 수 있는데 어머니 방과 아이들 방을 따로 지원을 받는다고 하니 어린 나이엔 솔깃할 만한 이야기이다. 그런데 문제는 고작 보조수당을 노린 어린 여성의 친구들이 넘어서는 안 되는 선을 넘어 일찍이 미혼모가 된다는 것이다. 또한, 그뿐인가 그런 어마어마한 보조금을 거둬들이기 위해서는 세금 역시 골칫덩이였다. 가장 큰 문제로 대두되는 세금, 영국에서는 연 2억 원의 소득을 올리는 소득자부터는 고소득자로 분류되는데 이들은 50% 이상의 세금을 내야 한다는 것이었다. 물론 소득에 따라 비율은 다르지만, 상당히 세금이 센 편이라서 항상 부담감을 갖고 있으며, 그러다 보니 중상위층의 사람들이 영국을 떠나는 경우가 많다는 것이었다. 참으로 안타까운 일이라며 기염을 토해내는 아주머니의 이야기를 들어보니 잘사는 선진국이라도 모두가 만족하는 삶을 살지는 않았다. 시계가 어느덧 오후 1시를 가리키고 있었다. 일을 빨리 끝내고자 대화를 마치고 재빨리 2층에 올라갔다. 몇 평 되지 않는 작은 방이라 작업도 금방 끝마칠 수 있었다. 일을 마치시고 돌아오신 아주머니께선 급한 불 꺼줘서 고맙다고 일당까지 챙겨주셨다. 생각지도 못했던 일당에 기분이 좋아졌다. '우진 형제 정말 고마워요.'라는 쪽지와 함께 40파운드가 동봉되어 있었다. 아주머니께선 연신 여행하면서 맛있는 것 사 먹으라며 고마움을 표시하셨다. 잠깐 시간을 내어 차를 마시다가 꼬마들과 사진 몇 장을 남기기로 하였다. 개구쟁이들답게 익살스러운 표정을 컷마다 보여주었다. 녀석들도 헤어짐이 아쉬웠는지 나에게 떨어

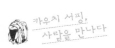

질 생각을 하지 않는다. 곧 외투를 챙기고 나갈 준비를 하니 다음에
도 놀러 오라며 내 손을 꽉 잡던 그 아이, 언제 또 돌아오게 될진 모
르겠지만, 다시 돌아올 때 즈음이면 멋진 신사와 숙녀가 되어있겠지?

녀석들도
헤어짐이 아쉬웠는지
나에게 떨어질 생각을 하지 않는다.

여행자는 떠나야 한다

어느덧 런던과 약속한 일주일이 지나고 말았다. 런던은 나에게 달콤한 설렘 한 조각을 주기도 했지만, 잊을 수 없는 나의 친구들, 그리고 문화적 충격도 안겨주었다. 아쉽게도 룸메이트 타미와는 작은 추억도 만들지 못하고 서로의 이메일과 주소를 받아 적은 채 아쉬움의 악수를 나눴다. 앤드류 또한 마찬가지였다. 런던에 들를 일이 있으면 언제든지 찾아오라며 마지막까지 호의를 베풀어줬다. 회자정리(會者定離), '만남은 이별을 전제로 한다.' 이러한 이별을 적지 않게 경험해보았지만 아직까지도 익숙하지가 않고 쉽지 않다. 새로운 사람을 만나면 새로운 만남이 헤어짐을 부르고 그것이 나를 더욱 성숙하게 만든다.

카우치 서핑,
사람을 만나다

「Have a nice journey.」앤드류가 아쉬운 표정으로 그의 거친 손을 내민다.

「고마워요, 앤드류. 이번에 신세 진 것 잊지 않을게요. 건강해요.」

그의 손을 마주 잡고 마지막 인사는 한국말로 대답하였다. 영국에서의 이틀 일정을 남기고 복잡한 런던을 떠나 근교의 케임브리지로 이동하기로 했다. 영국을 대표하고 전 세계를 대표하는 대학의 도시이자 수많은 저명한 학자들을 배출한 학문의 도시, 윤리 시간에 자주 나오는 베이컨부터 뉴턴 바이런 테니슨 등의 모교라니 알 수 없는 신비로움이 나를 더욱 궁금케 만든다.

빅토리아 코치 스테이션은 케임브리지로 가는 버스 정류장이다. 역으로 가서 간단히 샌드위치를 싸들고 올라탔다. 물론 출발하기 전 케임브리지에서 나를 초대해준 에이미에게 전화하는 것도 잊지 않았다. 버스시간에 딱 맞추어 급하게 버스에 올랐다. 케임브리지행의 버스는 한적했다. 군데군데 빈자리로 젊은 남녀 여섯 명이 탑승객의 전부였다. 부지런히 버스는 목적지를 향해 달려가는데 교외로 나오니 큰 건물이나 빌딩하나 없이 초록색 물이 들어있고, 끝이 보이지 않는 지평선에 목화솜 몇 개만 하늘에 두둥실 떠다니고 있었다. 풀 한포기 마저도 우리나라 교외와 사뭇 다른 느낌이었다. 아마 또 다른 세상이 존재하고 있는 걸까? 조용히 눈을 감고 상상해 보았다. 도대체

세상에서 가장 넓은 것은 바다이며,
바다보다 더 넓은 것은 하늘이다. 그리고
하늘보다 더 넓은 것은 인간의 마음이다.
-책 어딘가에서

세상은 얼마나 광대한 것일까? 세상의 끝은 어디일까? 헤아릴 수도 없는 질문이다. 지구라는 공간 안에서 규격화되지 않는 자신만의 영역을 역량에 맞게 하여 살아가며, 무한히 반복되는 일상 속에서 모두가 다른 시선과 생각으로 자신만의 세상을 만들어간다. 그중에는 빈 공간을 채우는 먼지도 포함되고, 길거리에 박혀있는 돌부리, 그리고 갓 태어난 아기에게도 그들만의 상대적인 세상이 있다고 생각한다. 이렇게 세상을 돌아보니 내가 사는 세상이 모두 아니라는 생각이 들었다. 한적한 창밖을 쳐다보다 해가 뉘엿뉘엿 저물고 있다.

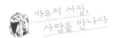

0 Page

어딘가로 비행기가 날아간다. 저 비행기는 어디로 갈까라는 생각을 하다가 의문만 남긴 채 그저 창밖만 바라본다. 어느새 케임브리지에 도착했다. 에이미와 약속 시간이 아직도 많이 남았다. 다시 한 번 약속장소를 체크하고 주변 일대를 발길 가는 대로 돌아다닌다. 그리고 멀지 않은 곳의 아늑한 카페에 들어와 앉았다. 진한 에스프레소 향과 달콤한 빵 굽는 냄새가 나를 반긴다. 에스프레소를 한잔시키고 흘러나오는 라디오 음성에 귀를 맡겼다. 공간도, 분위기도, 음성도 모두 아날로그적이다. 창밖을 보니 함박눈이 펑펑 떨어지고 있다. 몇 시간도 지나지 않아 케임브리지는 순식간에 하얀색 페인트를 덧칠해 놓은 듯 새하얗게 바뀌었다.

무거운 배낭을 메고 길눈이 어두운 나는 기연가미연가 한 길들을 따라가다 무력감에 빠지는데 이런 마음에도 볕 좋은 곳에 머무르거나, 기분 좋게 만들어주는 환경이라도 만나게 되면 그런 모난 마음들이 금방 시원한 시냇물에 떠내려간다. 그렇게 잠시나마 두 다리와 내 지친 마음을 쉬어가며 우아하게 떨어지는 눈송이들을 감상할 수 있었다. 시계를 보니 어느덧 다섯 시에 가까워지고 있었다. 재빨리 배낭을 정리하고 약속장소로 발걸음을 재촉했다. 에이미는 약속시간보다 일찍 나와 있었다. 그녀는 홍보물이 차창에 그대로 꽂혀 있는 오래된 차를 이끌고 나와 기다리고 있었다. 차에서 잠깐이나마 이런저런 이야기를 나누었다.

차를 타고 10분 정도 가자 세 명의 친구들이 나를 반겨주었다. 조, 찰리, 크리스. 그들은 모두 에이미의 오래된 친구들이었다. 그렇기에 서로에게 익숙해져 다 함께 살기로 했단다. 그들에겐 성인이 되면서 부모님에게 독립해서 산다는 것은 당연한 이야기이다. 이들은 방을 하나씩 렌트를 해서 큰 주택에서 한 가족처럼 살고 있었다. 대다수가 이렇게 친구들끼리 혹은 안면이 없는 사람들끼리 조율해가며 서로의 삶을 공유하며 살아가고 있었다. 요즘은 우리나라도 비싸진 월세로 인해 룸 셰어를 하기도 하지만 가가호호 부모님의 그늘에서 나올 엄두를 하지 못한다. 바람이 들어서 부모님에게 돈을 받아 명품 옷을 사 입기도 하고, 머리카락을 볶을지, 자를지, 스트레이트 파마를 할지 고민한다. 모발의 모양은 바꿀 생각을 하면서 성인이 되어 마음가

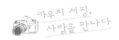

짐은 바꿀 생각을 하지 않는 듯했다. 길 위에 혼자 서본 사람만이 길 위에서 살아남고 환경에 적응하는 방법을 터득할 수 있는것 처럼 말쑥하고 물 찬 제비보단 주체가 있고 꿈이 있는 산전수전을 겪어본 부랑아가 더 낫다고 생각한다. 한번은 외국인 친구를 집에 초대해 우리 집에 온 걸 환영한다고 말했다가 뜨끔한 적이 있는데, 그 친구는 이 집은 너의 집이 아니라 너의 부모님의 집이라며 내 표현을 정정해주었다.

방안에 들어오자 거실 한켠에 자리 잡은 드럼에 크리스가 앉아 있고, 찰리는 옆에서 장난을 친다. 그 모습이 마치 시트콤 Friend를 보는 것 같다. 나를 위한 연주라며 장난스러운 표정으로 드럼 8비트를 들려준다. 에이미는 나를 위해 TV를 켜고 주방으로 들어갔다. 시간상 하루밖에 여유가 없는지라 고기를 사서 요리를 시도해보려 했는데 채식주의자라 천만다행이다. TV에선 채널 끝자락에서 나오던 BBC 방송이 틀어져 있다. 크리스가 자꾸 장난을 걸어온다. 나는 그에게 지금껏 런던에서 찍은 사진이 담겨있는 내 카메라를 보여주었다. 크리스도 사진 찍기를 좋아한다며 자신의 묵직한 카메라를 가져온다. 액정 속 사진을 감상하면서 느낀 것은 보통 사람과는 다른 분위기의 사진을 찍고 있었다. 뚫어져라 쳐다보며 지나간 시간의 감성이 녹아있는 사진을 이해하려 노력했다. 나중에야 알게 된 것이지만 그는 Professional Photographer, 즉, 이미 몇 번의 전시회도 열었던 프로였다. 그는 사진을 찍어주겠다며 나를 모델로 세운다. 그는 카메라의 기능을 하나하나씩 설명해주며 꾸역꾸역 내 얼굴을 카메라에 담았다. "Great! Fantastic!" 하며 연신 감탄을 토해 낸다. 살아가는 동안 사진가에게 사진을 배울 수 있는 기회가 얼마나 있을까 생각을 하다 보니, 나는 더 열심히 사진을 찍고있다.

어느덧 주방에는 에이미가 음식이 완성됐다며 나를 부른다. 메뉴는 채소 스튜. 생전 처음 보는 채소들도 있고, 자주 봤던 채소들도 섞여 수북이 쌓여있다. 맛은 고드름 장아찌 같았다. 싱거우면서 무언가를 먹는데 포만감은 밥이나 고기에 비해 떨어졌다. 맛에 대해 이야기해 보자면 40%가 부족했다. 그래도 채소든 고기든 열심히 먹었다. 나는 매번 엄지손가락을 치켜 새우며 맛이 최고라며 달달한 채소들을 순식간에 비웠다. 식사 도중 에이미가 상기된 표정으로 묻는다. 「오늘 케임브리지에 카우치 서핑 회원들이 정기모임을 갖거든. 그 모임에 같이 가면 너처럼 여행 좋아하는 친구부터 다양한 친구들을 만나볼 수 있는데?」
두말하면 잔소리지만 발을 동동 굴리며 「어디서 하는데 ? 내가 가도 좋을까?」 하며 물었다.
「그럼! 너도 카우치 서퍼잖아.」 그녀는 문제 될 것은 없다며 나를 안심시켰다.

우리는 그렇게 약속을 정하고, 8시까지 현관에서 만나기로 했다. 신이 나서 재빨리 옷을 갈아입고 에이미를 기다렸다. 장소는 케임브

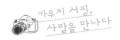
카우치 서핑,
사람을 만나다

리지 다운타운의 오래된 펍이었다. 우리나라의 펍과는 사뭇 분위기가 달랐다. 한 걸음 한 걸음 걸을 때마다 나무 복도에서 나는 삐걱대는 소리는 오래된 세월을 대변해주는 듯했다. 마치 시대를 초월해 19세기의 PUB에 들어온 듯하다. BAR에선 주문한 칵테일을 준비하느라 바텐더가 분주한 벌처럼 움직이고 있었고, 군데군데 철제갑옷이나 중세시대에서나 본 듯한 남루한 깃발들이 용맹한 자태를 뿜어내며 여기저기 매달려 있다. 이쪽저쪽에서는 초면이든 구면이든 오래된 친구처럼 술잔을 기울인다. 기다란 테이블에 스무 명 가까이 둘러앉아있다. 너 나 할 것 없이 서로 통성명을 하며 우리를 반겨주었다. 국적이든 나이든 직업이 무엇이든 모든 걸 내려놓고 사람 대 사람이었다. 에이미가 모두에게 나를 소개해주었다.

「내 카우치 서퍼인데 한국 출신의 Song이야. 지금 유럽 일주를 하고 있어.」 그들은 손을 번쩍 들며 나에게 질문을 하며 서로 이야기를 나눴다. 그곳에서의 나는 그들의 축소판이었다. 그들은 각기 다른 국적을 지니면서 여행에 대한 일가견이 있는 사람들이었다. 대게 한국의 문화에 대해 궁금해하여 나는 한국문화와 영국문화의 차이점에 대해 표면적인 것만 알려주었다. 내면적인 것은 아직 영국의 문화를 정확히 이해하지 못해서였다. 나는 그곳에서 녹록지 않은 영어를 구사하며 그들과 소통하고 있었다. 서로의 여행, 라이프, 예술가로서의 자유롭지만 고독한 라이프, 그리고 운동선수로서의 스포티한 라이프 등 각자의 소소한 이야기로 우린 대리만족을 즐길 수 있었다. 서

로 이해하고, 공감하며 우리는 각자 출생지도 다르고 각자의 시대도 다르고 가치관도 달랐지만 모르는 사이에 조금씩 조금씩 우리의 대화는 서로 가슴속의 빈 공간을 채워주고 생각의 영역을 넓혀가며, 우리의 거리감을 좁혀갔다. 시계는 어느덧 새벽 한 시를 가리키고 있었다. 우린 허겁지겁 그들에게 안녕을 고하고 어두워진 골목길을 나섰다. 그럴 수밖에 없는 것이 다음날 에이미의 출근을 위해서였다. 날씨가 너무 추워 나이트 버스를 기다리기엔 무리여서 택시를 잡았다. 기사 아저씨가 미터기를 누르자 눈이 휘둥그레졌다. 기본요금만 우리나라 돈으로 만원이 넘었고 우리나라 백 원 오르듯 1파운드씩 한화로는 1,800원씩 올라가고 있다. 나의 택시요금의 기준은 100원인데 영국은 1,800원이었다. 우리는 멀지 않은 거리임에도 약 30파운드가량 내고 집에 돌아왔다. 그 몇 분 되지 않는 거리를 54,000원이나 주고 왔다니 비현실적으로 다가온다. 새삼 기준이 중요 하다는 것을 느낀다. 인생의 기준, 소비의 기준, 가치관의 기준 등 세상의 사람들은 각자의 기준에 맞추어 행동을 한다.

여행은 그 기준을 상향 조절하는 데 큰 도움이 되는 것 같다.

다음 날 아침에 일어나보니 에이미는 일찍이 출근했다. 아쉬움에 더욱 쓸쓸해졌다. 그러나 찰스와 크리스가 케임브리지를 보여주겠다고 나섰다. 그들 덕분에 나는 막 도핑 테스트를 마치고 시합을 앞둔 운동선수 마냥 흥분되었다. 어제 만들어 놓았던 London 피켓을 보여주

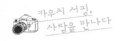

며 말했다. 「나, 오늘 히치하이크로 런던 갈 거야. 이거 보이지?」

「런던까지 히치하이크를 한다고? 그거 어려울 텐데.」 옆에서 반사적으로 불가능을 예측한다. 「전에 내가 아시는 분도 영국을 히치하이크로 일주했다고 이야기해줬어.」 「언제?」 찰스가 물어왔다. 「그분이 지금 나이가 좀 있으시니깐, 으음 한 40년 전에.」 전국여행 당시 독일 출신 할아버지에게 들은 이야기였다. 생각해보니 40여 년 전 이야기였다. 그들은 요즘 시대가 많이 바뀌어 거의 불가능하다는 것이다. 영국은 서로에 대한 불신이 커져 길거리에서 히치하이크를 하면 이상한 눈으로 쳐다본다는 것이었다. 그렇다고 포기할 생각은 쥐꼬리만큼도 없었다. 비록 마음에 걸리긴 하지만 눈썹 하나 까딱하지 않았다. 오히려 내 마음을 더 자극시켰다. 단정코 성공할 것이라고 장담은 못하더라도 도전했다는 것에 의의를 두고 싶었다. 가능하다면 그들이 갖고 있는 패러다임을 깨고 싶었다. 찰스와 크리스에게 그럼 당장 런던 쪽으로 빠지는 외곽도로로 가는 버스를 알려 달라고 했다.

길 위의 히치하이크 이야기

나에겐 히치하이크를 하며 세운 규칙이 있다. 지금까지 수많은 히치하이크와 히치 하이커들의 이론을 보고 배운 결과, 중요한 팁이 몇 가지 있는데, 아직 히치하이크를 해보지 않은 사람이나 원하는 사람들에게는 유익한 정보가 될 수 있다. 첫 번째, 차가 많이 다니는 도롯가에서 히치하이크를 도전하는 것은 시간 낭비일 것이다. 가뜩이나 택시가 많은 우리나라에서의 히치하이크는 택시 줄 세우기일 뿐이다. 그 사실을 몰랐을 땐 시내에서 히치하이크를 도전하다 되레 택시 기사 아저씨들의 눈총을 받기 십상이었다. 길을 모르는 외국일 경우에는 버스를 타서라도 외곽도로로 나가는 것이 현명하다. 물론 원하는 목적지로 가는 방향의 외곽도로여야 한다. 차가 드문 도롯가에서는 심지어 지나가던 차들이 서서 어디까지 가느냐고 묻는 경우도 다 반사이다.

두 번째, 자기의 모습을 드러내야 한다. 쉽게 말하자면 여행자임을 알려줘야 한다는 것이다. 여행 깃발을 배낭에 꼽는다든지 가지고 있는 지도를 들고 있든지 목적지를 적은 피켓을 들고 있으면 더욱 쉽게 차를 얻어 탈 수 있다. 심지어 무거운 배낭도 일부러 메고 있거나 운전자가 보기 쉽도록 배낭을 내려놓기도 했다. 하지만 선글라스를 쓰고 손을 흔든다거나, 두건이나 모자를 푹 눌러쓰면 자동차에 싸리 바람을 맞기 십상이다. 얼굴도 보이지 않는 사람을 태우려는 용기 있는 사람이 어디 있겠는가, 운전자의 입장에서 생각해보면 쉽다. 가급적이면 밝은 계열의 의상을 선호하는 것도 좋은 방법이다. 여행이나 사람에 관심이 많은 사람이라면 누구든지 길거리의 여행자에 대한 호기심이 생기기 마련이기 때문이다.

크리스, 그리고 찰리와 함께 마지막으로 집 앞에서 기념촬영도 하였다. 대뜸 찰리가 사진 찍을 때 두 손가락을 보이며 영국에서는 이게 무슨 제스처 인줄 아느냐고 묻는다. 혹시 사진 찍을 때 포즈 아니냐 묻자 고개를 절레절레 저으며 「영국에선 치욕스런 욕이야, 과거 영국과 프랑스가 전쟁을 벌인 적이 있는데 영국 군사들이 활을 쏘며 도망 다니니 프랑스군은 생포한 모든 영국 군사들의 두 손가락을 잘랐데, 활을 못 쏘게 만든 거지. 그러다 보니 프랑스군에게 두 손가락을 보이

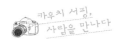

Yes or No tatally Equal.

No is not negative.

Yes is not positive or negative.

떠나지 않으면 알지 못한다.
세상이 얼마나 아름다운지!

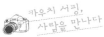
카우치 서핑,
사람을 만나다

며 약 올리며 도망간 것이 발단이 되었어.」 두 손가락을 다시 치켜들었다. 그런 심오한 역사가 담겨있을지는 몰랐다. 그렇다면 영국에서 김치 포즈를 하는 것은 무식을 뜻하는 것이구나 하는 생각이 들었다.

우린 그 길로 크리스가 좋아하는 카페에서 토스트와 커피를 시켜 조용한 자리로 자리를 옮겼다. 「여기엔 오래된 건물들 뿐이야. 적어도 100~300년 된 건물들이고 600년도 넘는 건물도 있는 걸.」 그런 사실을 알고 나니 오래된 모든 것이 제 빛을 잃었지만, 어딘가 모르게 모든 것이 위대해 보였다. 우린 그 후로 벼룩시장에 가서 시장의 음식도 즐기고, 케임브리지 대학에 가서 랜드 마크가 박힌 목도리도 기념품으로 샀다. 그들은 나를 버스정류장까지 바래다 주었다. 나는 무얼 믿고 있는 걸까, 근거 없는 확신이 든다.

크리스, 찰리 그리고 에이미의 걱정을 안고 Park&Ride 역으로 이동 중인 버스 안, 케임브리지에서 런던 방향으로 가는 길목에 있는 버스역이다. 별안간 날렵하게 달리는 버스 안에서 앉아 있는 내 모습이 유리창 건너편에 비쳐 보인다. 버스 안은 평화로운데 나의 마음은 치열하다. 이방인이 되어 철저하게 혼자가 되니, 알 수 없는 불안감으로 이곳저곳을 헤매고 있다. 하지만 내가 한국에 있다고 해서 불안하지 않을까? 그렇다면 어느 곳에서 불안의 감정으로부터 벗어날 수 있을까? 불안은 내 존재를 확인시켜주는 감정인 듯하다. 새삼 깨닫는 것은 불안은 세상에 대한 성장통이라는 것이다. 아직 꿈을 갖고 있다는 것, 나의 정신이 진보하고 있다는 것, 나의 기준을 높이는 것, 그리고 끊임없는 변화를 통해 도전을 통해 나 자신을 성장시켜 간다. 어느새 Park&Ride에 도착했다. London이라고 적힌 A4용지 피켓을 들고 따분한 도롯가에 서서 쌀쌀맞게 달리는 차들을 노려보았다. 애꿎은 바람은 성이 났는지 날카롭고 시퍼런 바람들이 자동차를 부추기는 느낌이다. 이미 수십 대의 차들이 내 앞을 지나갔고, 도로 위에 서 있는 나는 팽팽한 기운 속에 처량해 보였다. 매몰차게 지나가는 차들이 많아질수록 엄지손가락은 점점 기가 죽어가고 미소를 짓다가도 표정 관리가 되지 않는다. 이젠 돌아갈 수도 없기 때문에 포기할 수도 없다. 크리스가 말해주었던 말들이 다시 회상되며 내 자신감도 소리소문 없이 수그러져 들어가는 듯했다.

이럴 때마다 조급함이 나를 부추긴다. 버스를 타고 또 30분가량 걸어온 이곳은 주변엔 상점 하나 없는 외로운 2차선 도로뿐이다. 지나가던 택시들이 나를 맛만 보고 도망간다. 40파운드에 런던에 데려주겠다며 나를 유혹한다. 어제 시내주행 했을 때도 30파운드였는데 시외주행치곤 꽤나 싼 가격인 듯하다. 미리 최악의 상황을 상상하며 성공하지 못한다면 차선책으로 택시비를 흥정해야겠다 생각한다. 또 다른 택시가 내 앞에 섰다. 이번엔 20파운드를 부른다. 나는 10파운드여도 택시는 안 탄다고 눈썹 하나 까닥하지 않았다. 그는 나의 그런 모습이 애처로워 보였는지 일단 타라며 가야 할 곳이 있어서 원하는 목적지까지는 못 가겠지만 런던 근교까지는 태워주겠다고 한다. 그

카우치 서핑,
사람을 만나다

는 폴란드 출신의 40대 아저씨였다. 넉살 좋은 미소로 그는 나에게 왜 그런 고집을 부리는지 물어왔다. 딱 두 마디로 답하니 그는 더 이상 묻지 않았다. 「More Impression.」

나는 조심성 있게 그의 차에 올라탔다. 그 역시도 나와 일정한 거리를 유지한다. 나는 불편한 기운에 어떤 형태로든 공통점을 찾기 위해 주위를 둘러보았다. 그의 핸들 언저리에는 현대마크가 자랑스럽게 박혀있다. 대뜸 「멋진 차를 타고 다니시네요.」라고 말했다. 그는 깜짝 놀란 표정으로 자동차에 관심이 많냐고 묻는다. 역시 공통된 관심사는 꽁꽁 얼어 있던 분위기를 녹여주었다. 「당연히 알죠. 현대는 우리나라 차에요. 한국.」 그는 고개를 끄덕거리면서 전후의 상황은 다 잊어버린다. 그리고 우리의 대화는 한국을 주제로 한참 동안 이어졌다. 거의 모든 유럽인의 화두는 김정일이었다. 군대에 입대하면서 우리의 적은 북한이라는 안보교육을 받으면서 우리의 적은 북한도 아닌 미군도 아닌 우리 자신이라고 항상 생각했던 나의 주관을 말해주었다. 가능하면 섣부른 오해로 번질 수 있는 사실들은 배제하고 손짓 발짓을 모두 동원해 가며 3단어에서 4단어로 토막대화를 능수능란하게 엮어갔다. 그도 역시 쉬운 영어로 이해를 도왔다. 그에게 바디 랭귀지를 보고 이해하는 당신의 추리력이 대단하다고 칭찬하니 그도 빙그레 웃는다. 한 사흘 동안 언어로 골탕을 먹으니, 답답해 사리지 않고 터무니없는 단어들을 주접스럽게 털어놓은 덕분에 머무적거리다가도 곧잘 이해했다는 듯 끄덕였다.

그는 다재 박식하며 다정다감했다. 그가 겪어온 멋진 경험들과 파란 만장한 그의 청춘이야기, 그리고 그가 가지고 있는 이상들을 내 머릿속에도 그려주었다. 나는 치졸한 상상력을 동원해 그의 인생을 간접적으로 맛보았다. 어느덧 해가 지면서 주황색 불빛 건너편으로 런던이 들끓고 있는 것이 보인다. 그는 자신이 자주 가는 케밥 집이 있는데 신선한 채소와 고기를 쓴다고 자랑하며 따라가는 것이 어떻겠는지 물어 상기된 표정으로 오케이를 외쳤다.

그는 갑자기 TESCO 같은 대형마트에서 파는 2파운드나 3파운드짜리 싸구려 치킨을 먹었냐고 묻는다. 마치 꿰뚫고 있는 듯한 느낌이 들 정도로 뜨끔했다. 나의 선호식품인 치킨을 싼 가격에 쉽게 구할 수 있다는 장점에 여행자로서 마땅히 먹을 만한 것이 없어 영국에 지내는 동안만큼은 즐겨 먹었던 치킨이었다. 무슨 일이 있는지 그에게 물었다. 「내가 2년 전에 건강상의 이유로 쓰러진 이유가 있는데 바로 그 치킨 때문이었어.」 그는 나무라는 식으로 말을 이어갔다. 「나도 물론 폴란드에서 넘어와 영국에서 택시기사를 시작하면서 생활고에 시달렸지. 많은 유럽인은 높은 임금에 영국으로 넘어와서 일을 하고 있었어, 그러다 보니 나 역시 TESCO 같은 대형마트에서 싼 가격의 치킨을 사 먹었는데, 얼마 지나지 않아 그 치킨 속에서 기생충이 옮겨왔는데 뇌에 자리를 잡은 거야. 그렇게 2년 동안 치료를 받기 위해 공들인 개인택시를 그만두고 나중에는 택시마저 처분하고 지금은 이렇게 회사에 들어가 중형택시를 운전하고 있어.」 그렇게 예찬하며 먹었

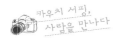

던 치킨들이 섬뜩하게 내 머릿속을 스쳐 지나가며 머릿속이 오싹해진다.

아무 지하철역에서 내려주겠다던 그는 그새 정이 들었는지 목적지에 바래다주겠다며 어디에 가냐고 묻는다. 「내일 해협을 통과해 벨기에의 브뤼셀로 넘어갈 수 있는 유로스타를 타야 해요. Pancras 역으로 가야 하는데 그 근처에 한국인 민박을 예약했거든요.」 그는 Pancras 역까지 바래다주며 친히 이곳저곳의 지명, 건물이름 역사 유례 등을 하나하나 설명해준다. 그는 한 푼도 받지 않겠다며 나에게 행운을 빌어주었다. 다음에 한국에 오게 되면 내가 가이드를 하고 싶다며 기약 없는 약속을 하고 짧았던 우리의 인연을 탓하며 다시 서로의 자리로 찾아갔다.

런던의 한복판은 기상악화로 추위가 한껏 고조되었다. 내일부터는 폭설이 내릴 것이라는데 유로스타마저 연착할 것 같다는 소문에 몸서리쳤다. 이 와중에도 뜨뜻한 시래깃국에 밥 한 공기가 생각나면서 한국 음식을 먹을 수 있는 한인민박집으로 발걸음을 재촉했다. 한인민박의 장점은 한국 사람들이 모인다는 장점도 있지만, 아침에는 뜨뜻한 한국 음식을 차려준다는 것이 호스텔이나 호텔과는 비교도 안되는 장점이다. 그래서 한국 음식이 생각날 즈음이면 한식당보다는 한인민박에 들렀다. 인터넷에서 받아 적은 주소를 들고 설레는 마음으로 민박집에 들어섰다. 오랜만에 한인들을 만난다는 생각에 벌써부터 부푼 기대는 사그라질 줄 모른다.

한국 음식과 한국 사람들. 내가 언제부터 이렇게 한국에 대한 애착이 강해졌는지 모른다. 기대는 잠시, 민박집에는 주인분과 나뿐이고 곧 나 홀로 민박집에 덩그러니 남겨졌다. 마침 주인 분께서 놓아둔 라면이 눈에 들어왔다. 라면 두 봉을 서슴지 않고 흡입하는데 매운 것을 안 먹는 버릇을 하니 입속까지 얼얼해진다. 한국에서는 사소했던 것들이 감동이 배로 되어 다가왔다. 주인 분은 마침 돌아오셨다. 「내일 몇 시에 출발해요?」
「저는 새벽 5시에는 출발해야 되요..」「식사시간은 7시 30분인데 어떻게 해야하지?」 흰 쌀밥을 기대했건만 여기서도 빵을 먹어야 한다는 사실에 짜증이 나려던 차에 주인 분께서는 아침대용으로 먹으라며 초밥 도시락을 사주신다. 내일은 기나긴 해협을 지나니 일찍 잠에 들기로 했다.

잔잔한 찬바람이 나를 아침 일찍 깨웠다. 공기를 데워주는 라디에이터의 고장으로 창문 틈새로 냉기가 스스럼없이 무단침입을 한 것이다. 저녁 내내 꽁꽁 언 몸을 풀어보고자 따뜻한 물에 샤워를 하려고 샤워실에 들어갔는데 엎친 데 겹친 격으로 보일러까지 고장 나서 따뜻한 물은커녕 얼음물만 콸콸 쏟아진다. 이왕 벗은 김에 눈을 갸르스름하게 뜨고, 얼음물에 뛰어들었다. 상쾌할 줄 알았던 샤워는, 머리통이 깨질 것 같은 시린 두통만 밀려온다. 급히 유로스타 탑승을 위

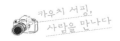

해서 서둘렀다. 어제 민박집 주인 분께서 싸주신 초밥도 잊지 않고 배낭에 챙겨 넣었다. 스산한 공기를 가르며 Pancras 역에 도착해보니 이른 새벽부터 수많은 사람이 역 전체를 가득 채우고 있었다. 모두가 배낭과 캐리어를 들고 분주하게 자신의 목적지로 가는 게이트 앞에 줄을 서고 있었다. 너도나도 설레는 마음에 밤잠을 설쳤는지 피곤한 모습이 역력하다. 30분을 여유롭게 나온 나였지만 게이트 찾으랴 여권 준비하랴 가까스로 겨우 탑승할 수 있었다.

어느 날 문득

해저터널을 건너 벨기에 브뤼셀로 넘어가는 유로스타는 신기에 가까
울 정도로 과학적으로 만들어진 건축물이었다. 해저터널을 통과한다
는 기대도 잠시, 바닷속의 풍경은커녕 깜깜한 터널을 조용히 달리고
있을 뿐이었다. 그렇게 한두 시간을 어둠 속을 달렸을까, 이미 하얗
게 질려버린 벨기에에 도착할 수 있었다. 흰 바둑알만한 눈송이들이
우수수 떨어지며 온 세상을 뒤덮고 있어서 건물들을 수북이 감싸고
있다. 하얀 눈에 대한 설렘도 잠시 문제가 생겼다. 대다수의 나라가
영어를 쓸 것이라는 나의 믿음과 달리, 영국 말고는 영어를 사용하는
나라가 없다는 것을 브뤼셀에 와서 알게 된 것이다.

영어로 된 것도 이해하기 급급한데 생전 처음 보는 언어와 마주하게 되니 다시 다섯 살로 돌아가는 느낌이었다. 마치 길 잃은 꼬마아이마냥 어리둥절하니 이곳저곳을 둘러보며 해결책을 구하고자 했다. 난 생처음 보는 문자들이 영어를 닮았긴 한데 이해할 수도 없고 생긴 것 자체도 난해하여 시름에 잠기게 되었다. 차라리 가끔 신기하게 생겨 인터넷에서 이따금 보았던 아랍어들이 더 친밀하게 느껴졌다. 훗날 알게 된 사실이지만 유럽연합에서만 사용되는 언어만 20여 개라는 것을 알고서 아연실색하고 말았다. 한국을 떠난 지 아흐렛날이나 되었지만, 여행은 점점 미궁 속으로 빠져들고 있었다. 하늘이 무너져도 솟아날 구멍은 있다 하지 않았는가. 물어물어 우여곡절 끝에 나의 세 번째 호스트인 스테파니의 동네에 도착할 수 있었다. 동네엔 도착했지만, 스테파니가 설명해준 약도를 들고 한참을 헤맨다. 분명 역에서 목적지까지는 도보로 10분조차 되지 않는다고 했는데 대략 1시간을 헤매니 미치고 팔짝 뛸 노릇이다. 함박눈이 잠시 가던 길을 잃었다고 무얼 그리 조급해 하냐며 태연하게 길바닥에 앉아 조용히 말을 걸어 왔다.

동네는 아주 고요하고 아득했다. 역시 유럽의 대문호 빅토르 위고가 세상에서 가장 아름다운 도시라는 찬사를 아끼지 않는 이유를 알 것 같았다. 가지런히 정돈된 마을은 마치 비밀을 숨기고 있을 법한 중세 시대에 온 듯한 착각을 불러일으키기도 하였다. 아름다운 눈송이들은 도시의 공백을 채우려는 듯 투명하게 반짝이는 것들이 소리 없이 뿌려지고 있다. 오랜 방황과 추위 속에 배고픔이 내 머릿속을 가득 채우고 있었다. 의지할 곳이 없는 외로운 홀몸이니 배라도 채우기 위해 대형마트로 발걸음을 옮겼다. 배고픔부터 해결하고 조금 더 차분해지기로 했다. 마트는 온갖 공산품의 냄새와 기름진 음식냄새로 절어 있었다.

그곳은 유명한 미식가의 나라로서 벨기에를 대표하는 음식들이 줄서 있었다. 우리에게 친숙한 고디바, 길리안 등의 세계 최고의 초콜릿부터 호가든, 쥬필러 스텔라 등의 역사 깊은 맥주들까지도 매장 진열대를 가득 채우고 있었다. 대게 맥주 하면 독일 맥주를 알아준다고 생각했는데 유럽인 친구들은 벨기에 맥주가 세계 최고라고 한다. 몇 가지 상품을 골라서 간단히 배를 채웠다. 빈속은 채웠지만, 그것으론 피로나 짜증을 달래진 못했다. 어서 빨리 따뜻한 곳에서 축 처진 육신이라도 쉬고 싶었다. 이렇게 목표를 근처에 두고 주변을 방황한다는 것은 잡스럽고 나약한 생각을 키운다. 그렇다고 맥을 못 추고 일 그러지는 것은 나 자신이 게을러지고 싫증 나는 느낌이다. 이렇게 마음속의 균형이 무너져 몸에 무게 추라도 달았을 땐 중력을 거슬러지고 싶다.

혼자 너스레를 떨었다가 다시 일어섰다. 인적도 드문 길거리는 공중전화기조차 보이지 않는다. 주변 사람들에게 말을 묻자 말이 술술 나오지 않고 자꾸 막히거나 굼떴다. 곧 흰 눈이 득시글거리는 거리에서

마침내 탈출할 수 있었다. 도착하자 다리에 맥이 풀려버렸다. 집에 올라와 보니 집 주변 언저리만 돌았던 것이다. 계단을 올라 초인종을 누르니 아름다운 미소의 금발아가씨가 반겨주었다. 스테파니는 32세 폴란드 출신의 온라인 마케팅 매니저로 일하고 있었다. 그녀는 걱정 했는지 나에게 얼마나 길을 헤맸느냐고 물어보면서 차를 건넨다. 뜨 뜻한 꿀차에 우유를 섞었는데 달콤함에 쌓였던 피로감이 순식간에 풀린다.

생각을 고무시키는 모든 것이 스승이란 말이 있듯이 오늘의 수월하 지만은 않았던 나의 여행 시나리오를 통해 지난번보단 훨씬 발전하 였다.

스테파니는 나에게 이케아의 침대로 확장이 가능한 소파사용법을 알려주고, 이곳에 있는 동안 사용할 공간을 정해주었다. 집 구경도 시켜주며 이런저런 소품에 대해 설명도 곁들여준다. 스무 평도 안 되는 조그마한 공간을 어찌나 오밀조밀 잘 꾸미고, 공간의 활용도가 높은지 내 마음에 쏙 들었다. 오디오에 아이폰을 연결해 고요한 노래를 몇 곡 틀어 놓으니 마음이 느슨해진다. 오늘 계획이 어떻게 되느냐는 물음에 휴식을 취할 것이라고 하였다.

아무리 여행은 모험이라고 하지만 지친 몸을 이끌고 밖을 돌아다니는 것은 내가 싫어하는 음식인 생선국 만큼이나 싫다. 모두가 평화로워지는 오후의 한때 창문 틈 사이로 직사광선이 넘어들어왔다. 우리는 차와 몇 가지 주전부리로 평화로운 오후를 채워가고 있었다. 식탁 위는 아직 철모르고 소담스럽게 핀 꽃 몇 송이가 화병에 담겨 있고 촛불 몇 개, 그리고 조그마한 액자가 나란히 서 있다. 액자 속에 온화한 미소의 여성이 단정히 자리에 앉아 있었다. 사진 속의 그녀의 순수한 순백의 미소는 사진 속에서도 선연했다.

서슴거리지 않고 액자 속 그녀가 누구냐고 물었다. 스테파니는 자신의 어머니라 대답하였다. 자초지종을 들어보니 어머니께서 일찍이 돌아가셔서 이제는 거의 스테파니의 또래같이 보였다. 그는 어머니의 품과 미소를 많이 그리워했다. 나는 그녀의 이야기를 들으며 죄라도 지은 듯이 숙연해지며, 한동안 침묵이 이어졌다.

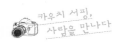

그녀의 눈빛은 희미한 어린 날이라도 회상한 듯 아련한 기억들을 더듬는 듯했다. 스테파니는 어머니에 대한 옛 추억에 대해 이야기 해준다. 그녀의 목소리에서 미동이 조금씩 느껴지며, 사진을 바라보는 눈빛은 애처로워 보인다. 얼마나 커다란 외로움과 싸웠을까? 아마 수천 번은 지나간 추억을 회상하며 외로움과 싸웠을 것이다. 사랑으로 가득 차야 했던 그녀의 마음은 외로움이 대신 찼을 것이고, 사랑을 갈구하고 원했을 것이다. 온전히 받기만 할 때는 무감각해지고 그 사랑의 크기와 위대함을 못 느낀다며 나에게 다시 한 번 어머니의 사랑을 생각하게 해주었다. 멀리서 바라보니 어리석게도 어머니의 따뜻함이 그리워진다. 앞서거니 뒤서거니 자식들만 바라보시는 우리 어머니, 벌써 오십 년이 무색할 만큼 세월이 남기고 간 흔적은 깊어졌다. 나의 기억에 우리 어머니의 젊은 시절은 없지만, 나의 곁엔 넉넉한 포근함이 남아 있다.

어느덧 날이 어둑어둑해졌다. 하늘은 노을빛으로 뒤덮고 우리는 어머니를 마음으로나마 껴안았다. 모두 지나간 시간에 대한 후회뿐이고 그리움뿐이다. 우린 함께 저녁을 준비하며 여러 이야기를 나누며 다양한 정서를 공유하였다. 그녀 역시 여행은 카우치 서핑이라며 사람을 만나고 그들의 문화를 배우고 그들의 경험을 공유하는데 완벽하다며 너스레를 떤다.

우리는 하품을 하며 오랜 시간 동안 잔잔한 주황 불빛 아래서 시간을 보낸다. 자정이 되니 창틈 사이로 교회 종소리가 들려온다. 하얀 샷시를 열어보니 오래된 고택의 옥상들이 모두 새하얗게 변했다.

마치 장구한 세월을 거슬러 올라간 듯한 중후한 건물들은 비가 오든지 눈이 내리든지 그 날씨를 더욱 감성적으로 표현했다. 온 동네는 종소리로 뒤덮였고 멀리서 시청사 건물이 보였다. 청량한 질감의 공기가 내 몸속에 스며들면서 온몸이 정화되는 느낌이다. 모든 것이 잊히고 지금 이 순간뿐이다. 내일에 대한 고민과 미래에 대한 걱정도, 과거에 대한 부끄러움도 모두 잊혀졌다.

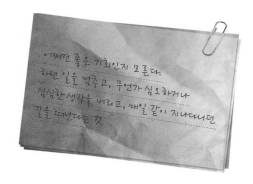

꿈을 꾸어라! 별이 된다

종일 눈이 내릴 심산인가 보다. 아침이 밝아왔는데도 속절없이 눈이 내린다. 길바닥은 얼마나 추웠는지 더 단단해 보인다. 스테파니는 아침 일찍 출근해서 나 혼자뿐이다. 인터넷을 살펴보니 폭설로 인해 영국에서 유로스타를 타거나 비행기를 타고 내려오려던 사람들이 발이 묶여 다시 한국으로 돌아간다는 사람들도 많다. 서둘러 넘어온 것이 다행 중 다행이다. 프라하는 1000년 만에 한파라고 하니 그 추위는 감히 가늠하기가 어려울 정도이다. 겨울이라 챙겨온 군대에서 입었던 내복부터 가지고 있는 방한품을 두둑하게 챙겨 입었다. 마치 군대에서 야간경계근무라도 나가는 듯이 비장한 각오로 문을 나섰다. 어찌나 매섭게 눈들이 내리는지 무거운 눈들이 우두두 떨어지고 있다.

그래도 강행군을 하기로 마음먹은 이상 다시 집으로 돌아간다면 온종일 집 지키는 개처럼 나 자신이 쓸쓸해질 것 같았다. 지하철을 타고 시내로 나왔지만, 길거리에는 마치 약속이라도 한 듯, 인적을 찾아볼 수 없다. 이리저리 돌아다니지만 나 혼자 이 도시에 버려진 것처럼 민망하다.

멀리 보이는 동상이 마음에 들어 그곳에 가까이 갔다. 사실은 그 동상 밑에는 조그마한 횃불이 꺼지지도 않고 활활 타오르고 있어 불을 좀 쬐려고 갔다. 사진을 찍고 싶은데 누구에게 부탁할 사람도 없고 그냥 눈 위에 올려 타이머로 찍고 있는데 멀리서 신기하다는 듯이 누군가 나를 쳐다보고 있다. 나도 신기하다는 듯이 그를 쳐다보았다. 다시 보니 그도 역시 여행자처럼 보였다. 혼자 이 거리를 거닐기엔 너무 쓸쓸할 것 같아 우연을 가장한 접촉을 시도하였다. 냅다 가방을 챙겨 그 사람 주위로 다가갔다. 나이는 비스름해 보이는데 한국인 아니면 일본인으로 보였다. 그에게 어디 출신이냐고 다짜고짜 물었다.

그의 야무졌던 표정 뒤로 애매한 표정들이 겹친다. 아마도 다짜고짜 이런 질문은 받은 적이 처음인가 보다. 물론 이런 질문은 나도 처음이다. 「I am Japanese.」하고 되받아친다. 우린 한동안 그 광장에 서서 이야기를 나눴다. 그의 이름 미키, 후쿠오카 출신의 유학생이었다. 현재는 영국에서 Gas Trader가 되기 위해 공부하고 있고, 더 반가운 것은 나랑 동갑 배기라는 사실이었다. 우린 마치 한일정상회의라도 한 듯 그 자리에서 악수를 나눴다.

'적'은 라틴어의 어원인 "친구가 아닌 자"이다 친구가 아닌 상대는 적이라는 말이 있다. 새로운 친구를 사귄다는 것, 인생이라는 험난한 여행길에서 함께 갈 수 있는 동반자를 만나는 것, 아무런 위장 없이 자신의 감성과 이성을 공유할 수 있는 것, 그리고 서로 살아온 배경

카우치 서핑,
사람을 만나다

을 뒤로하고 각자의 의견을 나눌 수 있는 것만으로도 충분히 설레는 일이다. 남에서 이제 우린 서로의 임이 되었다. 그는 세계의 맥주를 다 먹어보는 것이 소원이라며, 그 중 벨기에는 빼놓을 수 없는 맥주의 강국이라며 총애가 남다르다. 사진기 속은 정말 죄다 맥주를 먹다 찍은 사진뿐이다. 우리는 열심히 이야기하며 걸으니 시간이 어느새 점심시간을 가리키고 있었다.

단단해진 길거리를 걸으며 서로의 삶에 대해 동경하며 이야기를 나눴다. 우리는 상대방의 인식과 해석, 그리고 가치관을 이해하고 체험하고자 서로 노력했다. 우린 그랑드 팔리스부터 오줌누는 동상까지 돌아다니며 아름답기로 정평이 난 브뤼셀을 누볐다. 비록 두껍게 깔린 새하얀 눈에 가려 거리는 반쯤 가려졌지만, 그것은 우리의 강한 호기심을 자극할 뿐이었다. 잠시 근처 빵집으로 자리를 옮겼다. 조그마한 빵집인데도 블루베리 체리파이 등 화사한 빵들이 먹음직스러운 자태로 뽐내고 있었다.

우리는 조용히 차를 마시며 통유리 건너편으로

눈이 오는 소리에 귀를 기울였다. 발도 꽁꽁 얼었고, 손도 꽁꽁 얼었다. 심지어 옷까지도 꽁꽁 얼었다. 집 떠나면 개고생이라는 말은 틀림없는 말이다. 하지만 데미안의 작가 헤르만 헤세는 이런 말을 했다.

새는 알을 깨고 나온다. 알은 하나의 세계이다. 우리가 살고 있는 세계는 알 속의 유한의 세계이다. 하지만 알을 깨는 고통을 겪게 되면 무한의 세계로 나올 수 있게 되고, 하늘을 비상할 수 있는 날개를 갖게 된다.

우리는 알 속에 갇혀 있을 때 그 세상이 전부인 줄 안다. 나는 모든 과정이 알을 깨고 나가기 위한 하나의 과정이라고 생각한다. 만약 알이 깨지기 두려워서 계속 알 속에 갇혀 있게 되면 결코 자신의 힘으로 날 수 없게 되기 때문이다. 세상을 날고 있다는 상상을 해 본 적 있는가?

넓은 세상을 헤쳐나가야겠다는 야망, 세상을 향해 비상해야겠다는 꿈, 이것이 내가 여행을 다녀야만 하는 이유 중 하나이다. 여행은 분명 그런 비법을 전수하고 있는 듯했다. 나는 그렇게 느꼈다. 눈 속에 꼭꼭 숨어 버린 브뤼셀을 걸으며 멋들어진 건축물을 보고 조각상을 보아도 커다란 감흥은 오지 않았다. 우리는 여행 책에서 다루는 여행의 포인트도 지나치며 서로에 집중했다. 나는 그가 멋스러워 보였고 그의 인생관을 배워보고 싶었다. 뭐든지 받아들이고 받아들이지 않는 것은 선택의 차이이지만 말이다. 마치 그는 새로운 무언가를 마치 알고 있는 듯한 선각자처럼 보였다. 내 생각 또한 이렇게 세상을 만나지 못했더라면 규범적인 것에 얽매여, 유한의 세계 속에서 살고 있을지 모른다. 마치 이 세상을 다 안다고 맹신하는 사람처럼 말이다.

어느덧 거리는 어두워졌고 가로등 조명을 받은 눈들만 마라톤이라도 하는 듯이 우수수 떨어진다. 눈에 가리어 주위의 모든 것은 분간하기 어렵다. 추적추적 눈과 발을 맞추어 걷고 있는데 집에서 나를 기다리고 있을 스테파니와 그녀의 친구가 떠올랐다. 그녀들에게 근사한 저녁이라도 대접하고 싶어 대형마트로 발걸음을 옮겼다. 한참을 돌아다니며 메뉴를 강구했지만 고추장이나 된장 없이는 한국적인 맛을 내기 어려워 스테이크감 고기와 몇 가지 채소를 샀다. 집에 도착하자 그녀들이 나를 반겨준다. 「괜찮아? 너 옷 다 얼었어.」 눈을 실컷 맞은 뒤에 따뜻한 실내에 들어갔다 나오니 녹았던 눈이 다시 얼어버렸다. 하루 동안 새로 사귄 친구와 추위마저 잊고 밖을 돌아다닌 것이다.

스테파니가 내 옷을 받아 라디에이터 위에 올려두고, 일단 따뜻한 물에 샤워를 했다. 뜨거운 증기가 눈에 보이지 않는 곳까지 가득 매우면서, 모든 사물이 흐릿해져서, 모든 것이 묘연해졌다. 시간도 공간도, 내 자신도 말이다. 마치 얼었던 빙각이 녹듯 내 몸도 녹아내려갔다.

샤워를 통해 모든 피로와 생각들을 씻어버리고 비어있는 심신으로 나오니 몸도 마음도 홀가분하다. 몸을 말리고 금방 주방에 들어가 레퍼토리대로 음식을 준비하였다. 양파와 버섯들을 간을 맞춰 철판에 굽고 스테이크도 먹음직스럽게 구웠다. 푸짐하게 밥도 지었다. 아무

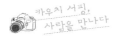
카우치 서핑, 사람을 만나다

래도 그동안 먹지 못한 흰 쌀밥이 그리웠다. 꽤 그럴싸하게 한 상 차려서 그녀들을 불렀다. 모락모락 피어나는 흰밥에 감탄한 건지 나의 정성에 감탄한 것인지 그녀들의 반응은 가히 성공적이었다. 그녀들은 남자가 이런 멋들어진 저녁을 준비한 것은 처음이라며 감탄에 감탄을 더한다.

우린 촛불까지 켜서 분위기를 은은하게 만들었다. 그리고 촛불로 다 못 밝힌 공간까지 재즈 음악으로 채웠다. 우리는 와인을 곁들여 오늘 밤을 기념하기로 했다. 단지 촛불 몇 개와 음악 몇 곡 켰을 뿐인데 마음 깊은 곳까지 고요해지고 아늑해졌다. 우리는 몹시 기품 있게 스테이크를 음미하려 날렵한 칼날을 세웠다. 아뿔싸, 고기를 한입 베어 물었을 때 너무 익힌 탓인지 조리 방법이 잘못된 것인지 기대됐던 스테이크는 자신의 정체성을 잃은 듯 보였다. 아마 질긴 고무의 정체성을 얻은 스테이크였다. 일순간 무언가를 설명은 해야겠는데 내 영어로 이들을 위로할 수 있을까 싶었다. 그녀들 역시 곧 알아차렸을 땐 민망한 표정이다. 맛있다고는 해야겠는데 영 말하기 언짢은 표정이다. 스테파니가 아주 잘 익었다며 나를 놀린다. 나는 오만하게 콧대를 세우며 음 잘 익었는데 하며 웃음을 터뜨렸다. 다들 얼굴에 웃음이 번졌다. 꼭꼭 씹어 먹는 모습이 고마웠다. 우린 그렇게 밤늦도록 와인 잔을 기울이며 이야기를 나누었다.

「나는 만약 CS(카우치 서핑)가 없더라도 재빠르게 CS처럼 여행할 수 있는 방법을 찾아보겠어.」 스테파니가 말했다.

「난 정말 CS를 통해 여행한 것에 대해 굉장히 행복해, 이렇게 멋진 여성분들과 이렇게 로맨틱한 저녁을 보내고 있잖아.」

「CS는 어떤 인종이든, 성별과 나이, 기준을 떠나 모든 선입견을 버리고 있는 그대로를 받아들이잖아. 그리고 CS에 가입한 대다수의 사람들은 남들이 창조한 가치보단 자신만의 가치에 더 중점을 두는 것 같아.」 쉽게 말하면 주체적인 삶을 말하는 것 같았다.

「스테파니, 너는 다음 목적지가 어디야?」 우리는 방랑자가 미개척지를 정복해가는 정복가처럼 낯선 곳을 갈구하였고, 모두들 새로운 것을 느끼고 싶어했다. 세상 구석구석을 돌아다니기엔 너무 인생이 짧지만 여행을 통해 만난 낯선 것들을 회상하면, 기나긴 겨울도 날수 있을 것 같았다. 「나는 태국이 다음 목적지야. 넌?」 「난 남미로 가겠어.」 「내 다음 목적지는 미주권이야.」 우린 어린 아이라도 된 듯, 호기심 가득한 표정으로 서로를 바라보았다. 사고는 행동의 씨앗이라 하지 않았던가. 우리는 먼 곳에 가겠다는 의지를 다듬으며 달콤 삼삼한 꿈을 꾸었다. 자리를 다 치우고서 음악의 볼륨을 조금 더 키우니 모든 것에 있어 한껏 감흥이 생긴다. 활기 넘치는 쿠바 리듬이 짙어지더니 스테파니가 살사복장을 내 허리춤에 둘러준다. 오늘 입은 자주색 상의와 잘 어울린다. 그녀와 마주보며 춤을 추기 시작했다. 사교 댄스의 스텝이라도 밟듯이 우린 호흡을 하나 둘 맞췄다. 그렇게 우린 평소와 같은 마지막 밤을 보냈다.

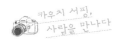
카우치 서핑,
사람을 만나다

ESPL 박지성을 만나다

네덜란드 암스테르담으로 떠나기로 한날 아침, 평소와는 다른 분위기이다. 보통은 우두둑 눈이 떨어질 텐데 하늘이 말끔해져 왠지 모르게 하늘이 허전하다. 항상 잠을 청하던 소파와 접이식 의자가 제자리로 돌아왔고 끌어다 쓰던 테이블도 벽 뒤쪽으로 밀려났다. 나는 무던히 짐을 챙기고 있고, 스테파니와 그 친구는 내 주변을 서성거리며 정리를 도와준다. 모든 것이 내가 오기 전에 제자리로 돌아갔다. 허공을 떠다니며, 느긋해 보이는 먼지가 별안간 부러워 보인다. 스테파니와 떠나기 전 손을 마주 잡았다. 그녀의 성의와 마음이 너무도 고마웠다. 다시 만날 수 있을진 모르지만, 그녀와 함께한 시간을 기억할 것이다. 그녀와 재회를 약속하고 나는 어두컴컴한 계단을 타고 내려와 시각장애인처럼 문을 더듬으며 거세게 닫았다.

재미있는 실화가 있다. 1634년의 이 나라에선 역사상 독특한 대중 열풍이 불었었다고 한다. 당시의 튤립을 구하려는 욕망이 온 나라를 뒤덮었다는 것이다. 튤립가격은 폭등하였고 너도나도 튤립에 손을 대기 시작했다고 한다. 그리고 2년이 흐른 뒤에는 여러 도시에 있는 주식거래소에서 거래되기 시작하면서 세계각지의 부자들은 이 나라로 사람을 보내 어떤 가격이든 달라는 대로 주고 사오라고 지시했단다. 그리고 그곳의 가난은 몰려오는 부로 채워졌다고 한다. 물론 튤립에 대한 광풍은 히스테리처럼 곧 사그라졌지만, 이때의 회고는 모든 사람들의 튤립에 대한 열정이 영원히 지속될 것이라고 했다고 한다. 영원한 것이 존재할까?

무엇을 쫓고 있는가!

암스테르담행의 기차에 늦지 않게 몸을 실었다. 누군가에겐 환락의 세상이기도 하고, 마지막 인생의 종착역이기도 한 암스테르담 중앙역, 암스테르담에 들어오기 위해선 육로건 항공기를 이용하건 중앙역을 지나기 마련이다. 쾌락을 맛보기 위해 들어오기도 하고, 죽음을 선택하여 들어오는 암스테르담 역은 마약과 안락사 등이 합법이다. 나는 잠시동안 두 가지의 극적인 예를 상상하다가 위험한 생각을 머릿속에서 털어냈다. 기차가 출발을 하고 레일과 레일의 틈 사이에 부딪히는 기차 소리가 더욱 차갑게만 드려온다. 굳게 닫힌 유리창 너머로 내 모습이 보인다.

온갖 망상이 스쳐 지나간다. 좁은 통로와 좌석이 협소하게만 느껴진다. 나의 목적지는 어느 곳일까?

묘한 긴장감이 맴돈다. 역에 도착하자, 중앙역은 초록빛과 붉은 옷을 입은 난쟁이들로 가득 찼었다. 수십 명이 난쟁이들은 크리스마스를 위한 모금활동을 하고, 몇몇 난쟁이들은 크리스마스 트리로 쓸 나무들을 바닥에 끌며 조용히 귀가하는 듯 보인다. 그들은 보이진 않는 무언가 행복한 에너지를 쏟아 내는 듯 활기찼다. 아마도 내가 탄 기차는 천국행 기차였나 보다. 중앙역의 앞에서 네모난 트램이 매우 고생스럽게 시종일관 난쟁이들을 옮긴다. 실제로 그 난쟁이들은 키가 작지 않다. 네덜란드는 남녀 평균 180cm, 세계의 최장신의 나라이지만, 난쟁이 옷을 입으니 키가 한없이 작아 보였다. 마약, 매춘, 안락사, 동성애가 공존하는 나라. 다른 곳에선 모두 할 수 없는 일들이지만, 이곳에선 그 다양성을 인정하고 있었다. 암스테르담은 알 수 없는 기운이 뒤 덮고 있어, 대낮인데도 음란하고 스산한 기운이 맴돈다. 나의 기분 탓일까. 꽉 묶은 운동화 끈조차 답답하게 느껴진다. 중앙역 앞에서 트램을 탑승하였다. 구겨진 종이봉투에 장을 봐서 집에 귀가하는 사람부터 크리스마스 엽서를 한통 사 들고 가는 사람, 뭔가 멋스럽게 차려입은 듯, 하지만 별로 멋없는 사람까지 줄줄이 서 있다. 레일의 바퀴에 부딪히는 소리와 주변 사람들의 대화 소리와 함께 아주 느리게 이동하였다. 트램은 수많은 사람들을 가로질러 가며 레일 위의 탈출을 꿈꾸는 듯하다. 이곳저곳에는 동성애를 상징하는 무

지개 깃발이 달려있고, 수십 개의 운하를 건너는 다리는 새삼 암스테르담에 온 것을 실감 나게 해주었다. 운하의 양옆으로 폭이 아주 좁은 길쭉한 집들이 이열종대로 서 있다. 네덜란드는 선진국 중 인구밀도가 가장 높아서 집의 폭으로 세금을 매겨 이런 건축물을 낳았다고 한다.

어느덧 목적지인 Leidse plein 역에 도착하였다. 그곳은 밤새 쪽지를 주고받던 호스트가 머무는 곳이었다. 자동차가 분주하게 돌아다니고 사람들도 들락거리는 것이 바쁜 동네이다. 그가 사는 층수의 벨을 침착하게 누르니, 전기가 울부짖는 듯 소음을 낸다. 잠시 후 철커덕 문이 열린다. 폭이 좁다 보니 동그란 구조의 계단을 한참을 올라간다. 그의 집 앞에는 수십 개의 재활용품이 제자리를 찾지 못하고 문 앞에서 방황하고 있다. 많이 익숙한 광경이다. 아마도 1분 1초를 바쁘게 사는 듯한 흔적이 이곳저곳에 보인다. 문을 두들기니 문 너머로 크고 거대한 체구의 친구가 장난기 가득한 미소를 짓고 있다. 그의 이름은 마크, 프로필에 올라간 사진보다 더욱 근사하고 잘 생겼다. 축구를 좋아하는지 종아리와 허벅지 근육이 대단하다. 부스스한 머리, 매력적인 미소, 신뢰감을 주는 골격은 곧잘 매치가 되지 않았다.

그가 입은 오래되어 보이는 폴로 니트는 적어도 세네 번 이상 크리스마스를 함께 보낸 듯, 미국국기가 빛이 바래서인지 때를 타서인지 거의 회색에 가까웠다. 그의 커다란 손바닥이 나를 툭치며 반긴다. 집안은 생각보다 아주 좁은 집이었다. 10평 정도도 안 되는 공간 안에 한 곳은 마크가 쓰는 방, 한 곳은 접대실로 쓰이며 그 사이를 잇는 통로는 부엌으로 활용되고 있었다. 물론 외부에 공용화장실이 있다. 방안의 찬 공기 때문인지 유리창에 하얗게 서리가 끼어있어 바깥이 잘 보이지 않는다.

접대실의 온풍기를 켜며 그가 말을 걸어오며 나에게 집에 대한 규칙을 하나하나 알려준다. 가급적이면 작업실엔 출입을 금하고, 화장실은 계단을 타고 2층 더 내려가야 한단다. 누군가 나의 정체를 물어본다면 카우치 서퍼라고 절대 말하지 말라 당부한다. 워낙에 카우치 서퍼들이 많이 다녀와서 이웃들이나 주인이 카우치 서퍼들을 싫어한다고 한다. 냉장고를 열며 음식은 마음대로 먹어도 좋다며 고개를 끄덕인다. 안을 들여다보니 땅콩 잼 반 통과 식빵 그리고 물 몇몇 과일 잼들이 전부이다. 냉장고를 밝혀주는 등은 수명을 다해 보였다. 그리고선 황금 열쇠 같이 생긴 오래된 주석열쇠를 나에게 준다. 아주 단순하게 생긴 것이 아주 멋스러워 보이지만 이걸로 문을 열 수 있을까 하는 염려도 든다. 세평쯤 되는 공간을 배정받고 벽면 한쪽에 빼곡히 자리 잡은 책장을 구경한다. 가까이 다가가서 보니 모두 축구잡지이다. 그렇다면 마크는 네덜란드의 유명한 축구선수일까? 그의 우람한 덩치와 쩍쩍 갈라진 다리 근육, 그리고 날렵한 콧날이 머릿속을 스쳐 가면서 온갖 추측을 난무하게 만들었다. 「너 축구선수야?」 「난 Soccer Journalist.」 그가 괜히 축구잡지를 모으는 것이 아니었다. 「너 좋아하는 팀 있어?」 「당연하지 나는 맨체스터 유나이티드의 팬이야, 우리나라의 박지성이란 선수가

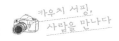

활약하고 있잖아. 박지성 알아?」「그래? 그럼 잠깐만 내 작업실로 와볼래?」 무언가를 보여주려는 듯 그는 알 수 없는 미소를 띠며 좁은 부엌을 지나 그의 작업실 겸 침실로 들어갔다. 그 방에는 접대실보다 많은 잡지들이 쌓여 있으며 흰색 베드와 접이식 책상 위로 데스크톱이 놓여 있다. 기자의 방이라서 그런지 사방은 종이로 뒤 덮혀 있고 한쪽은 종이 나부랭이들이 뭉그러져 있다. 그는 묵묵히 데스크톱을 연다. 그의 그런 사소한 행동 하나하나에 능숙함이 느껴진다. 마치 감각 하나에 움직이듯 컴퓨터를 열고 항상 들어가는 업무 폴더를 여는 듯하다. 나는 그보다 낮은 천장을 바라보며 층고가 낮은 건지, 그가 키가 큰 것인지 의심했다. 그가 보여줄 것을 찾았는지 집중하라는 눈치다. 음성녹음 파일이다. 폴더를 열고 볼륨을 올려보니 어디서 많이 들어본 한국인의 목소리가 들린다. Dutch로 유창하게 물어보자, 「나 Dutch 못하는데….」 하며 호탕하게 웃음을 친다. 분명히 많이 들어본 목소리인데 기억을 찬찬히 되짚어 본다. 아마 주변에 사람이 많은 곳인 듯 하다. 마크가 나를 툭툭 치더니 Ji Sung-Park 하는 것이다.

「아 맞아, 박지성 맞아, 그런데 어떻게?」
「실은 이번 달에 내가 박지성 인터뷰를 맡았거든. 맨체스터에 가서 그가 훈련하는 것도 보고 그의 인터뷰 내용을 작성해서 다음 달 호에 실을 예정이야.」 이미 편집을 마친 다음 달 호의 잡지도 가져온다. 잡지를 펼쳐 책의 중간쯤 가자 박지성의 사진과 그의 이름이 실려 있다. 물론 시중에는 출시도 되지 않은 가제본이었다. 그는 축구에 대한 열

정을 버리지 않고 지속적으로 몰입했고, 스스로 가치를 창조했다고
한다. 쉽게 말해 미래의 득실보다는 당장 좋고 싫음에 따라 행동했단
다. 그런 그는 지금 유명한 축구경기는 홈구장에서 직접 관람을 하고
스타급 플레이어들과 이야기도 나누며 자기 자신이 하고 싶은 일에
충실해지고 있었다. 그런데 왜 마크는 필드를 뛰지 않을까 하는 의문
이 들었다. 그는 누가 봐도 축구선수로서의 좋은 조건을 갖춘 것 같은
데 워낙에 출중한 선수가 많다 보니 실력이 모자라나 싶었다. 그가 잡

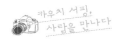

지를 펼쳐 들고 씩 웃는데 그 모습이 너무 좋아 보였다. 아무런 위장 없이 그 모습을 소유하고 싶었다. 나는 장난스러운 표정으로 「Photo?」

그도 기다렸다는 듯이 좋다며 모자도 쓰며 옷까지 갈아 입었다. 우리는 그렇게 한참 동안 사진을 찍었다. 온갖 기이한 포즈와 엽기적인 표정으로 서로를 압도했다. 카메라에 타이머를 걸고 10초마다 매번 새로운 포즈를 취했다. 후일 안면 근육이 땅겼다 할 정도로 얼굴을 구겨대며 사진을 찍었다. 마치 행위 예술가 마냥 생각하지 않고 행동으로 표현했다. 공동주택 맨 꼭대기에서 축구공을 가지고 드리블부터 슛, 트래핑 온갖 쇼를 다하며 사진을 찍어댔다. 더욱 놀라웠던 점은 마크의 축구실력이 예사 실력이 아니라는 것이다. 공을 자기 구역에서 절대로 내보내지 않으며 트래핑 또한 고도의 기술을 구사하며 화려한 발놀림을 선사했다. 우리는 축구를 통해 교감했다.

사진을 찍다 보니 어느새 사방이 어둠으로 가려졌다. 거리는 어둠이 누적되어 느껴지는 질감은 더욱 아름다우며 삐꺽거리는 나무 복도의 소리도 왠지 모르게 느낌이 있다. 마크는 조용히 방에 들어가서 작업을 시작했고, 나는 방으로 돌아와 발목이 남는 소파에 하늘을 바라보며 누웠다. 째깍째깍 시계 초침의 신음소리가 유난히 크게 들린다. 무언가 나를 감시하는 듯해 더욱 외롭게 만든다. 사방은 깊은 적막 속에 깊이 빠졌고 내 마음도 낯선 곳에 대해 이질감을 느끼고 있었다. 분명 머리는 조만간 익숙해 질 것이라는 것을 알지만, 가슴은 이미 적막함에 매료되어 버렸다. 모든 사물이 쓸쓸해 보인다. 무채색의 커튼 너머로 보이는 가로등도, 파이프 관을 통해 신음소리를 내는 라디에이터도, 사연이 있어 보이는 저 모퉁이 사이의 깡통도 구겨져서 수색이 가득해 보인다. 한번 씹은 고독은 나를 더욱 구석으로 몰아갔다. 갑자기 세상의 외로움은 내가 다 안은 것 같다. 더럽게 쓰다. 요리조리 흘러가는 강물들은 살랑살랑 운하를 질러가며 아무 일 없다는 듯이 고요하다. 추운 날씨 때문인지 이불을 덮고 누워도 봤지만, 이불 속에서 숨넘어가는 소리만 내고 있다. 배낭 속에서 온갖 덮을 수 있는 것과 입을 수 있는 것을 꺼내 시리지 않게 몸을 감쌌다. 창문 밖 너머로 여럿이 이야기를 나누는 소리가 들려온다. 한국에서 지내고 있을 나의 친구들이 머릿속을 스쳐 지나간다. 매일 싱글벙글 웃으며 동네 아저씨 마냥 소박하게 매일 내 안부를 묻는 친구부터, 오싹할 정도로 기억력이 좋아 내가 모르는 과거를 꿰뚫고 있는 친구까지 눈에서 아른거렸다. 물론 이 상황을 친구들이 알면 호탕하게 꾸짖으며, 장난을 건넸을 테지만 내 주변은 외로움을 뒤덮은 어둠뿐이다. 이 순간 어느 누구도 나를 생각하는 이 없고, 잘못됐을 때 시원하게 욕을 퍼부어줄 친구들이 없다고 생각하니 가슴이 먹먹해졌다. 가까이에서 매일같이 부대낄 땐 몹시 짓궂기만 했던 친구들이 마음에 쓰인다. 왜 사람은 멀리서 뒤돌아 보았을 때야 그 소중함을 느끼게 될까? 가까이에 있을 땐 그 소중함을 못 느끼기에 나 자신이 야속하기만 하다. 뜬눈으로 밤을 지새울 수 없으니 꿈속에서 친구들을 만나길 간절히 바라면서 억지로 눈을 감아본다.

암스테르담의 보통날

늦은 아침 마크가 부엌에서 이것저것을 뒤지고 있다. 부스럭부스럭
소리에 잠이 깼다. 어젯밤 꽁꽁 싸매고 잠을 잤더니 코와 목에 먼지
가 가득 찬 느낌이다. 오늘은 나 홀로 암스테르담을 돌아다니다 저녁
에는 마크가 참석하는 디자이너들의 크리스마스 파티에 함께 참석하
기로 했다. 마크는 평소처럼 작업하러 방에 들어갔고, 나는 암스테르
담을 느껴보고자 길거리로 나왔다. 아직 수북이 쌓인 눈이 비좁은 골
목길을 가득 채웠다. 울퉁불퉁한 돌들이 길바닥에 채워져 있고, 너나
나나 크리스마스를 기념하는 복장을 한 사람들로 가득 차있다. 크리
스마스까지 10여 일이나 더 남았지만, 그들은 거리 곳곳을 빨갛고 초
록 물로 물들여 놓아 크리스마스의 설렘과 즐거움을 오랫동안 즐기

카우치 서핑,
사람을 만나다

려는 듯했다.

몇 걸음 움직이지 않아 멀리 잘 정돈된 운하가 보였다. 도시를 둘러
싸고 있는 고리 모양의 운하는 암스테르담을 더 멋지게 만들었다. 추
운 겨울이라 그런지 운하를 더 멋스럽게 하는 크루즈들이 옹기종기
정박해있다. 그 너머로는 운하를 건너기 위한 멋스러운 다리가 놓여
있고, 하늘 높이까지 솟은 나무 위에는 크리스마스 장식이 달려있다.
그리고 네덜란드의 비좁은 땅덩이 때문에 생겨난 수상 가옥도 눈에
띈다.

이 집들은 나무와 알루미늄으로 건설되어 연결되어있지만 분리되기
도 한다. 앞으로는 2050년엔 초대형 수상 도시를 건설할 것이라는데
그들의 아이디어와 재치가 정말 대단하다. 분주하게 움직이는 암스

테르담은 신문을 들고 트램에 탑승하는 이들, 길거리 상점에서 패스트푸드를 기다리는 사람들, 어린아이들의 자전거 타는 모습, 아이스링크 장에서 스케이트를 타는 친구들을 보며 참 다채로운 풍경이다. 길을 걸으며 내 머릿속의 화두는 이들은 무슨 생각을 하고 사는 것일까이다.

어느덧 걷다 보니 담 광장에 도착해 있었다. 광장에는 수많은 인파가 트램으로 옮겨지고 있고, 사방은 멋스러운 건물들이 우리를 감싸고 있었다. 길거리엔 거리의 악사들의 구슬픈 목소리가 시선을 집중시켰다. 암스테르담은 누가 봐도 아름다운 도시였다. 하지만 오른쪽 블록으로 가니 이색적인 풍경이 펼쳐있었다. 어려서 보고 들은 풍차의 나라와는 달리 대조적으로 빨간 네온사인의 간판이 덕지덕지 붙어있고 가판대에는 성을 형상화한 상품들이 걸려있다. 바로 홍등가이다. 이곳에는 매춘부들이 '붉은 실'이라는 노동조합을 통해 스스로 권익을 보호하려고 다양한 문제에 대해 입장을 대변한다고 하니 성문화에 대해 많이 폐쇄적인 우리나라에 비하면 혁명적이다. 그렇게 홍등가를 지나 상점에 물을 사러 잠시 들어갔는데 신기하게 생긴 것이 가판대에 놓여있다. 초콜릿과자처럼 플라스틱 하얀 통에 담겨져 있었다. 그것은 마약으로 쓰이는 버섯이었다. 자세히 다가가서 보니 시각효과, 신체적 효과, 뇌에 대한 효과, 에너지에 대한 효과에 대한 평가로 조그만 냉장고를 가득 채웠다. 생각지도 못했던 마약의 등장에 그 냉장고 앞에서 한참을 서성거렸다. 갑자기 주변에서 유난히 웃음소

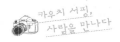

리가 크게 들려온다. 괴상야릇한 눈빛이 오갈 땐 그것을 응시하며 이상한 발상을 하기 시작한다.

하루 종일 걷다가 근처의 낡은 카페로 자리를 옮겼다. 입구에 들어서자 흉물스러운 마네킹이 검은색 해적 옷을 입은 채 머리는 산발하고 있다. 분명 커피숍인가 하고 다시 나가서 간판을 확인해 보지만 명확하게 간판에는 커피숍이라 적혀있다. 다시 내부로 들어가자 검은 담배 연기가 자욱이 실내를 가득 채우고 있고, 코를 찌르는 듯한 익숙하지 못한 냄새가 나를 자극해왔다. 몇몇이 묘한 표정으로 나를 뚫어지라 쳐다본다. 이미 자리는 거의 만석이고 둘 셋 짝지어서 이야기를 나누고 있다. 빛이란 빛은 다 차단해버리고 형형색색의 이상야릇한 조명들로 천장을 채워 놓았다. 마치 침범해서는 안 되는 영역에 침범한 듯했다. 귀밑털이 예민해지고 등골이 오싹해졌다. 키가 작고 쑥대머리를 한 잘생긴 웨이터가 나에게 다가와 내게 물었다. 「여기선 무엇을 취급하죠?」 그러자 마리화나, 몇 가지 버섯류, 코카인, 엑스터시, 스페이스 케이크 등을 나열한다. 나를 쳐다보는 몇몇 무심한 표정과 퇴폐적인 미소를 짓고 있는 얼굴들이 섬뜩했다. 누군가 나를 보며 담배를 폐 깊숙이 빨더니 헛기침을 해대고 그 연기는 공기를 더욱 몽롱하게 만들어 낸다. 잘못 들어 온 것 같다며 두려움에 슬몃슬몃 주위를 살피며 커피숍을 나갔다. 마치 제3의 영역을 다녀온 듯했다.

나중에 마크에게 듣기로 커피숍도 마약을 판매하는 상점이었다. 실제로 커피숍에서 마약을 하기 위해 네덜란드를 방문하는 관광객 때문에 마약 관광이라는 이미지가 제시되고 있지만, 2012년 5월 1일 부터는 외국인 관광객을 대상으로 그간의 정책을 대폭 수정하여 비거주자에 대해선 입장허용대상에서도 제외된다고 한다. 한마디로 마약 관광은 이제 불법화가 되었다.

어느덧 날이 어둑어둑해지고 있었다. 마크와 약속했던 크리스마스 파티에 가야 할 시간이 다가왔다. 마크는 미리 가 있기로 하였고, 나는 쪽지에 주소를 찾아가기로 했다. 약 30분 후 나는 예외 없이 방황하고 있다. 그래도 무슨 일이 좋은지 나의 표정은 싱글벙글이다. 트램을 타고 다른 동네로 넘어왔지만, 도무지 약도를 보고선 감조차 잡기 어려운 설명이다. 언제쯤 여유 있게 목적지에 도착할 수 있을까?

파티는 이미 약 서른 평의 널찍한 디자이너들의 스튜디오에서 열리고 있었고, 나는 그곳에 늦게나마 도착할 수 있었다. 그리고 곧 스튜디오의 특이한 구조에 매료되지 않을 수 없었다. 책상들은 개방형으로 공간을 나누지 않고 작업공간으로 쓰이고 있다. 몇몇 조화로운 예술품들이 부드러운 곡선을 이루며 작업실을 꾸미고, 할로겐 조명들이 어둠을 감각적으로 밝히고 있다. 나는 조심스레 오늘은 어떤 밤이 될까 기대해보았다. 파티의 분위기는 무르익어가고 사람들은 서로 마주하고 있다. 유럽에서의 첫 파티는 기대했던 것과는 사뭇 달랐다.

카우치 서핑, 사람을 만나다

내가 상상하던 거대한 펜트하우스에서 수많은 사람들이 칵테일과 음식을 즐기면서 댄스 음악에 몸을 맡길 거로 생각했지만 열 명조차 되지 않는 인원이 옹기종기 모여 앉아서 피곤한 다리를 뻗고 음료수에 목이라도 축이면서 외로운 마음과 외로운 시간을 달래는 듯했다. 그들은 그렇게 일상의 무미건조함 속에서 자기를 구조하는 듯했다.

늦은 시간이라 도시는 고요하고, 높은 층고 때문인지 더욱 적막하다. 그들은 이 도시의 정글에서 유일하게 살아남은 몇몇 생존자 같았다. 나는 가벼운 인사를 나누고 회사 오너가 직접 만들었다는 음식들을 받았다. 주최자가 이제 모든 참가인원이 모였으니 건배 제의를 한다. 모두 잔을 채우고 머리 위로 잔을 치켜세웠다. 다들 한 잔씩 비우고 다시 각자의 사연들을 풀어놓는 듯, 학창시절 단짝이라도 만나 수다를 떠는 모습이 편안하고 즐거워 보인다.

제품 디자인을 한다는 커다란 덩치의 흑인 친구가 나에게 말을 걸어 왔다. 앞으로의 계획이 조만간 한국에서 지낼 것이라며 한국의 생활에 대해 묻는다. 또 다른 친구는 나에게 명함을 주면서 암스테르담에 있을 때 언제든지 연락을 하라며 제안을 한다. 아마 현지인을 가이드로 두면 그 도시와 대화하는 몇 가지 방법의 하나가 아니겠느냐며 으스댄다. 그리고 잠시 후 누군가 나에게 한국에 관해서 이야기를 해 달라고 요청이 왔다. 모든 이의 화두는 한국으로 맞춰졌다. 마치 입사시험처럼 모든 이의 초점이 나에게로 맞춰졌다. 아직 한국적인 것

에 대해 진지하게 고민해본 적이 없었기 때문에 당황스러웠다. 한국
적이란 것은 단순히 한국에 알맞고 한국의 특징을 보여주는 것일까,
여러 가지 고민을 하다가, 그냥 머릿속에 있는 말을 주저리주저리 하
기로 했다. 「나에게 있어서 한국은 아주 큰 의미에요. 나의 나라이고,
내가 사랑하는 사람들이 살고 있고, 추억의 공간이자, 꿈의 터전이
죠. 음, 그리고 군 생활을 결정하고 나라를 지키며 느끼는 소속감과
애착, 그리고 내 것을 지킨다는 자부심은 이루 말할 수 없죠. 나는 한
국을 사랑해요. 맞아요, 우리나라는 전 세계 유일의 분단국가이지만
통일의 꿈을 키우고 있어요. 그리고 꿈도 피워 낼거구요.」 막힘없이
풀어놓았다. 단순히 재미를 위해서가 아닌 한국에 대한 내 이야기를
들려주었다. 그들은 이야기를 듣고 나니 좀 더 알고 싶은 눈치였다.
그들은 케이 팝에 대해서도 묻기도 하고 한국의 대표적인 핫 플레이
스나 문화 그리고 북한과의 관계에 대해서도 진지하게 물어왔다. 우
리는 맥주와 와인 병을 비워가면서 서로의 자질구레한 생각들을 되
씹어 가고 있었다. 그 분위기는 마치 예술다큐멘터리에서 예술가들
과 인터뷰를 하는 기분이었다. 우리는 그렇게 오랜 시간 달빛 아래서
서로의 생각을 주고받기를 반복하며 이야기를 나눴다. 시간이 늦어
밖으로 나오니 밤 공기가 제법 스산하게 우리를 둘러쌌다. 마크는 두
꺼운 패딩 점퍼를 걸친 채 아무 말 없이 내 곁을 걸었다.

불현 듯 추억 속으로

군대시절 우리부대에는 부대의 3대 미스터리 따위가 있었다. 미스터리 중 하나가 부대 내에 공통점을 갖은 박 씨가 세 명이라 해서 쓰리박이라고 불리는 존재가 있었는데, 이들은 남다른 에피소드를 하나씩 마치 옛 마을에 전설처럼 구전되어 내려오는 것이 하나씩 있었다. 그들의 공통점은 화가 나는 순간 마치 더러운 한 마리의 살벌한 산짐승의 모습으로 변한다는 것이다. 그래서 부대 내의 위엄은 사령관인 쓰리스타를 방불케 했고, 실제 권력을 꽉 잡고 있었다. 재수가 없어 쓰리 박 중 한명과 근무를 나가는 무시무시한 밤이 되면 그 맞선임도 긴장을 하고 같은 시간에 나가는 근무자들도 긴장을 할 정도였으니, 어지간한 사람이 아니고선 그들에게 얼씬도 못할 정도였다. 우리는

나는 옳고 당신은 틀리다. 그리고 중요하다 쓸모없다.
적극적이다 소극적이다 행복하다 불행하다.
수많은 이분법적인 사고들은 가장 중요한 개개인의 기준을
무시해버리기도 하고, 극단적인 표현 아래서 서로에 대해서
증오심을 넣기도 한다. TV속에서 100분 토론이라도 하듯이
논쟁을 할 줄 알지만 상대방의 이야기는 이해하려고 노력하지 않는다.
우리는 단지 서로 다른 세계관과 인식 그리고
정체성을 갖고 있는 것일 뿐이다.

그들을 미친개라고 불렀다.

서열상 첫 번째 박 씨와 두 번째 박 씨 세 번째 박 씨가 있었다. 나는 그들 중 세 번째 박 씨 선임과 유일하게 친분을 유지할 수 있었는데 그 덕분에 조금은 더 편안한 군 생활을 즐길 수 있었다. 그리고 첫 번째와 두 번째 박 씨와는 과도한 기수차이로 말조차 걸어보지 못한 전설속의 존재와 같았다. 그리고 몇 일전 우연히 접해들은 소문 중, 두 번째 쓰리박선임이 마침 독일의 베를린에 거주하고 있다는 이야기를 들었다. 나는 이 사실을 알자마자 선임에게 메일을 발송하였고 꼬박 회신만을 기다리고 있다. 그는 나를 기억하고 있을까? 기억한다면 나를 어떤 사람으로 기억하고 있을까, 과연 우리는 다시 만날 수 있을까? 이번에 못 보면 서로를 마주하고 평행선을 그어가며 서로를 잊어가겠지? 나는 그렇게 낡았지만 허름하지 않은 마크의 방에서 하루를 더 보내며 터무니없는 상상만 해댔다. 그리고 겨울은 점점 더 깊어져만 가고 있었다.

아직도 기억하고 있다. 쓰리박과 처음으로 근무명령서에 이름을 나란히 한날. 그날 새벽은 유난히 암흑이 짙었다. 부대에 들어와 처음으로 맞았던 기억도 쓰리박이었다. 이유는 복명복창을 안했다는 이유, 화장실 청소 막내라서 땀을 흘리며 변기 속을 틈틈이 닦고 있는데 소리가 안 들렸다는 이유로 나와 내 주변에 있던 선임이 턱 쪼가리를 나눠 맞았다. 그 일로 그와 마주할 때면 더 긴장하게 되었고, 근

143

무지 숙지사항이나 모든 행동을 FM화 하였다. 그때를 다시 돌이켜 보면 참 잊지 못할 추억이다. 모든 사회의 꼬리표를 때고 오직 기수 만으로 계급을 나눴던 군대, 언제 다시 그런 경험을 해볼 수 있을까 하고 말이다. 잠시후 마크의 노트북을 빌려서 이메일을 확인하고자 했다. 곧 그의 회신을 받을 수 있었다. '독일에 오면 필히 포츠담에 들 릴 것' 하고 말이다. 그래서 그의 주소와 핸드폰 번호를 받아 적고선 다음목적지는 독일의 포츠담으로 이동하기로 하였다.

마치 여행은 인생과 같다. 끊임없이 방황을 한다. 우리의 삶은 어느 때에 무엇을 선택하느냐는 자신의 몫이며, 어느 장소에서 누구와 함 께 하였는지도, 자신의 선택에 달려있다. 하지만 우리는 잠시 동안 의 방황에 대해 많은 불안을 갖는다. 일할 장소를 찾지 못해 방황하 고, 인생을 함께 할 반려자를 찾지 못했다고 방황한다. 그 많은 불안 의 요소들이 또 다른 불안을 낳고, 우리는 그 불안에 휩쓸려 행복과 는 선을 긋게 될 것이라 생각한다. 방황은 또 다른 기회를 낳기 마련 인데 말이다. 나는 또 편안해진 암스테르담을 뒤로하고, 정해진 시간 도 약속장소도 없이 나는 그렇게 한통의 이메일을 받아들고 이동하 였다. 베를린 행 기차에 몸을 실었다.

덜컹거리는 기차 안이다. 비 성수기라 예약도 필요 없다. 정처 없이 달리는 기차 속에서 나는 무엇을 향해 달려가고 있는 것일까? 암스테 르담을 한참 지나가니 놓치기에 아까운 풍경들이 우수수 스쳐 지나

간다. 나에겐 이제 익숙한 풍경이겠지만 누군가에겐 새로운 풍경이 겠구나 생각이 든다. 기차는 끊임없이 속도를 올린다. 내 건너편에는 한 남자가 두껍고 뻣뻣해 보이는 더플코트를 입은 채 앉아있다. 그가 데스크톱을 열더니 헤드셋 너머로 비트 감 있는 노래가 흘러나온다.

물론 그리 크지 않는 음량이었지만 조그마한 소리가 열차내의 질서를 흐리는 것 같았다. 괜스레 모공에서 식은땀이 흐르고 맞은편에 앉은 내가 불편해진다. 아마 8시간 20분이라는 기나긴 운행 시간이 더욱 길어 질 것 같았다. 시간은 서서히 흐르고 내가 그를 바라보는 부자연스러움이 그를 의식하게 만들어 버렸다. 나는 괜히 굳게 닫힌 열차의 창문을 바라보며 시선을 회피했다. 지도를 꺼내 지나온 루트를 체크하기도 하고, 여행서적을 뒤적거리며 여행정보를 피드백하기도 하며 딴청을 피웠지만 이미 의식하기 시작한 이상, 뭔가 꺼림칙한 느낌이 자꾸 든다. 그와 나와의 사이에 자리 잡은 테이블이 공간을 둘로 나눈 듯했다.

「너 혹시 어디 불편한데 있니?」
「아니 아니야 불편한 거 없어.」 몇 초 동안은 정적이 흘렀다. 우리는 그런 꺼림직한 느낌 때문에 대화를 시작했지만, 우리는 서로 주고받을 만한 화젯거리가 없었다. 잠시 후에 깨닫게 되는 사실이지만 그는 아주 재미있는 사람이었다. 나의 말을 잘 들어주기 도하고 내 이야기를 곧잘 이끌어내기도 했다. 「너 방금 노트북으로 하던 거 뭐야?」「아,

디제이 하고 있었어. 이번에 새로 받은 프로그램인데 이것만 있으면 음악을 가지고 놀 수 있지.」「아 그래 ? 나도 그쪽에 관심이 있는데. 너희 나라 음악 좀 들려줘.」 그는 수많은 리스트 중 몇 곡 집어서 내게 들려주었다. 그는 나에게 사용법을 알려주며 노트북을 넘겼고, 나 또한 내가 듣던 MP3를 그에게 넘겨 한국 음악을 들려주었다. 서로 신기한지 만지작거리면서 잠시 동안 아무런 말이 없었다. 「이 음악을 내 컴퓨터로 옮겨도 될까?」「그럼, 당연하지. 그 대신 나에게도 이 음악들을 메일로 보내줘.」

「넌 어디 가는 길이야?」「고향 가는 길이지. 우리 어머니랑 함께 크리스마스 보내려고.」 그는 베를린에서 멀지 않은 하노버라는 도시에서 살고 있었다. 그는 고향에 대한 이야기를 나누며 자기 집 정원이야기, 고양이 이야기, 옆집할머니 이야기를 하며 자신의 옛 추억을 회상하고 있었다. 그 기억들은 무지 선명한 듯했다. 「너는 고향이 어디야?」「나는 한국에서도 남쪽에 있는 광주라는 도시에 살아. 그렇게 크지도 않고 작지도 않은 도시지.」 나는 곧이어 광주에 대한 추억 이야기를 마구 풀어 놓았다. 소싯적 가족과 함께 다니던 소풍이야기부터 고등학교 때 자전거 여행이야기까지 광주 곳곳에는 내 기억이 묻지 않은 곳이 없었다. 그는 한참을 듣고 있다가 나에게 말을 했다. 「그렇게 고향이 있다는 것만으로도 감사해야해! 만약 베를린이나 뮌헨 같은 대도시가 고향인 친구들은 잘 느낄 수 없는 것들이 있거든. 대도시는 워낙에 변화가 빠르다 보니 금방사라지고, 없어지고, 시끄럽고,

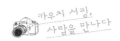

복잡하단 말이야, 하지만 작은 도시가 고향인 사람들에겐 언제나 다시 와도 포근하고 편안하잖아. 돌아오면 나를 반겨주는 친구들도 있고, 옆집 아저씨도 있고, 어렸을 때 주고받았던 편지들, 장난감, 그리고 고등학교 동창까지도 자주 만나볼 수 있으니 말이야.」

돌이켜보니 어떤 곳이든 그곳에 대한 기억들은 순수했던 나 자신을 돌이켜 보게 했다. 말은 제주도에 보내고 사람은 서울에 보내라는 옛 속담도 있어 서울에 10만원을 들고 상경 했을 때, 나는 어느 곳에서도 머물 수 있는 곳이 없었다. 창밖에 비가 내리고 거친 비바람이 불어 사람들이 자신의 집으로 들어갈 때, 나는 갈 곳이 없었다. 다행히 친구와 군대 선배의 집을 전전하며 방법을 찾아가곤 했지만, 나는 서울 사람들을 마냥 부러워하고 있었다. 나는 힘든 것에 대해 내색하지 않는 편이라 체념하고 이겨내려는 편이라 지금 생각해보면 우여곡절도 많았다. 그렇게 나는 하루하루를 보내고 있었을 뿐, 나의 고향에 대한 소중함은 전혀 생각해보지 못했던 것이다. 불과 몇 년 전까지만 하더라도 고향에서 소박한 꿈을 키우던 나인데, 어느 순간 세상에 대한 욕망과 현실 앞에서 나를 적응 시켜야만 했다. 나는 그렇게 그의 이야기를 수긍하고 있었다.

두세 시간이 지나자 거리의 주택들이 뜸해지면서 밭들과 무수한 나무들이 스쳐지나간다. 그리고 아직 녹지 않는 눈들이 눈부시게 반짝거리고 있다. 그 뒤편으로 BMW의 광고간판이 허허벌판에 외로이 서있다. 아마 독일로 넘어온 모양이다. 냉전의 역사가 살아 숨 쉬는 곳, 지금은 통일독일의 수도 베를린, 시간이 갈수록 베를린에 더욱 가까워진다. 날이 어둑어둑해지고서야 베를린에 도착할 수 있었다. 그와 아쉬운 이별을 뒤로하고 이메일과 페이스 북을 받아 두었다. 밖으로 나오니 밤공기가 정말 차가웠다. 베를린 중앙역에서 포츠담까지 한 번 더 기차를 갈아타야 했다. 마치 베를린이 서울이라면 포츠담은 경기도쯤 같았다. 날이 어두워지자 너도 나도 포츠담 행 기차에 몸을 실었다. 그렇게 한 30분을 타니 포츠담에 도착하였다. 일단 돈을 조금이라도 아껴보고자 아무것도 먹지 않고 바로 선임 집에 찾아가려고 공중전화기에 가서 1유로를 넣고 통화를 시도 했다. 어떻게된 일일까 세 번 네 번 전화를 했는데 받지를 않는다. 혹시 깜박했나, 아니면 혹시 내가 온다는 것을 농담으로 흘려버린 걸까 온갖 추측이 난무한다. 나는 여느 때와 다름없이 방황을 하고 있다. 30분마다 다시 전화를 해보며 잠시 일을 보느라 못 받은 것이라며 나를 위안하며, 포츠담 역의 의자에 앉아있다. 매번 느끼는 것이지만 낯선 곳에서의 방황은 모든 것이 더 낯설어 보인다. 항상 한 번씩 들리는 중앙역의 휴게실은 알아먹지 못할 뉴스를 틀어놓고 무표정한 앵커의 뉴스를 심각하게 듣는다. 오래 되지 않아 휴게실에 있던 사람들까지도 모두 빠지면 나 혼자가 된다. 올해의 겨울은 유난히 춥다. 어느덧 시계는 9시를 가리키고 있고 배낭에서 막 꺼낸 외투를 겹겹이 입었다. 바람소리가 흔적을 남기며 내 귓전을 날카롭게 스쳐지나간다. 바람 탓인지 기분 탓인지 신경이 더 날카로워진다. 돌아다니며 숙박업소

를 찾아봐야하는지 시간을 조금 더 기다려야 하는지 나로서는 알 수가 없다. 마지막으로 전화통화를 시도했다. 따르릉 따르릉, 신호음이 반복 되도 대답은 없다. 이미 포기하고 수화기를 내려놓을 즈음 수화기에서 익숙한 목소리가 들려왔다. 「할로!」

「여보세요? 혹시 박현 씨 핸드폰 아닌가요?」 나는 조마조마한 마음으로 수화기를 더 귀에 밀착시켰다. 「어, 우진아. 미안, 나 현이다.」 나는 겨우 한숨을 돌릴 수 있었다. 「형, 전화 안 받기에 무슨 일 생긴 줄 알았어요!」 「맞아, 무슨 일이 생겼어. 지금 내가 어디에 있는지도 몰라.」 「무슨 말이에요.」 「빙판길에서 넘어져서 의식을 잃었나봐, 지금 병원에 실려 왔다.」 「많이 다쳤어요?」 「응, 조금. 간호사에게 물어 볼게, 10분 뒤에 다시 전화 줘.」 나는 금방 병원으로 찾아갔다. 엘리베이터가 5층에 멈춰서고 문이 열리자 그의 병실로 향했다. 병원은 병원 특유의 냄새도 찾아볼 수 없을 만큼 깨끗했다. 때마침 병동에는 의사선생님과 간호사가 회진을 돌고 있었다. 노크를 하고 병실로 들어갔다. 다리엔 흰 붕대를 감고 있는데 곳곳에 검은 철을 건축현장 파이프처럼 세워놓고 팔에는 링겔이 꼽혀있었다. 「형, 몸 괜찮아요? 심하게 다치신 것 같은데….」 「아, 미안하다. 집 가는 길에 빙판길에서 미끄러져 가지고 여기까지 왔네.」

우리는 그렇게 서로의 안부를 전했다. 잠시 후 회진을 돌던 의사선생님이 들어와 붕대를 풀더니 소독을 하고 새 붕대로 묶어준다. 정말 큰 상처였다. 의사선생님이 돌아가자 아랑곳 하지 않고 휠체어를 가지고 오란다. 잠시 바람 좀 쐬면서 이야기하자고 엘리베이터를 타고 밖으로 나왔다. 키를 건네주면서 그가 말했다. 「우진아, 미안한데 내가 다쳐서 같이 있을 순 없으니깐, 우리 집에 가서 좀 있어라.」「그 나저나 조심좀하시죠.」「괜찮아, 다행히 내 병원비도 모두 정부에서 지원해주고 친척들이 챙겨주니깐 걱정하지 말고 내 기숙사 가서 편하게 쉬어. 집에 있는 김치도 먹고.」「알겠어요. 그럼 일단 쉬고 내일 또 올게요. 오늘은 좀 늦었으니까요.」 조금은 망설이다 대답했다. 나는 일단 또 지친 몸을 이끌고 슈투덴틴 본 하임으로 출발했다. 그곳은 대학교의 기숙사였다. 나는 그곳에서 김치에 흰밥을 비벼먹으

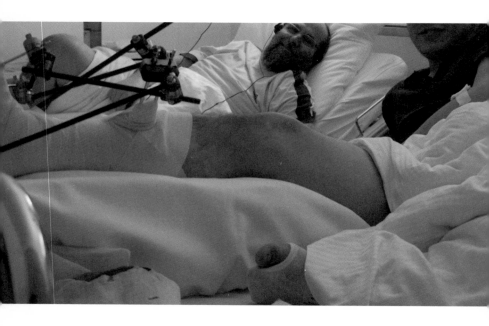

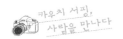

며 내일 하루는 좀 쉬어야겠다고 다짐했다. 8평 남짓한 방에 들어서자 오랫동안 청소를 안했는지 구석구석 먼지가 수북이 쌓여있고 세면대에는 설거지 거리가 한 가득이다. 우선 샤워실에 가서 뜨거운 물로 몸을 푹 지졌다. 듣던 대로 석회질 물이라 그런지 씻어도 뽀드득한 말끔함이 없다. 방에 들어와 늦은 새벽까지 컴퓨터를 했다. 사진도 이동식 디스크로 옮기고 한국의 소식을 SNS를 통해 전해 들었다. 침대에 벌러덩 누워 얼얼한 몸뚱이와 머리를 매트릭스에 맡겼다. 유난히도 몸이 무겁다.

눈을 뜨자 우직하게 닫힌 창문 너머로 조용히 내리는 눈송이들이 나를 진정시켜 주는 것 같았다. 평화롭고 조용한 아침이다. 방학 기간이라 그런지 학생들이 모두 고향으로 돌아간 듯하다. 나도 고향에 온 것처럼 아침부터 밥통에 흰쌀밥부터 얹혔다. 잠시 후 그윽한 밥 냄새가 방안을 가득 채운다. 오늘은 하루 종일 집에 있기로 했다. 지금까지 보고 느낀 동독일은 공산주의를 경험했던 나라이기 때문인지 모든 것이 단정하고 단단해 보이고 차가워 보이고 외로워 보인다. 집 앞의 마트에 가서 피자 한판과 샴푸 500ML, 아이스크림 1000ML, 와플 한 봉지, 햄 한 덩이를 샀는데 5유로도 나오지가 않는다. 공산주의의 때가 아직 묻었는지 물가는 한국보다 저렴하다. 쉽게 말하면 내가 구입한 모든 제품이 1500원도 하지 않는다는 것이다. 지금까지 비싼 서유럽의 물가만 겪다가 물가가 상대적으로 저렴한 곳에 오니 정말 같은 하늘 아래 있는 나라가 맞는지 의심스럽기도 했다.

아주 한적한 아침이다. 사박사박 기숙사로 돌아와서 대충 짐을 정리하였다. 그리고선 햄 한 덩이를 프라이팬에 기름을 두른 뒤, 계란과 함께 아침식사를 했다. 김치와 한 덩이의 햄으로도 감사하지만 얇은 무를 썰어 넣은 진한 청국장이 생각나는 아침이었다. 언젠가는 또 여기서 먹었던 고기와 빵들이 그리울 것이다. 일어나야 할 시간이었지만 한참을 이불 속에서 시간을 보냈다. 언제쯤인가 유럽에 대한 새로운 것들에 대해 내 마음속에 울림은 점점 둔해졌다. 이젠 어디를 가든지 서양의 건축양식이 신비롭지 않고 모두 비슷해 보였다. 유럽인들의 라이프스타일, 그리고 우리와 사뭇 다른 자연 환경, 창 밖으로 보이는 풍경들도 이젠 조금은 따분해진다. 맨 처음 유럽에 왔을 때엔 길거리의 풍경을 감상하며 시간을 보냈지만 이젠 그마저도 쓸쓸한 느낌이 든다. 여행 내내 그런 설렘이 지속될 줄만 알았다. 이제 어느덧 시간이 지났다고 길 위에서 적응을 해 버린 걸까? 모든 것이 익숙해지고 눈에 익으니 처음의 애틋한 마음은 사라지고 억지로나마 그곳을 느끼고자 노력했다. 나는 호흡을 고르며 마트에서 사놓았던 초콜릿 젤라또를 먹기 위해 냉장고로 다가갔다. 문을 열자 다 먹은 빈 만두봉지와 먹으면 배탈이 날 것 같은 음식들로 가득 차 있었다. 둘러보니 주변의 모든 것들을 치우려면 하루는 꼬박 셀 판이다. 그래도 군대에서 배운 청소의 기술로 엉금엉금 침대속까지 들어가 먼지를 제거하기로 했다. 거의 누룽지가 되듯 굳어버린 밥풀부터 머리카락, 그리고 세면대의 물때까지 주변을 닦기 시작했다. 세 시간 정도가 지나자 언제 그랬냐는 듯 모든 것이 제자리로 돌아 간 듯했다. 깨끗한

주변을 둘러보니 여기서 며칠 지내고 싶다. 내일은 크리스마스다. 우리 집 막내 동생의 생일이기도 하다. 삼형제 중 막내 동생은 항상 집안의 귀여움을 담당하고 있다. 나와는 여섯 살 차이가 나는 막내 동생이 그립다. 사랑이란 신비한 감정이다. 말할 수 없는 거친 외로움 속에서도 사랑은 그 세상을 이겨내게 도와준다. 만일 사랑할 줄 모른다면 그만큼 불행한 일은 없을 것이다. 아마도 이번 크리스마스는 최악의 크리스마스가 되질 않을까 하는 생각이 든다. 모두가 고향을 찾아 떠난 기숙사에서의 나 홀로 크리스마스, 아마 한국의 크리스마스 거리는 연인들이 너도 나도 나와서 거리를 매 꾸고 있겠지, 대뜸 크리스마스이브를 병원에서 홀로 보내고 있을 현이 형이 생각났다.

조용한 기숙사 복도를 나와서 1층 로비에 있는 공중전화로 가서 전화를 걸었다. 따르릉 따르릉 「여보세요. 현이 형 뭐하고 있어요?」「쉬고 있지, 너도 잘 쉬고 있지? 혹시 편지 온 거 있었니?」「편지요? 아니 없었어요. 혹시 기다리는 편지 있어요?」「아니 혹시나 해서 혹시 편지 오면 좀 알려줘.」

나중에서야 알게 된 이야기지만 아날로그적인 우편문화가 보편적인 유럽은 각 기관에서 문서 없는 프로세스를 추구하기 위해 각종 청구서나 행정서류를 편지로 증명한다는 것이다. 그렇게 편지의 중요성이 대두 되다 보니 받는 편지는 모두 모아야 하고. 혹여 편지를 방치하는 것도 자기 잘못이라는 것이다. 그렇게 우편문화가 발달하다 보니 편지봉투에는 20여개의 칸이 인쇄되어 받는 사람과 보내는 사람만 고쳐서 편지를 발송하도록 한다. E-mail과 SNS등 통신 매체의 발달로 무너져버린 인간의 아날로그 감성을 그들은 일상적인 소통 속에서 되찾고 있었다. 나 역시 군대를 다녀온 이후로 편지에 대한 애착을 잃어버린 것 같다. 고등학생 시절부터 손 편지를 좋아하는 나는 종종 미술 하는 친구들에게 편지지 디자인을 부탁해 학교가 끝나면 도서관에서 편지를 주고받던 때가 기억이 난다. 어렸을 때 뭘 안다고 귀찮게 그러냐는 친구들도 있었지만 나는 왠지 그런 일상이 좋았다. 편지로 서로의 안부를 묻고 이야기를 나눈다. 어느 날 그 편지를 다시 꺼내 읽어도, 그 당시의 기분, 감정, 분위기를 고스란히 느낄 수 있다. 지금은 모든 것이 과거가 되어버렸지만 감성이 담기지 않는 컴퓨터의 쉽게 삭제할 수 있는 이메일과 달리, 오랜 시간 동안 지난 기억들을 추억하게 도와준다. 그렇기에 나는 손 편지를 좋아한다.

편지 이야기를 마치고 형이 말을 꺼냈다. 「우진아, 오늘은 쉴 거지? 내일 베를린 나오면 내 노트북 좀 가져다주라, 너무 따분 하네.」「그럼요. 문제없죠. 어차피 크리스마스에 할 것도 없으니 베를린이라도 나가려고 했어요.」「그래 뭐 계획 있어?」「아니요, 특별한 건 없어요, 내일 느긋하게 베를린이나 둘러 볼려구요.」「그래 딱히 계획 없다면 나대신 파티 좀 나가라. 유학생들 파티인데, 가보면 독일에 대해 조금 더 알 수 있을 거야. 재미도 있을 거고.」서로 이야기를 주고받던 중속으로 기쁨을 감추질 못했다. 「형. 내가 가도 될까요?」「그럼. 너처

럼 처음 오는 사람도 있을 거야. 그러니깐 맛있는 것도 많이 먹고 재미있게 놀다 와라.」 「네. 그럼 내일 아침 일찍 노트북 들고 찾아뵐게요. 쉬세요. 형.」 「그래 고맙다. 아! 참! 나올 때 옷 따뜻하게 입고 나와야한다. 베를린은 네가 상상하는 그 이상으로 추워.」 그렇게 혼자 몇 번인가 기침을 해댄다. 그렇게 형의 조언을 마지막으로 방으로 돌아와 피자 한판, 젤라또 한통, 그리고 와플 한 봉지와 함께 나 홀로 크리스마스 이브를 보냈다. 그날 밤 거대한 기숙사 건물에는 기척조차 없고, 아무 일도 없었다.

낯선 이와의 크리스마스 파티

AM 09:00. 눈을 뜨면서 크리스마스의 아침이 시작되었다. 크리스마스 마켓과 장식문화를 만들어낸 독일에서의 크리스마스여서 인지 대단히 기대가 됐다. 길거리는 연인과 가족과 친구들로 가득 차고 골목마다 울리는 캐럴이 화려한 초록색 빨간색 조명들과 어울려 축제분위기를 낼 것이다. 호기심을 한 가득 안고 떨리는 마음으로 길거리로 나왔다. 길거리는 조용하고 밝았다. 병원에 가는 길에 주위를 살펴봐도 크리스마스 분위기를 실감 할 수 없었다. 홀로 서있는 대형 트리만이 조용히 크리스마스라는 것을 알리고 있는 듯했다. 모두들 가족들과 시간을 보내는 것 같았다. 마치 수업이 모두 끝난 학교에 방과후 수업을 들으러 가는 기분이다. 가는 길은 쓸쓸하지만, 나 역시 저녁에는 크리스마스파티에 참가할 것이라는 사실에 만족스러웠다. 그리고 내년에는 꼭 사랑하는 사람들과 크리스마스를 보내겠다고 다짐한다.

나는 예정대로 병원에 도착했다. 초행길이 아니라 그런지 단번에 찾아 왔다. 형은 함께 병실을 쓰는 40대 중반의 아저씨와 어느새 친해져서 서로 크리스마스를 축하하고 있었다. 간밤에 새벽까지 이야기를 하며 서로의 이야기를 들어줬다고 한다. 병원 역시도 각 병실마다 예쁜 포장지로 포장된 선물로 지루 할 수 있는 병동에 활기를 불어 넣었다. 빨간색에 하얀 털로 포인트를 준 의사선생님과 간호사들의 회진을 도는 모습이 멋져 보인다. 환자들의 서랍 속엔 산타 할아버지 모양의 초콜릿부터 먹음직스런 초콜릿들이 한 가득이다. 이 모든 것들을 간호사와 의사선생님들이 준비했다니 대단해 보였다. 나는 목이 말라 물을 받으러 간호사에게 갔다. 물 좀 달라 하니 초록색 유리병에 든 물을 준다. 갈증이 너무 심해져 바로 그 자리에서 콸콸 마셔댔다. 꿀꺽꿀꺽 넘어가야할 물이 성대에서 턱 막히며 넘어 가지 않고 막 쏘아대는 것이다. 나는 한바가지를 뱉어내고 현이 형에게 갔다. 「맛도 없는 것이 마셔대도 갈증이 풀리지 않는데요.」「탄산수야. 알잖아 유럽은 석회질 암반 때문에 탄산수 먹잖아.」 이야기를 들어보니 고기위주의 식생활을 하는 유럽인에게는 탄산수가 어울리지만 채식위주의 한국인의 식생활에는 잘 안 맞는다고 한다. 그러나 계속 먹다보면 탄산수가 갈증해소도 잘되고 좋다는 현이 형의 말이다.

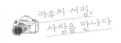
카우치 서핑,
사람을 만나다

순간 탄산수와 미숫가루를 타먹으면 어떤 맛일까 생각해보았다. 만일 물 인줄 알고 탄산수를 섞는다면 굉장히 흥미로운 일이 벌어질 것 같다. 나는 테이블에 놓여 있는 탄산수를 바라보았다. 「우진아, 생수하고 탄산수하고 구별법을 알려줄게. 괜히 탄산수 사서 후회하지 말고 잘 들어! 탄산음료들이 바닥이 평평한 거 봤냐? 다 울퉁불퉁하지? 만약에 바닥이 평평하면 팽창하거나 온도가 올라갈 때 병이 터질 수가 있대 그래서 탄산수 또한 울룩불룩한 밑바닥이고 생수는 평평해, 그걸로도 모르겠으면 흔들어서 눌러봐, 딱딱하면 탄산수야 나도 맨 처음에는 모르고 탄산수 많이 샀다.」

아침식사가 각 병실로 분배되고 있었다. 우리나라였다면 밥이나 죽에 각종채소와 육류 반찬이 나왔을 텐데 식빵에 치즈를 올려서 준다. 과연 모두가 영양가 있는 식사를 하고 있을지 의문이었다. 나는 육체적이나 심리적 고통은 참을 수 있어도 배고픔에 대한 고통은 참을 수 없기 때문에 음식에 대해선 무지 민감하다. 옆에 누워있는 외국인에게 아침, 점심, 저녁으로 쌀밥을 차려먹는다고 하면 그들은 깜짝 놀라기도 했다. 무전여행 당시 초기에 적응을 잘 못해서 많이 굶었던 기억이 최악의 기억으로 남아있다. 양파를 뽑아서 주먹밥에 먹기도 하고 바닷가에 나가서 고동이나 조개를 잡아 삶아서 요기를 하거나 나무에 과실들을 따서 먹기도 했다. 나중엔 잘 얻어먹고 다니긴 했지만 여행 이 후에는, 음식에 대한 소중함을 절실하게 깨달았다. 일부러 고생한 보람이 있었다. 나에게 그 여행의 과정이 없었더라면 지금

쯤 나는 무엇을 하고 있을지, 지금처럼 만족하는 삶으로 살고 있을지 생각해보기도 한다. 나는 바깥으로 나가서 베를린을 돌아보기로 했다. 현이 형에게 파티가 열릴 장소와 시간을 받아들고 트램을 타고 이동했다. 가는 동안 오늘 저녁에는 동생에게 생일 축하한다는 이메일이라도 보내야겠다고 다짐한다. 베를린 거리의 공기는 살벌할 정도로 차가웠다. 조용한 길거리에는 무거운 코트를 입은 몇몇 사람들만이 돌아다닌다. 아마 모두 외국인 같아 보인다.

나는 이 추운 길거리를 혼자 다닐 수 없어 동행을 구하기로 마음을 먹었다. 중앙역으로 가서 동행자를 물색하기로 했다. 그래도 중앙역이라 많은 사람들이 묵묵히 자기 일들을 보고 있었다. 그들 중에는 눈에 띄는 아시아인 두 명이 있었다. 멀리서 그들을 응시 했다. 아마 지도를 펴들고 나와 같은 목적으로 돌아다닌 듯했다. 신중하게 마음속으로 생각을 하고 슬그머니 물었다. 그들도 역시 한국인이다. 잠깐의 어색함이 흘렀지만 그런 것엔 아랑곳하지 않고 한국말로 동행을 신청했다. 함께 다니면 멋진 경험이 될 것 같다며 진지하게 말을 붙였다. 그들의 나이는 30대, 두 사람은 편한 형 동생 사이 같았다. 아니 정말 한동네에서 같이 크고 자랐던 그런 동네 형과 동생의 사이라 했다. 그들이 함께 했던 시간이 얼마나 오래됐을지 짐작이 갈 정도로 그들은 척척 맞는다. 넉살 좋게 웃는 모습이 참 잘 어울리는 사람들이다. 우리는 그렇게 잠시 동안 그 자리에서 이제까지 수없이 많이 해온 식상한 질문을 주고받으며, 바깥 날씨에 상관없이 길거리에서 서성였다. 물

론 그 대답은 모두 다르지만 세상에 신기한 재주들, 지금까지 보아온 정말 매력적인 사람들, 특별했던 일상 그리고 사회의 다양한 길에 대해 이야기 한다. 위로도 해주고, 조언도 해주고, 기뻐도 해주고, 짤막한 대화가 오고가는 등 하루 종일 다양한 이야기를 나눈다. 여행을 다니면 촌스러운 이름이든, 다 헤져가는 옷을 입었든, 궁핍한 주머니 사정이든 중요한 것이 아니다. 어떠한 조건도 형식도 없이 모든 것을 잊고 함께 다니다 보면 외로움을 느끼지 않도록 해줄 친구만 있으면 된다. 나에게 이십대에는 느끼지 못하는 것들을 몇 가지 짚어주며 인생에 대해 냉철하게 이야기 해준다. 지금부터 남들보다 부지런해라, 자기계발을 열심히 해라, 마음껏 즐겨봐라 등등, 다른 사람들이 흔히 할 수 있는 말들이지만, 지금까지와는 다르게 더욱 가슴에 와 닿아 나는 그것을 가볍게 여기지 않는다. 내가 어떻게 살던 그게 무슨 상관있겠냐고 말하겠지만 따지고 보면 정작 서로를 잘 아는 사람들은 구구절절 그런 이야기를 잘해주지 않는다. 가까이 있는 사람은 더욱 냉철하지 못하며, 그런 이야기를 꼬집어서 해줄 사람이 많지 않다는 것을 알았다. 정말 한참을 들여다보아도 아무리 귀를 기울여 봐도 정작 자기의 문제점은 잘 보이지 않는다. 사람은 보고 싶은 것만 보고, 믿고 싶은 것만 믿기 때문이다. 나는 그런 시각적 협소함을 여행을 통해 넓힌다. 나에게 더 많은 여유가 있다면 이렇게 더 돌아다니고 싶다. 셋이서 이런저런 이야기를 하다 보니 베를린의 밤이 깊었다.

오늘도 소중한 사람들의 만남에 감사함을 느낀다. 시간이 아홉시에 가까워 오자 점점 불안해졌다. 적당한 틈을 타서 이야기를 중단시키고 새로운 약속장소로 가야하기 때문이다. 고맙게도 형들이 어서 가보라며 다음을 기약한다.

목적지는 Wedding 역. 다행히 중앙역을 지나 얼마 멀지 않은 곳에 있었다. 일단 전화 부스에 들어가서 전화를 걸어 봤다. 혹시 모를 계획이 변경됐거나 취소 됐을 때 괜한 헛걸음하기 싫어서도 있었지만 이제 출발하겠다고 알리기 위해서였다. 하지만 아무도 전화를 받지 않는다. 오늘밤이 약속이 깨지면 또 방에 틀어박혀 있어야 하니 할 수 없이 일단 Wedding 역으로 이동했다. 이러한 외지에서 휴대폰도 없이 돌아다니는데 약속시간에 전화까지 받지 않는다는 건 정말 질색이다. 약속이 확실해 지지 않으면 부질없는 생각을 자꾸 하게 된다. 그로부터 약 30분 만에 Wedding 역에 도착했다. 약속장소는 볼품없는 회색건물들이 오와 열을 맞춰 줄지어 서있는 아파트 단지였다. 아파트의 창문에서 새어나오는 불빛이 유난히도 따뜻해 보인다. 반면 모래 놀이터에는 차가운 쇳덩이의 놀이기구들이 꽁꽁 얼어붙어 있다. 길거리는 황색 빛 가로등이 미동도 없이 회색건물들을 비추고 있다. 아파트 주변을 어슬렁거리는데도 개미새끼 한 마리보이지 않았다. 모든 게 정지해 있는 듯 바람조차 불지 않는다. 시간도, 공간도, 내 생각들도 말이다. 길을 물어볼 사람도 없다. 분명히 이 집이다 싶어 초인종을 눌러 보았지만 아니다. 그렇게 세 번 정도를 다른 집 초인종을 눌러댔다. 날은 이미 저물었고 어둠 속에서 내 몸은 점점 더

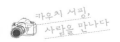

지쳐가고 있다. 12월은 혼자 지내기엔 너무나 외로운 계절이다. 괜스레 상대적인 박탈감이 밀려오면서 주위의 사람들이 모두 행복해 보인다. 이 아파트의 동 호수의 개념은 한참을 연구해 보아도 잘 모르겠다. 열시가 갓 지나서야 나는 약속 장소에 도착할 수 있었다.

신발을 벗자 두꺼운 등산화도 꽁꽁 얼어있다. 모두가 한참동안 내가 오기만을 기다렸는지 모두가 나와서 나를 반겨주었다. 모두가 베를린의 한국유학생이었다. 작은방의 벽 곳곳엔 크리스마스 소품들이 꾸며져 있고 여기저기에 켜진 촛불들이 분위기를 더하고 있었다. 호스트인 은진 누나가 제일 먼저 나를 반겨주었다. 그녀는 매우 깔끔한 흰색 셔츠에 귀여운 나비넥타이와 빨간 카디건을 걸쳐 입었다. 대충 현이 형에게 내 이야기를 전해들은 은진 누나가 초면이지만 나를 소개시켜주었다. 「이쪽은 현이 씨랑 친한 동생분인데, 여행을 하다 베를린에 왔데요.」 「안녕하세요? 송우진이라고 합니다.」 나를 포함해서 모두 여섯 명이 자리에 둘러앉았다. 남녀 한 쌍은 성악을 전공하시는 부부였고, 한 분은 미술을 전공하는 혜원이 누나, 그리고 승이 형. 은진 누나는 나를 테이블에 앉히고 주방으로 들어가더니 커다란 칠면조 구이를 꺼내온다. 커다란 테이블엔 빨간색 식탁보가 깔려있다. 그리고 그 위에는 각자의 이름과 이미지를 직접 새겨 넣은 종이 위에 나이프와 포크 와인잔 등이 정렬해있다. 구석의 한편엔 전채 요리로 낼 수프부터 샐러드 브라우니 등 각종 음식들이 마련되어 있었다. 이런 크리스마스 파티는 난생 처음이지만 즐거운 경험이 될 것 같았다.

우리는 자연스럽게 테이블에 둘러 앉아 조금씩 이야기를 하며 낯선 분위기에 적응하고 있었다. 훈훈한 밤이다.

오디오에선 느릿느릿하면서 위태로운 재즈의 선율이 우아하게 흐르고 있어 마음이 정화되는 느낌이다. 한편에서는 삼각대에 고정된 카메라가 우릴 주시하고 있다. 은진 누나의 진행으로 칠면조를 커팅 하고 각자 원하는 음식을 주고받으며 접시에 덜었다. 그리고 와인 잔에 검붉은 빛의 레드와인을 담았다. 「오늘 이렇게 파티에 참석해서 자리를 빛내주신 여러분에게 고맙고요. 즐거운 시간 보내시길 바랍니다.」은진 누나의 한마디와 함께 Cheers를 외치며 서로 눈을 마주치며 잔을 부딪쳤다. 무언가 나만 모르는 신호를 나누며 어떤 수작을 부리는 건 아닌지 나로선 당황스러웠다. 나를 물끄러미 바라보던 혜원이 누나가 머뭇거리는 내 모습을 보고 이야기 해준다. 「독일에선 잔을 마주칠 때 눈도 마주 쳐야 돼요. 일종의 눈인사죠.」「맞아요. 만약 눈을 마주치지 않는다면 저주에 걸린다는 속설이 있거든요.」은진 누나가 한마디 돕는다. 「어떤 저주인데요? 뭐 괴물로 변한다거나 불치병에 걸린다는 그런 저주요?」모두들 피식 웃는다. 「음, 아마도….」

「Bad sex라고 해서 6년간 이성과 섹스를 못하는 저주에 걸리게 된대요, 그러니깐 기쁨이 결여된 삶을 사는 거죠.」당황스러웠지만 적당히 맞장구쳤다. 그보다 이 저주를 만들어낸 작자의 오묘한 수작에 더 놀랐다. 술을 마시며 어느 정도 취기가 올랐을 때 이성 간에 눈의 초점을 맞추며 교감을 한다는 것은 아마 금방이라도 그 저주를 풀어버릴 것 같았다. 어느새 부자연스럽던 눈 맞춤도 이제 제법 자연스럽다. 서로의 이야기에 귀를 기울이며 수긍하고 이야기가 끝나면 그것에 대해서 진지하게 논의 하였다. 대화의 주제가 약간 철학적이면서 심오하다. 다양한 소재가 이야기의 주제가 되었다. 나와 혜원이 누나는 와인을 나눠 마시며 잠시 동안 문답을 주고받았다. 「미술하신다고 들었는데, 티셔츠를 디자인해서 독일에서 생활비를 충당하신다고 들었어요. 그일은 어떠세요?」 「돈을 벌기위해서 티셔츠를 팔았다기보다는 처음 일을 시작하게 된 건 개인적인 전시에 해당할 수 있는 활동을 하기 위해서였어요. 다른 사람들과 내가 만들어 낼 수 있는 것들을 나누고 싶어했고, 거기서 많은 보람을 느꼈거든요. 매주 나가기 위해선 일주일을 신경 쓰고 준비해야하는 것 이외 수많은 어려움이 었었고 힘들고 그만두고 싶을 때가 많았지만, 그럼에도 불구하고 나를 일 년 가까이 그곳에 붙잡아 둘 수 있었던 건 거기서 만나게 된 친구들과 다른 이들에게 나라는 작은 존재가 무언가를 하고 있다는 것을 보여주고 함께 애기하고 나눌 수 있는 무언가가 있었기 때문이었죠. 우진 씨도 여행을 다니다 보면 그런 걸 많이 느끼지 않나요?」 그녀는 진지한 목소리로 말했다.

「네. 당연하죠. 저도 전적으로 동의하고 있어요. 저 역시도 여행을 다니며 세계적인 명소보다는 이렇게 사람들과 교감하고 새로운 세계를 배울 수 있는 것에 감사해요. 여행에 대한 생각은 어떠세요?」 「저

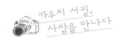

는 무언가 목적이 있는 여행이 좋아요. 지금까지는 이탈리아와 체코를 방문해봤죠.」 나는 고개를 끄덕였다. 「제가 이번엔 독일에 왔잖아요. 궁금해요. 독일에 대해서 말이죠.」 「저도 아직 독일에 대해선 잘 모르겠어요. 쉽사리 판단을 할 순 없지만, 제 개인적인 생각으로는 독일 사람은 참 벽돌같이 딱딱한 빵 같은 느낌이에요. 속은 부드러울 수 있으나 딱딱하고 규칙적이고 체계적인걸 좋아하고, 일상생활에서도 굉장히 말이 많아요. 시시콜콜한 대화를 나눠도 깊은 철학과 항상 접목시키죠. 그들은 정말 대화나 토론을 즐기는 것 같아요.」 「음, 그럼 독일 음식은 좀 어때요?」 「우리가 흔히 생각하는 맥주에 대한 자부심은 굉장하죠. 하지만 소세지는 아직까지 들어본 적이 없네요.」 그녀는 하나하나 예를 들어가며 자세하게 이야기 해주었다. 나는 고개를 끄덕이며 그녀의 이야기를 열심히 들었다. 「그렇다면 독일유학은 어떤 계기를 통해서 오시게 된 거에요?」 「한 일본작가의 에세이를 보고 오게 되었는데요. 그가 뒤셀도르프 미술대학에서 공부했기 때문에 독일을 선택하게 됐죠, 별다른 이유는 없어요.」 이야기를 나누며 은근히 그녀의 진지한 인생관이 느껴진다. 「독일어는 안 어려우세요? 발음도 좀 이질감이 느껴지던데요.」 나는 그녀의 대답이 충분히 끝났다고 생각했을 땐 다시 물음표를 던졌다. 「독일어는 항상 어렵죠. 독일어를 배우면서 감사한 한 가지는 영어가 쉬워졌다는 것이에요. 여기선 모든 계약들이 편지로 이루어지기 때문에 계약해지나 변경 등에 독일어는 필수에요. 그래서 더 어려운 것 같아요.」 「정말 베를린에서의 유학은 매력있는 것 같아요. 대학학비도 공짜고, 혜택도 무지

전혀 기억이 나질 않는다. 어느 길을 걸었는지 무엇을 보았는지, 무엇을 하였는지. 조금은 희미한 기억의 찌꺼기들만 남아있다.

많잖아요. 그리고 베를린은 작가나 아티스트에게 경제적인 지원부터 예술적 지원까지 아끼지 않는다고 들었거든요.」「맞아요. 요즘은 파리지앵보다, 뉴요커보다 더욱 신선한 정신을 무장을 한 사람들이 베를리너라는 말이 있어요. 이제 베를린은 예술과 문화의 중심지죠.」「정말 솔깃한데요? 저도 유학을 온다면 베를린으로 와야겠어요.」

「그동안 오랜 시간 바닥에 엎어진 물을 담는데 보내지 않았나 싶어요, 어쨌든 한 개인 개인 저마다의 다른 철학으로 스스로의 성을 쌓

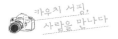

고 살아가는 요즘, 저는 제가 쌓아올린 성이 한낱 모래성 같은 것이었다는 생각이 들어서 허물어진 성을 버리고 다시 시작해야겠다고 다짐을 하고 있어요. 많은 사람들이 독일에 유학을 오고 유학원을 통해서든 어디서든 정보를 많이 구하고 경제적으로도 많이 준비를 하고 오시는 것 같은데, 저는 아무런 준비 없이 그저 제 가슴을 뛰게 만드는 일을 하나 결정해 오게 되었어요. 그게 미술이었구요.」

10분 전부터 은진 누나는 샴페인을 들고 크리스마스 카운트를 하는 중이다. 10, 9, 8 … 3, 2, 1 성공적으로 터뜨리진 못했지만, 그 덕분에 온전한 샴페인을 마실 수 있었다. 주방에 가서 혜원 누나랑 은진 누나가 뒤적거리더니 글루바인을 끓여서 나온다. 각종 과일과 올리브, 와인 등을 넣어 끓인 따뜻한 글루바인은 크리스마스에 먹는 또 다른 전통음식이라 일러준다. 그윽한 와인에 과일향이 더해져 마치 맛좋은 따뜻한 칵테일을 연상시킨다. 나는 술을 못하지만, 분위기에 취해서인지, 좋은 술 때문인지 술이 계속 들어간다. 밤은 점점 깊어만 가고 우리의 분위기는 무르익어가고 있었다. 와인병이 동나기 시작했고 방바닥에는 유리잔, 플라스틱 컵, 와인 병들이 뒹굴어 다닌다. 「우리 게임을 해서 진 사람이 한잔 먹고 1유로씩 내기, 돈 좀 모아서 술 좀 더 사오죠!」 은진 누나가 제안을 했다. 모두가 유쾌한 분위기에 취해 동의한 듯 고개를 끄덕였다. 그리고선 금방 5유로를 모았다. 더 모아야할 것 같지만, 승이 형이 5유로를 들고 나가 와인 두 병과 500ML 맥주를 종류별로 네 가지를 사왔다. 크리스마스 밤은 그렇

게 늘어지고 있었다. 시계는 어느덧 새벽 4시를 가리키고 있지만, 누구도 잠에 들 생각을 하지 않았다. 어느덧 해가 밝아오고 있었다. 이날 우리가 마신 술들만 와인 7병에 글루바인 한 주전자, 샴페인 한 병에 맥주는 셀 수 없었다. 우리는 묘한 기분으로 몽롱한 채 아침을 맞이했다. 스무 살 이후로 이렇게 하루를 꼬박 보낸 적은 처음이었다. 참으로 오랜만에 느껴보는 기분이다. 마치 넘지 말아야할 경계를 넘은 것처럼 머리가 멍해지고 온몸에 힘이 없다. 아침 7시다.

익숙한 생각, 그리고 익숙한 외로움

햇볕은 밤샌 우리를 무기력하게 만든다. 커튼을 젖히자 시커먼 공간이 다시 빛으로 채워졌고 동공은 빛을 조절하느라 정신이 없다. 한동안 모두들 창밖을 바라보며, 짧았지만 기나긴 어젯밤을 회상해본다. 눈을 조용히 감았다. 잘 기억은 나지 않지만 분명 우린 미련 없이 마음에서 흘러나온 이야기를 머리를 거치지 않고 털어냈다. 이미 지나가버린 것은 추억이 돼 버렸지만 미련은 남지 않는다. 크리스마스가 되는 25일이 돌아오면 매년 이 베를린에서 보낸 지난밤을 곱씹어야겠다. 25일 아침, 운 좋게도 모두가 고향으로 내려간 덕택에 부스스한 몸을 이끌고 포츠담까지 갈 필요가 없어졌다. 세 명은 귀가하기로 하고 세 명은 집에서 묵기로 하였다. 은진 누나의 안내로 이름 모를 친구의 방에서 하루를 묵기로 했다. 방에 들어서자마자 오래된 꾸리한 냄새가 풍긴다. 잘 씻지 않는 DJ를 하는 친구의 방이란다. 시트 커버와 베개를 받아서 소파 위에 올려놓고 꼼짝 않고 누웠다. 모든 것이 낯설어 보이지만, 오늘은 이곳에서 지내야 한다. 테이블 위에 놓인 액자 속의 남자와 눈이 마주쳤다. 환하게 웃고 있는데, 이 청년 나를 감시하는 느낌이 든다. 테이블 위에는 날짜가 지난 신문과 메모용지가 놓여있다. 걸핏하면 매일 다른 일간지가 놓인 곳에서 잠을 청하지만 나도 모르는 사이에 잠이 든다.

눈을 뜨자마자 물론 은진 누나와 혜원 누나에게 작별인사를 하고 얼굴에 물만 묻히고서 포츠담으로 향했다. 황량한 느낌마저 들었던 거리에는 모든 것이 제자리로 돌아온 듯, 활기를 되찾았다. 언제쯤 나는 제자리로 돌아갈 수 있을까? 계단을 오르면 계단을 내려와야 하고, 밖을 나갔으면 안으로 들어와야 하듯, 매일, 매주, 매달, 매년 비슷한 일상을 반복하고 순환한다. 그리고 허망함, 슬픔, 불쾌함, 심심함, 불안함, 기쁨 모든 감정 또한 반복적으로 일어난다. 그러한 일상에서 매몰되다 보면 새로운 세상에 대한 호기심보단 친숙한 것에 본능적으로 더 이끌린다. 나에겐 어딘가에 정착할 수 있는 곳이 없어 불안하기도 하지만, 나의 정착지보다는 매번 희망을 느낄 수 있는 낯설고 새로운 곳이 더 좋다. 그러면서도 평소에 하던 익숙한 생각을 자주 떠올리게 된다.

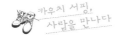

잠시 동안이지만 돌아오는 기차 안에서 생각이 많아졌다. 그리고선 메모용지와 볼펜 한 자루를 꺼내서 무언가를 곧장 적었다.

주변이 칠흑처럼 어두워졌을 때 비로소 현이 형을 만날 수 있었다. 마침 같은 병실을 쓰던 아저씨도 퇴원해서 단둘이 남았다. 나는 무용담이라도 이야기하듯이 크리스마스에 있었던 사사건건을 이야기로 모두 말해주었다. 형은 그 상황이 떠오르는지 미소를 지어낸다. 병원 생활이 며칠이 지나자 형의 얼굴에는 수염이 삐죽삐죽 자라나기 시작했고, 씻지 못했는지 꽤꽤해 보인다. 「우리 나갈까?」 형이 물었다. 「아뇨, 밖에 추운데 여기 있죠.」 그의 익숙한 표정 속에서 군생활이 회상되었다. 「그래?」 짧다면 짧고 길다면 길 수 있는 군생활, 겁먹은 얼굴로 실무생활을 배워나갈 적에 그가 밖에 나가자고 하는 건 지독한 긴장감과 두려움이 몰아쳐 왔다. 「형, 그거 알아요? 실무배치 받고 처음으로 화장실에 가서 밤새 기수 외우는데 형 이름에 별표쳐져 있었던 거!」 국가를 지휘하는 대통령부터 국방부장관, 사령관의 이름에도 없던 별표였다. 난 그때부터 그가 부대에서 독보적인 존재라는 것을 알았다. 그래서 그를 마주칠 때면 얼굴에 수심 끼가 가득했다. 시간이 지나서야 그때의 속을 털어놓았다. 「잘 모르겠는데 그런 거 누가 적어준 거야?」 「이야기하면 길어지죠. 심지어 그 선임의 취향까지 공부해서 근무지 나갔는데요.」 그가 무슨 음식을 좋아하는지, 관심사는 무엇인지, 취미는 무엇인지 알고 있다면, 하루에 네 시간 근무는 무리 없이 보낼 수 있었다. 그때 근무를 서면서 경청하는 기술과 상대방의 관점에서 대화하는 방법을 익혔던 것 같다. 옛날이 그리워 졌다. 다시 돌아가라면 내키지 않지만, 팔도의 사람들이 한데 모여서 하루 종일 살을 부대끼던 그때가 좋았다. 스무 살부터 약 2년간 걱정거리가 생기면 어김없이 선임에게 털어놓고 고민도 털어버렸다. 그 이후로도 나는 고민거리나 모르는 것이 있으면 곧잘 물어볼 수 있는 습관이 생겼다. 매일 차가운 쇳덩이를 들고 정지한 듯 멈춰있는 시간 속에서 밤을 지새웠던 날 그때 나는 자신에게 솔직하면서 뒤돌아볼 수 있었던 밤이었다. 모두가 잠에든 깊은 새벽이면 막연한 마음으로 이것 또한 금방 지나가겠지 생각했다. 달이 휘영청 하게 밝은 날이면 삭막하기 그지없는 초소에도 달덩이는 우리를 따스하게 비춰주며 초소 안에서 달과 추억거리를 나눴다.

추억은 외로운 나에게 끊임없이 말동무가 되어주었다. 하루는 친구가 되어주기도 하고, 하루는 사랑하는 나의 여자 친구가 되어주기도 했다. 추억 속에서 반성하기도 하고, 유쾌하기도 하고, 아파 하기도 하였다. 한 편의 영화의 필름이 끊겼지만, 그 계기를 통해 새로운 영화를 기획하고, 그전 영화에 대해 미흡한 부분을 보충하여 갔다. 하늘을 바라보기도 하고 비 냄새를 맡아 보기도 하고 구름 속에 숨은 달을 찾기도 했다. 그땐 이런 생각을 안 했지만 지금 다시 회상하면 내가 그런 생각을 했었구나 하고 알았다. 현이 형은 그때를 정확하고 날카롭게 기억하면서 독설과 유머를 섞어가며 이야기했다. 「어떻게 할래? 이제 계획이 어떻게 되는 거야?」 형이 물었다. 「형. 저 내일

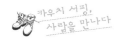
카우치 서핑,
사람을 만나다

은 체코로 떠나려구요. 슬그머니 출발해야죠.」「그래, 잘 곳은 구해됐어?」「그럼요, 러시아 출신 유학생이 재워주기로 했어요.」「그래? 아무튼, 조심히 여행 마치고 자주 연락하자.」「그래요, 형도 어서 쾌차하길 바랄게요.」「그래. 고마워.」 우리는 서로 미안해 하였다. 나는 형에게 신세 지며 병간호 한번 제대로 못 한 미안함이었고, 형은 함께 베를린 구경을 나가지 못 한 것에 대해 아쉬워했다. 덜컹거리는 엘리베이터를 타고 병원 밖으로 나왔다. 아쉬운 작별인사를 마치고 터벅터벅 길을 걸었다.

정류장에 다다르자 서너 명의 사람들이 버스를 기다리고 있다. 잘 정돈된 거리는 얼핏 보면 커다란 왕소금을 뿌려 논듯 하다. 정류장의 유리에 비친 내 모습을 보는데 어두컴컴한 달빛 아래서 꾀죄죄한 사내가 나를 바라보고 있다. 병원에서 급하게 나와서인지 점퍼에 달린 모자가 말아 올라가 가방 끈에 걸려있다. 다시 옷매무시를 고치려고 손을 뒤로 넘겼지만 닿지 않는다. 그때에 누군가 내 모자를 다시 고쳐준다. 이름 모를 독일 남자이다. 나를 보고 덩치에 맞지 않게 수줍은 미소를 짓는다. 처음 한동안은 당황한 기색을 감출 수 없었다. 약 50대 초반으로 보이는 그는 백발에 잿빛이 나는 벙거지 모자를 눌러쓰고 커다란 재킷에 양손은 호주머니에 넣고 있었다. 나는 오해를 한 듯 의심했지만 환하게 웃고 있는 그에게 답례해야 할 것 같았다. 「고마워요.」 그날 밤은 유난히도 별빛이 짙었다. 어느 나라를 가든지 지난밤 보았던 별들이 하늘에 알알이 박혀있다. 저 멀리 수천만 광년 남짓이 나를 바라보는 별들은 내 유일하고 오래된 여행 동반자이다. 어느 방향에서 흘러왔는지 모를 바람은 스쳐 지나가고, 산에서 만난 시냇물 또한 계곡을 타고 산으로 내려가 버리지만, 밤하늘을 바라보면 수시로 지나가는 구름을 사이로 익숙한 별 무리가 자리 잡고 있다. 하루 종일 걷느라 진이 빠져도 빠르게 움직이는 비행기에 탑승해도 졸졸졸 나를 따라온다. 별 볼 일 없는 나이지만 외로운 긴 밤, 별들은 처음부터 끝까지 날 위로해주고 바라봐준다.

내 자신에 대한 물음

루이 암스트롱의 「LA VIE EN ROSE(장밋빛 인생)」을 틀었다. 3분 30 초의 짧은 트랙이지만 루이 암스트롱의 거친 음색과 그루브한 리듬이 일상의 나른함을 느끼게 해줘서 아름다운 선율은 나를 더욱 편안하게 만든다. 특히 트럼펫 솔로연주가 끝나고 암스트롱의 보컬 도입 부분이 너무나 매력적이다. 한국에선 잘 듣지 않던 재즈를, 유럽에 와선 재즈 음악에 취해 길거리에서 서성이곤 한다. 재즈를 들을 때는 감미로운 선율에 취해선 아무것도 할 수가 없다.

아침 열시, 나는 꾸렸던 짐을 들고 기숙사를 빠져나왔다. 옆집에 어스레한 인상을 풍기는 중국인과 친해져보길 기대했지만 그는 친구와 항상 열띤 토론을 하고 있어 끼어들지 않았다. 조심히 주위를 살피며 가급적이면 기숙사 사람과 마주치지 않게 재빨리 밖으로 나갔다. 그리고 만족한 표정을 지은 채 며칠째 늘 버스를 타던 정류장으로 나왔다. 얼음이 꽁꽁 얼어있지만, 바람이 불지 않아서인지 고요한 침묵이 이어졌다. 꼭 온실 속에 들어온 듯 편안하다. 잠시후 베를린 역에서 프라하 행의 기차 안, 페이스 북을 확인하니 현이 형의 긴 장문의 편지가 적혀있다. 작은 인연으로 알게 되어 이렇게 멀리까지 와주어 고맙고 아무쪼록 빙판길 조심하며 여행을 잘 마무리하라는 그런 내용이었다. 나는 그 편지를 확인한 후 즉시 얼버무리지 않고 답장을 발송하였다. 아마 차마 남자끼리 표현하지 못했던 감정들을 편지로 표현하였다. 몇 번이나 되새김질을 하고나서야 발송 버튼을 누를 수 있었다. 그리고 스쳐지나가는 도시의 정경을 말없이 바라보았다. 몸은 피곤에 찌든듯하지만 어수선했던 머릿속은 한결 정리된 느낌이다. 어디쯤부터 였을까? 어두워지기 시작하더니 슬슬 머리끝부터 발끝까지 힘이 풀리기 시작했고 맥을 못 추다 잠에 들었다. 기차의 진동조차 느끼지 못할 만큼 아주 깊은 잠이다.

예정대로 17시 27분이 되자 체코의 수도 프라하에 도착할 수 있었다. 국경을 넘어가는 기차를 타면 경찰들이 기차에서 여권을 검사한다더니 아직까지도 한 번을 만난 적이 없다. 국가와 국가 간에 이렇게 자유롭게 넘어가는 것이 큰 문제가 될 법 하지만 일상적으로 이루어지고 있다. 짧아질 대로 짧아진 해 덕분인지, 이미 도시 속은 어두운 느

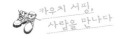

와르의 느낌이 돌았다. 유로화를 쓰지 않는 나라다보니 우선 근처 환전소에 들러서 사용할 만큼의 유로를 환전했다. 지폐 몇 장과 동전 몇 개를 받아들었지만 얼마인지 전혀 감이 오지 않는다. 아직까진 동유럽 같은 경우는 서유럽과의 경제적 격차가 커서 유로화를 도입하려면 현재 여건으로 외채상환에 부담이 크고 유로 통화 가치의 하락 등이 우려돼 유로존의 요건을 맞추기 위해 여러 가지 정책과 물가를 올리는 단계라 한다.

나는 곧장 지하철을 타기위해 역으로 들어갔다. 칼바람이 역내부로 들어오면서 황량한 황무지 같았다. 곧 도착할 것이라는 알 수 없는 말의 안내방송이 흘러나오는 듯 하다. 문이 열리자 몇 사람이 내리고 몇 사람이 올라탄다. 전체적으로 어두침침하지만 약한 형광등 몇 개를 켜두고 그 아래 신문을 읽는 사람, 어두컴컴한 유리창에 자기를 비춰보는 사람들이 있다. 정적이 흐르면서도 어딘가 어수선한 느낌마저 든다. 그리곤 곧 순조롭게 약속한 장소를 찾을 수 있었고 약속한 시간에 맞춰서 자리를 잡았다. 역시 역 근처의 KFC라서 그런지 부산스럽다. 여행하는 사람처럼 보이는 몇 사람이 보이고 몇은 늦은 저녁을 때우려는 현지인 같아 보인다. 아이 팟을 꺼내들고 와이파이가 잡히는지 체크부터 한다. 다행히 KFC라는 이름으로 와이파이가 하나 잡힌다. 일단 토니에게 도착해서 기다리고 있다는 쪽지를 하나 보내고서 인터넷 서핑을 하고 있었다. 네이버 카페의 유랑 게시물을 뒤적거리니 유럽의 상황을 전반적으로 파악할 수 있었다. 어느 나라

지하철이 어느 구간에 사고가 생겼는지부터 조심해야 할 구역, 그리고 행사나 전시회 쇼핑정보까지도 말이다. 계속 입구를 주시하며 토니를 기다렸다. 시간이 경과할수록 눈을 돌리지 않으려고 주의하지만, 쉽게 눈에 띄지 않는다. 30분이 지나자 낯이 익은 얼굴이 멀리서부터 뛰어들어온다. 바로 토니다. 사진에서 보았던 것과 달리 러시아 남자라 덩치가 클 줄 알았는데 다소 왜소해 보인다.

그는 축 처진 어깨에 짙은 회색의 커다란 점퍼와 오래되어 늘어날 대로 늘어난 청바지를 입고 나타났다. 「안녕하세요? 카우치 서핑에서 뵀던 토니 씨 맞죠?」 갸우뚱하며 물었다. 토니는 고개를 끄덕거리며 말했다. 「네. 제가 토니예요. 좀 늦었죠. 어서 우리 집으로 가시죠.」 우리의 대화는 우선 거기서 끝났다. 배낭을 주섬주섬 챙겨 그를 따라 말없이 한참을 걸었다. 「집이 여기서 머나요?」「아뇨. 버스로 세 정거장쯤? 제가 사는 곳은 프로필에서 보셨듯이 프라하 성에서 500m밖에 안 떨어져 있어요. 그리고 화장실, 샤워실, 조리실은 기숙사다 보니 여럿이서 쓰고요.」 그 정도는 지레짐작하고 있었고, 그런 것에 연연하지 않는 나는 고개를 끄덕였다. 우리는 곧바로 버스에 탑승했다. 운전기사 아저씨와 우리 둘 외에는 아무도 탑승하지 않았다. 문이 닫히고 잠깐 험한 언덕길을 오르자 거대한 건물이 보인다. 한쪽은 거대한 축구장이 자리 잡고 있고, 한쪽으로는 기숙사로 보이는 아파트가 여러 동 줄지어 서 있다. 그가 사는 기숙사는 도시의 중앙이 모두 보이는 언덕배기에 자리 잡고 있었다. 토니를 따라 계단을 오르자 양쪽

으로 수십 개의 문이 있다. 그중에 자기 이름이 적혀있는 방으로 들어간다. 기숙사에 들어오는 동안, 어느 소리도 들을 수 없었다. 방은 썰렁하니 춥고 바닥에는 오래되어 거친 카펫 한 장만 깔려있다. 그는 바로 따뜻한 크루아상과 향긋한 홍차를 꺼내온다. 토니와 나는 서로의 일정이 피로했는지 방안에 공기마저 축져진 느낌이 들었다. 잠깐의 고요한 시간 동안 주위를 둘러보며 그와의 대화거릴 찾아보았다. 침대가 양쪽으로 있고 책상에는 무수한 원서 책들이 꼽혀있다. 학문적인 화제는 내가 아는 것이 많지 않아 빈약하고 이야기가 따분할 것 같았다. 내 성향과는 약간 거리감이 있는 사람 같았다. 왠지 쉽지만은 않을 것 같았다. 그 역시도 조금은 어려워했다. 나가서 못 마시는 맥주를 사오려고 했지만, 슈퍼는 다시 버스를 타고 나가야 한다. 나의 실망한 표정을 보더니 그가 서랍장을 뒤지더니 각종 보드카와 높아 보이는 도수의 술을 보여준다. 보드카를 잠깐 바라보며 속으로 생각했다. 그래, 죽기 아니면 까무러치기지, 오늘 밤은 길어질 듯했다. 즉시 동의의 맞장구를 쳤다. 나는 죽기 아니면 살기를 각오하고 필사즉생의 상황이었지만, 그는 시종일관 편안해 보였다. 나는 샷 잔에 그는 글라스에 보드카를 따랐다. 안주는 칩스 뿐이다. 아마 약간의 치즈와 잘 구워진 햄이 있다면 얼마나 좋을까 생각을 했다. 그는 잔을 부딪치고서 내게 말했다. 「나의 고향은 여기서 멀어서 연말인데도 집에 있기 심심했는데, 아무튼 반가워요.」아마 보름 전부터 이 기숙사가 비어있었던 것 같다. 「하긴, 러시아까지 가려면 시간이며 돈이며 부담이겠어요.」그는 잠깐 일어서더니 아주 오래전에 유행이 끝난

팝송을 틀었다. 우리는 잔을 마주했다. 잔 속의 보드카의 표면이 위태롭게 흔들린다. 반 잔만 하려고 하는데 그가 나를 뚫어지라 쳐다보며 눈치를 준다. 눈을 꾹 감고서 단숨에 마셔버린다. 사람들은 가슴에서 하고 싶은 말을 할 때 술 한잔을 한다던데, 나는 얼마 지나지 않아 슬슬 눈이 감긴다. 얼굴은 이미 빨개졌으며 가슴마저 쿵쾅거린다. 나는 양해를 구하고 30분 만에 잠이 들었다. 아마 술은 전혀 내 취향이 아닌 듯하다. 그는 내가 잠이 들 때까지 혼자 홀짝홀짝 한 잔씩 들이켰다.

해는 밝았고 토니 역시도 일어나서 공부를 하고 있었다. 「술 잘 마시던데, 내가 어제 피곤해서 먼저 잠이 들었나 봐. 오늘 저녁에 한 잔 어때?」 내가 미소를 지으며 말했다. 「오늘 계획은 어떻게 되는데?」 「프라하 성부터 한번 돌아봐야지.」 그가 마침 잘됐다는 듯이 숨겨둔 비밀이라도 공개하듯 창문을 열어젖힌다. 그리고 나에게 손짓을 한다. 「지금 보이는 이 길 있지? 이 길을 따라가면 프라하 성으로 갈 수 있어.」 실제로 프라하 성이 보이진 않지만, 이 길을 따라가면 금방이라는 것이었다. 마치 비밀을 알고 있는 듯, 그 길이 신기하게 느껴졌다. 나는 지긋이 내려다보며 곧장 나갈 준비를 한다. 옷을 두툼하게 챙겨 입고 몇 개의 빵 쪼가리로 허기를 채웠다. 「다녀올게.」 「그래. 빙판길 조심해.」 나는 고개를 끄덕였다. 신 나게 계단을 내려와 아파트의 뒤쪽으로 가니 정말 산속으로 들어가는 길이 나 있었다. 누군가 홀로 발자국을 아침부터 새겨놓았다. 그 발자국을 따라가기로 했다.

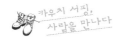
카우치 서핑,
사람을 만나다

엉성한 나뭇가지만 바람에 흔들리고 있는 산은 온통 하얀 눈으로 뒤덮여있다. 발자국을 차근차근 밟아가며 해볼 만 하다고 생각했다. 발을 디디면 조금씩 미끄러져 나갔만, 조심스럽게 앞으로 나아갔다. 어디쯤부터였을까? 내리막길에 들어섰다. 이젠 따라가던 발자국조차 끊겼다. 도대체 지나온 발자국은 어디로 해서 사라진 건지 의문이다. 슬슬 내려가는데 눈에 미끄러워 넘어지고 말았다. 순간 온몸을 던져 나무에 몸을 맡겼다. 손바닥이 짜릿하다. 가능하다면 다시 돌아가고도 싶지만 여기까지 와서 다시 되돌아갈 수 없는 노릇이었다. 다시 되돌아가는 길도 내리막길 일 테니 말이다. 기어가더라도 이 길로 가야 했다. 천천히 한발 한발 기어 다녔다. 온몸은 식은땀으로 젖었고 손바닥은 조금씩 피가 나고 있었다. 아무것도 생각하지 못하고, 어떻게 이곳을 빠져나갈지만 머리에 맴돌았다. 앞도 쳐다보지 않고 한 걸음 한 걸음 천천히 뗐다. 그렇게 30분을 걸었지만, 내가 느꼈던 시간은 더 길었다.

얼마 멀지 않은 곳에는 동화에 나올법한 붉은색 지붕의 성들이 세워져 있다. 현존하는 중세양식의 성 중 최대 규모를 자랑한다. 성이 뿜어내는 기묘한 무언가가 느껴진다. 마치 중세의 귀족들이 나올 것 같은 형형색색의 화려한 스테인드글라스도 장관을 이루고, 눈앞에 펼쳐지는 블바타 강에는 마치 백조들이 노닐 것 같았다. 성으로 올라가자 내부는 관광객들로 시끌벅적하다. 이것도 성수기에는 얼마나 더 할지 비수기에 온 것이 다행이다. 대다수가 가이드를 동반해서 왔는지 깃발을 든 사람을 선두에 세우고서 같은 나라 사람들끼리 옹기종기 몰려다닌다. 특히나 한국, 일본 중국인들은 뚜렷하게 차이가 났다. 지나가다 한국인들이 보이기에 가이드의 말을 엿들어 보니 내가 책에서도 듣지 못했던 정보들이 술술 나온다. 그중에서도 몇 사람은 열중하고 몇은 그 주위를 산만하게 돌아다닌다. 때마침 인솔자는 자유 시간을 주었고 모두들 서로의 동행자와 뿔뿔이 흩어진다. 여자 둘이서 사진을 돌아가며 번갈아 찍길래 말을 걸었다. 「사진 찍어드릴까요?」 「어머, 한국분이세요? 혼자 오셨나 봐요.」 「네, 카메라 주세요. 제가 찍어드리죠.」 나는 카메라를 받아 여러 장 찍어주었다. 그들은 꽤 서둘렀다. 「이번엔 제가 찍어드릴게요.」

「죄송하지만 저희가 가봐야 하는 시간이라서요, 더 이야기하면 좋을 텐데 말이죠.」 그녀들은 또 서두르기 시작했다. 주변을 둘러보니 가이드 쪽으로 한명 한명 모이기 시작한다. 「그렇군요. 그럼 즐거운 여행 되세요.」 대화의 끝은 그러했다. 마치 그녀들은 여행(Travel)하는 것보단 여행의 어원인 노동(Travail)을 하는 것 같았다. 분명 여행과는 거리가 있어 보였다. 과연 그들에게 유명하고 예쁜 볼거리가 여행에 진정한 가치를 부여하는 것일까?

프라하 성은 요새답게 카를 교와 프라하의 시내가 한눈에 들어온다. 오밀조밀 모여 있는 작은집들은 마치 동화 속에라도 들어온 듯한 착각을 일으킨다. 하지만 얼마 지나지 않아서 프라하 성의 내외부를 돌

아다닌 기억은 군데군데 건너뛰었다. 분명하게 기억나는 건 아까 지나치며 만나던 여성 두 분과 몇 가지 정경들, 그리고 점심으로 먹었던 핫도그가 전부다. 하지만 나는 더 많은 것을 인식하도록 정처 없이 거리를 걸어 다니며, 감상의 요소들을 놓치지 않으려 노력한다. 시가지 곳곳에서는 갖가지 세공품들을 팔고 있었다. 그중에서도 쇼윈도 너머로 마리오네트인형들이 눈에 띈다. 의사 복장부터 복서 팬티차림, 군데군데 머리칼이 뻗쳐있는 것까지도 생생해서 움직일 것같아 어느 꼭두각시 인형과도 다르다. 동화 속의 피노키오부터 돈 지오 반니까지 많은 배우들이 다양한 표정을 하고서 가게 안을 가득 메우고 있다. 나는 내가 아는 인형을 찾는데 굉장히 몰두하였다. 정교하게 다듬어진 빨간 벨벳의상을 입은 흰 수염의 산타할아버지도 눈에 띈다. 몇 개의 할로겐 조명과 낡은 인테리어가 잘 어울린다. 「마리오네트를 좋아하세요?」 한 아주머니께서 인형을 만지작거리며 내게 묻는다. 「오늘 처음 봤는데 확실히 좋아하는 것 같아요.」 영어가 잘 떠오르지 않아 좀 버벅거렸다. 「줄 인형이라 해서 무시하는 사람들도 있는데 그들도 금방 그 매력에 빠지고 말죠, 인형극은 르네상스부터 시작되었으니 전통도 깊고 그 기술도 고난의도여서 하나의 예술 장르로도 손색이 없어요. 특히 체코의 마리오네트가 말이죠.」「네. 이곳의 사장님이신가 봐요.」「네. 한번 둘러보시고 궁금한 거 있으면 바로 물어 보세요.」「네. 감사합니다. 좀 엉뚱한 걸 묻고 싶은데요, 이 주변은 거의 돌아다닌 것 같은데 어떤 걸 봐야 할까요?」 그녀가 입을 다물고 생각하더니 말했다. 「프라하의 야경을 봤나요? 프라하의 야경은 마치 천사의 나라 같아서 마치 내 영혼마저 천사가 된 느낌이 들죠. 자세한건 직접 보세요.」 그녀는 능숙하게 말해주었다. 「알겠습니다. 감사합니다.」 나는 그녀에게 고마움을 전하고 바로 프라하 성이 보이는 카를교 쪽으로 갔다. 그 풍경은 내가 기대했던 것보다 더욱 근사해 시적인 정취가 느껴졌다. 하늘은 점점 어두워지면서 사물 하나하나가 또렷해지며 내 의식적인 정신들도 점차 또렷해진다. 달은 점점 차가워지고 차분한 밤하늘에 깊이 빠졌다. 강가의 기슭에선 한 마리의 백조와 여러 마리의 거위들이 함께 노닐고 있다. 카를교위로 올라섰다. 그곳은 아직도 거리의 악사들과 예술가들이 음악을 켜고 있지만 비교적 한산하다. 카를 교에서 바라본 프라하 성의 야경은 정말 대단했다. 강가에 비친 달덩이는 강줄기를 헤엄치고 있으며 그 빛은 강 주변을 환하게 밝히고 있다. 마치 강물에 보석들이 떠다니는 것처럼 강물 속엔 잘 다듬어진 다이아몬드가 알알이 박혀있었고, 하늘의 별 무리들의 선명한 반짝임은 나에게 감동을 주었다. 카를교의 물 밑에는 인어공주가 살고 있을 것 같고 성안에는 전설에 나올법한 위엄 있는 왕이 침실에 누워있을 법한 시대를 떠올리게 했다. 하루 종일 바라보아도 질리지 않을 풍경이다. 프라하 성은 인형가게 사장님의 말씀대로 천사의 성이라 부를 만큼 성스러워 보이고 고풍스러워 보였다. 현실감이 조금은 떨어지는 풍경이었다. 무엇이든 시간이 지나서야 아름다워 보인다더니 오늘 본 기억들은 선명하게 기억에 남을 듯했다. 분명 내일 아침이면 또 이 장면을 보지 못 보겠다는 생각에 멍하니 앉아서, 잠깐 동안의 사색도 즐겼다.

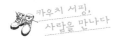

나태하게 흘러가는 강물을 바라보며 끊임없이 나 자신에게 물음을 던졌다. 질문과 답변이 오고 갈 때마다 갖가지 생각이 교차하면서 나를 질타한다. 그저 휘영청 한 달빛만이 나를 위로 한다. 시원하게 풀리지 않는 의문에 대한 답답함에 양팔을 활짝 펼치니 강변에서 올라오는 바람이 시원하게 나의 몸 주변을 가로 질러간다. 가장 큰 화두는 '과연 나에겐 어떤 미래가 기다리고 있을까'이다. 생각만 해도 가슴이 설렌다. 나는 과거를 회상하는 막연한 그리움보다는 미래를 상상하는 설렘이 더 좋다. 불안하면서도 확신이 있었다. 추억만으론 앞으로의 시간이 한결같이 좋을 수만은 없고, 미래가 언제일지 정확히 짚어 낼 수는 없지만, 기다리는 내내 애틋한 마음은 흥을 북돋아 주었다. 맹세하건대 언젠간 이런 정신 나간 나의 다짐들이 커다란 파장을 불러일으킬 것이다.

나는 블바타 강변을 따라 계속 걸었다. 주변을 둘러보자 유대인 지구 근처까지 걸었다. 가만히 걸어가던 길을 잃을 것 같아서 방향을 고쳤다. 그렇게 30분의 시간을 더 보내고서 나를 기다리고 있을 토니가 생각이나 다시 트램에 오르기로 했다.

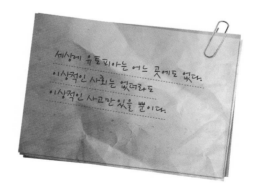

세상에 유토피아는 어느 곳에도 없다.
이상적인 사회는 없더라도
이상적인 사고만 있을 뿐이다.

#스물 여섯

잘못된 믿음

늦은 저녁이라 그런지 도롯가는 조용하다. 인적이나 차량조차 찾기 어렵지만, 눈의 표면에 찍혀있는 몇 개의 발자국과 바퀴의 흔적만이 이곳이 거리라는 것을 알려주는 듯했다. 멀리서 트램 역이 보인다. 다행히 역에선 두 명이 트램을 기다리고 있었다. 눈 위를 사박사박 걸으며 숨을 크게 내쉬면서 걸었다. 마치 시원한 바람이 폐 속으로 가득 채워지더니 알 수 없는 압박감을 희석하는 듯했다. 연신 마음껏 마시고 뱉었다. 트램 역에서 타야 할 트램 번호를 확인하는데 갑자기 가슴이 쿵쾅거리며 뛰기 시작했다. 그들의 눈은 유난히 퀭해 광기를 담고 있는 듯했다. 그들의 차림새를 조금 묘사해 보자면 머리칼은 며칠 감지 않았는지 하드 왁스를 발라놓은 것처럼 빳빳하게 굳어있다.

온몸에는 자기 옷은 아닌 듯 몸보단 커다란 옷을 덕지덕지 걸쳐놓았고 신발도 아무거나 주워 신었는지 크게 남아 보인다. 온몸에는 숯검댕이 투성이다. 몸은 야위었고 수염은 오래도록 밀지 않았는지 미친개 마냥 산발이다. 이 우아한 헝가리의 체코와는 전혀 어울리지 않는 그들이다. 뭔가 이야기를 나누고 있는데, 체코어라서 무슨 이야기인지 종잡을 수가 없다. 왠지 나를 보며 웃으면서 하는 이야기 같기도 하고, 가방에는 식칼을 들고 다니지 않을까, 권총 한 자루가 허리춤에 있지 않을까 하는 온갖 추측이 난무했다. 나는 시야를 확보하고 그가 수상쩍은 행동을 한다면 어느 쪽을 향해 달릴지도 머릿속에 동선을 그렸다. 아무 말도 하지 않았다. 겁을 먹었지만 태연해 보이고 싶었다. 트램이 들어오자 조용히 트램 앞으로 다가갔다. 자세히 보니 내가 탈 트램이 아니다. 그들은 트램은 탈 생각조차도 않는다. 그럴수록 심장은 더 빠르게 뛰었다. 그때 둘 중의 한 명이 내게 터벅터벅 걸어왔다. 그가 웃는 얼굴을 하고서 영어로 물어왔다. 「너 어디서왔니?」 그의 대담한 행동은 나를 더욱 조여왔다. 나는 꽉 잠긴 목소리로 「한국에서 왔어요.」 「그 멀리서 여기까지 왔단 말이야?」 그가 걱정하는 목소리로 물었다. 「한국에서 체코까지 비행기를 타고 와서 금방 왔어요.」 그는 생각보다 순진했다. 아니 어둠에 싸여 있을 때 두려움에 무서웠지만, 그의 태도에 금방 안도 할 수 있었다. 그래도 쉽게 의문을 떨쳐버릴 수 없어 머릿속으로 여러 가지 의문들이 생긴다. 그때 「그런데 너 혹시 담배 있니?」 그와 정확히 눈이 마주쳤다. 눈빛을 보고 나니 한시름 마음이 놓인다. 「나는 비흡연자라 담배가 없어.」 그가

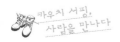

실망이라도 한 듯 한숨을 내쉰다. 그가 다시 물어온다. 「너 무슨 일 해?」 「나 지금 하는 일은 없는데 이 여행을 마치고서 여행 에세이를 쓸 거야.」 「그럼 작가잖아. 멋진데.」 「그럼 너는?」 하고 싶은 질문을 물었다. 「보다시피 명함이 없어. 직업도 없고, 전화번호도 없어. 남들은 모두 날 꺼리는데 편견 없이 봐줘서 고마워!」 「에이 다 똑같은 사람인데.」 하며 그의 편이 되었다. 이런저런 이야기를 나누다 그가 부드러운 말투로 새로운 이야기를 꺼낸다. 「나는 %@#$ 좋아해.」 그가 알 수 없는 발음으로 중얼거렸다. 나는 다시 물었다.

그 발음은 소리 나는 대로 받아 적기마저 어렵다. 그가 조용한 가운데서 연속해 소리 내어 읽어본다. 마치 가족 오락관에서나 본 듯한 장면이 이어졌다. 나는 귀라도 틀어막은 듯 그의 입술을 쳐다보며 이해하려고 노력했다. 자꾸 세계적인 프랑스 작가이기도 하지만 비행기 조종사였다며 그를 모르냐 묻는다. 너무 답답한 나머지 그에게 내 수첩을 꺼내 빈 페이지를 펼쳐주었다. 『Antoine de Saint Exupery』 그리고 책 제목 따위를 나열한다. 「어린 왕자, 남방 우편기, 야간비행, 마지막 비행」 어린 왕자를 듣고 이름이 생텍쥐페리구나 싶었다. 그가 생텍쥐페리의 책을 읽어봤냐고 묻는다. 그는 작가도 아니지만, 생텍쥐페리는 자신에게 우상이자 작은 영웅이라 말한다. 생텍쥐페리는 그동안 자기를 무너지지 않게 지탱해주는 작은 영웅이라 이야기하는 듯했다. 그가 진지하게 말을 했다.

「나는 이 문구가 좋아. 그건 어린 왕자에서 나오는 한 대목이지 잘 들어봐.」하며 한 대목 한 대목을 천천히 되풀이하며 설명해주었다. 그 문구는 후에 찾아보니 이런 문구였다.

「어딘가에 우물이 숨겨져 있기 때문에 사막이 아름다운 거예요. 어린 아이였을 때 나는 보물이 숨겨져 있다는 전설을 간직한 오래된 집에 살았어요. 물론 아무도 그 보물을 찾을 수 없었죠. 아니 누구도 찾으려 하지 않았던 것 같아요. 그러나 그 보물이 바로 그 집 구석구석을 신비롭게 했어요. 나의 집은 저 깊은 곳에 신비로운 비밀을 간직하고 있었던 것이죠. 나는 어린 왕자에게 말했다. 그래 집이든 별이든 사막이든 그 모두를 아름답게 하는 것은 눈에 보이지 않지.」

나는 처음 그 글귀를 접했을 때 이해하지 못했다. 그가 헷갈려 하는 부분도 있었고 영어로 문맥적인 부분이 맞지 않는 것도 있었지만, 대략적인 문맥과 뜻은 기억하고 있었다. 고개를 끄덕거렸다. 그의 거칠던 외면 속에는 우윳빛의 부드러운 내면이 숨어 있었다. 그와 함께하는 시간 동안 의미심장한 목소리와 커다란 두 눈망울은 나를 사로잡았다. 연암 박지원 선생은 열하일기에 이렇게 적었다. 우정을 나누는 데 필요한 건 언어능력이 아니다. 마음을 열고 그대로 보는 것이라고. 그의 모습을 보고 딱 잘라서 거부했더라면 그와 어떤 말도 못 섞었겠지 하는 생각에 오늘도 새로운 것을 배웠다. 늦은 시간이라 그런지 트램은 더 이상 모습을 보이지 않았다. 그와 나는 정거장의 불빛

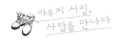

이 떨어지는 곳에서 한참을 함께 있었다. 겨울의 메마른 바람도 우릴 막진 못했다. 나도 역시 가장 마음에 두고 있는 문구를 그에게 이야기해주었다.

「가장 중요한 시간은 현재이다. 그리고 가장 중요한 사람은 지금 당신 옆에 있는 사람이다. 마지막으로 가장 중요한 일은 지금 당신 옆에 있는 사람과 사랑하는 일이다. - 톨스토이」

그는 이해할뿐더러 너무 마음에 와 닿는다며 고개를 끄덕였다. 톨스토이의 이 문장은 나에겐 무엇보다 가장 중요한 가치의 기준이었다. 우리는 정거장의 의자에 앉아 도전적인 태도로 서로에 대해 거리낌 없이 물었다. 시간이 지나자 따뜻한 커피가 간절했다. 따스한 커피의 증기 위에 코라도 대고 싶은 심정이었다. 아마도 이 공터에서 하룻밤을 새워야 할 것 같은 느낌도 들었다. 주머니를 뒤졌으나 유로는 숙소에 두고 나왔고, 환전한 체코 돈마저 다 떨어졌다. 주머니를 다시 뒤져보아도 택시 탈 돈은커녕 빵 한 조각 살 돈도 없었다. 이렇게 된 바에야 떠돌이인 그에게 신세를 지고자 마음을 굳게 먹었다. 어찌 됐든 그 역시도 어디선가 숙식을 해결하고 있을 테니 말이다. 엉겁결에 그에게 하룻밤을 신세 지겠다는 말을 하려고 고개를 든 순간 저 멀리서 트램이 꿈틀거리며 천천히 내려오고 있다. 집에 가서 몸을 녹일 생각을 하니 행복이 온몸으로 퍼져갔다. 여행하는 동안 고생은 각오하고 왔지만, 추위 앞에선 더 나약해졌다. 대부분의 사람은 여행

잡지나 여행 블로그의 미적인 모습이나, 즐거움의 요소, 감흥의 요소들만 보고선 여행지에 대한 낭만과 기대에 젖어 오는 사람들이 대다수여서 기대와 현실 사이에서 일어나는 문제들로 괴리감을 만드는 듯하다. 이국적이라는 형용사가 주는 즐거움은 사치스러우면서 모던한 느낌을 주지만, 그것이 커다란 감흥을 만드는 것도 아니다. 현실을 인지하고 떠난다면 조금은 실망감이 덜하지 않을까? 그 역시 다가오는 트램을 반기며 조심히 들어가라며 악수를 청해온다. 우리는 악수를 나누며 격렬하게 손을 흔들었다. 나는 말없이 트램에 올랐고 점점 멀어지는 그에게 손을 흔들었다. 그와 나는 마치 알 수 없는 동질감이 들었다. 저 사람은 또 어느 곳으로 이동하는 것일까? 나는 매서운 겨울 북풍이 부는 날 어디로 가는 걸까?

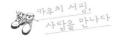

인연은 우연일까, 운명일까

뮌헨으로 떠나는 날이다. 트램을 타고 중앙역으로 갔다. 떠나기 전 조금 더 프라하를 누비고 싶어 오전 9시 기차인데 조금 더 일찍 나왔다. 서점을 좋아하는 나로선 골목길을 돌아다니며 오래된 서점들을 찾아 다녔다. 그곳의 데스크에는 영화 노팅 힐의 휴 그랜트가 앉아 있을 것 같은 그런 조그마한 개인 서점이었다. 서점 내부는 책을 보는 몇몇이 서성이며 똑같은 표정을 하면서 책을 보고 있다. 거리의 서점은 작지만 개성이 넘친다. 오래되어 보이는 고서적과 중고서적도 같이 보인다. 아마도 잘 찾아보면 시대적으로 읽어서는 안 되는 옛 금서들도 찾을 수 있을 듯했다. 나는 서점도 좋아하지만 도서관을 더 좋아한다. 나에게 서점은 백화점과 같은 공간이다. 신간도서에는 신상 책들이 번호대로 줄을 서 있으며 분야별로 기호에 따라서 원하는 책을 빌려볼 수 있다. 서점은 책이라는 한정된 상품 내에서 원하는 작가 또는 다루는 내용에 따라 고르기도 하지만 책의 디자인을 보고 고르는 경우도 가끔 있다. 백화점에선 의류부터 가전제품, 주방용품 등 생활에 필요한 다양한 상품을 구비하였지만 서점에서는 내가 좋아하는 인문학부터 소설, 산문 비문학 등까지도 생활에 필요한 다양하고 매혹적인 경험과 지식 노하우 등을 담고 있다. 서가와 서가 사이가 좁지만, 책꽂이에 꽂힌 책을 꺼내 들고 책을 뒤적거리며 살필 때엔 마치 쇼핑을 하다 옷을 입어 보는 것처럼 기분이 좋다. 이 책이 나에게 맞는지 또는 가격은 합리적인 살피며 좋은 책을 고르려고 노력한다. 유럽의 서점은 우리나라의 서점보다는 더욱 낭만적인 공간이었다. 독서의 의욕만 생길 뿐 아니라 동심에 젖어들고 싶은 공간이다. 아날로그적인 감성이 짙게 풍겼다. 동화책 몇 권을 뒤적거리다가 늦지 않게 중앙역에서 뮌헨 행 기차에 탑승하였다. 서점에서 그림책들을 보고 나와서인지 철길을 가로지르며 지나가는 풍경마저 그림책의 한 장면과 같았다. 그리고 8시간 후, 뮌헨의 중앙역 12번 플랫폼에서 내릴 수 있었다. 플랫폼 근처의 커피숍에서 와이파이를 잡아 카우치 서핑 메시지를 확인해 보니 두 개의 허락이 들어왔다. 그 중 하나는 번호만 달랑 남겨 두었다.

「0049-78-2554*」

「S-bahn to laim if you are exiting and see a lot of bicycles turn right if

you see only a small walkway and a road tunnel, turn left (there are two different ways to exit the flat form) regardless, head south to ward land berger. str cross the intersection and go left on …」

늦지 않게 첫 번째 메시지에 전화를 걸었다. 몇 번의 수화음 끝에 덜 컥 전화를 받는소리가 들렸다. 우린 몇 마디 주고받다 용건만 주고받 고 끊었다. 그녀는 동갑내기에 뮌헨의 한 예술대학을 다니던 뮤지션 인데 무엇보다 결정적인 선택을 내리게 도왔던 이유는 그녀는 해리 포터의 헤르미온느와 상당히 흡사한 외모를 지니고 있다는 것이었 다. 지하철로 가는 내내 아이팟으로 Maroon5와 자미로콰이의 노래 를 번갈아 들으며 잠깐이나마 도시의 소음과 분리돼서 기분을 상기 시켰다. 일상에 '음악이 없다'고 가정을 해보니 끔찍하다. 비가 내리 는 우중충한 오후엔 모던 락, 신 나는 금요일 밤에는 일렉트로닉, 눈 이 오는 화이트 크리스마스엔 캐럴처럼, 그 상황을 조금 더 우아하고 섬세하고 숭고하게 만드는 듯하다. 음악이 없는 일상의 매력은 그 이 상의 전율을 전해주진 못할 것이다.

우중충했던 동유럽권에서 조금이나마 남쪽으로 내려와서인지 햇살 이 기분 좋게 내리쬐고 있다. 도착한 지하철역 옆에는 택시들이 줄 을 지어 기다리고 있는데, 그 기종이 모두 BENZ-E class, 마치 '이 곳이 독일이야'라고 으스대는 듯했다. 나는 주변을 살펴보다가 다시 로렌에게 전화를 걸었다. 몇 번의 수화음 이후에 누군가 대답을 한다. 「여보세요」 「할로」 그가 독일어로 답을 했다. 긴장이 풀린 채 로렌의 친구이니 전화 좀 바꿔주라 부탁을 했다. 그런데 여긴 로렌의 집이 아니라고 하는 것이 아닌가. 추호의 의심도 없던 내가 다시 한 번 그에게 번호를 확인했다. 그는 번호는 맞는데 그런 사람은 없다는 것이다. 온갖 잡념이 들기 시작했다.

다시 한 번 통화를 시도했다. 몇 개 남지 않은 1유로짜리 동전을 또 집어넣었다. 전화 한 통 하려고 1,500원짜리 동전을 집어넣으니 속이 쓰리다. 그렇다고 통화시간이 긴 것도 아니다. 또 수화기 너머로 방금 그 남자의 목소리가 들린다. 그는 차분한 목소리로 그런 사람 없다고 한다. 얼굴이 굳어졌다. 도무지 대화가 통하지 않았다. 하지만 상황이 좋지 않다고 앉아만 있을 수는 없는 법, 동네를 돌아다니며 와이파이존을 찾아냈다. 그곳에서 다시 한 번 메일을 보내고서 역 주변에서 그녀를 찾기 시작했다. 그녀가 나를 찾고 있을 수 있다는 가정하에 주변경계를 한시도 늦추지 않았다. 버스정류장 앞에 커피숍이 눈에 띈다. 아이팟을 꺼내 그녀에게 답장이 왔는지 확인해 보았다. 이름을 밝히지 않는 스팸 메일뿐이다. 나는 여러 번 새로 고침을 하며 메일이 오기만을 기다렸다. 이미 열 번도 더 넘게 누르며 기다리지만, 메일은 오지 않는다. 일단 약속은 했으니 기다리기로 마음을 굳혔다. 다리가 뻣뻣해지고 어깨가 무거워지자 배낭을 내려두고 바닥에 주저앉았다. 모험은 이렇게 방대한 기회를 제공하지만 이런 변수 앞에선 무기력해지며, 불안해진다. 한참을 커피숍 앞에서 그녀의

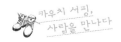

메일이 오기만을 기다렸다. 커피숍 유리문 너머로 누군가 걸어와 지칠 대로 지쳐있는 나에게 물어왔다. 「여기에서 뭐하시는 거예요?」 힘도 없어서 경계심조차 생기지 않았다. 「친구를 기다리고 있는데 친구랑 연락이 안 돼서 말이죠. 조금만 더 있다가 가면 안 될까요?」 나는 애원 조로 그에게 부탁했다. 「아뇨, 나 역시 그냥 커피 마시던 사람이에요, 지금 가구백화점에 가려고 셔틀버스를 기다리는 중이거든요, 아직 시간이 남았으니 내가 도울 일이 있다면 언제든지 말해요.」 그가 나를 보며 방긋 웃으며 말했다. 그의 미소가 상당히 보기 좋다. 그의 미소는 얼어 있던 나의 긴장감과 불안, 그리고 고립감을 한 번에 녹여 주었다. 아마 그와 함께라면 경계 따위는 필요 없을 것 같았다. 「고마워요, 하지만 저도 약속한 지라 더 기다려 봐야겠어요.」 점점 해는 뉘엿뉘엿 저물고 있었다. 10분이나 흘렀을까 버스가 커피숍 앞에 서더니 사람들이 하나둘 셔틀버스에 탑승하기 시작한다. 그 역시 기다렸다는 듯이 커피숍에서 나온다. 「잘 곳이 없다면 가구점 가서 가구만 보았다가, 우리 집에서 머물다가요.」

고민을 하기 시작했다. 차는 곧 사라질 것이고 로렌은 나타날 것이라는 보장도 없다. 그 타이밍을 전혀 예측할 수 없다. 나는 배낭의 끝을 만지작거리며 머뭇대다, 그와 버스에 탑승하기로 했다. 그를 뒤따르는 것 말고는 선택의 여지가 없으며 심지어 너무나 멀리 왔다는 생각이 들었다. 이제는 다시 되돌아가고 싶어도 되돌아갈 수 없는 막다른 골목에 서 있었다. 나는 그 정도로 지쳐 있었다. 하지만 그날 밤은 기대했던 것보다 더욱 근사해서, 더없이 행복한 날이 되었다.

「글쎄요, 친구네 집에서 자기로 하고 Pasing 역까지 왔는데 연락이 갑자기 안 돼서요.」그는 점퍼 속에 꼭꼭 숨겨두었던 손을 꺼내더니 악수를 건넨다.

「만나서 반가워요. 내 이름은 압드, 모로코 사람이에요.」그의 거칠고 두꺼운 손이 그의 부드러운 내면과 대조적이어서 꽤 인상적이었다.

「나는 송이에요. 송우진, 그냥 송이라고만 불러줘요 한국에서 왔고 지금은 유럽여행 중이지요.」

「그렇군요. 지금 우리 집이 수리를 좀 하려고 하는데 하늘색 벽을 어떻게 생각해요, 지금 칠하려고 고민 중이거든요」「하늘색 벽? 그건 어떤 가구를 배치 하냐에 따라 달라지지 않을까요?」

그가 고개를 끄덕이며 흐뭇하게 웃는다. 「그럼 집에 가서 이야기해줘요!」「당신의 이야기에 관해서 이야기 좀 해줘요.」우리는 비좁은 버스 좌석에서 앞좌석에 박힌 조그마한 광고를 바라보며 서로의 이야기를 경청하였다. 「나는 모로코 사람이에요, 21살에 독일로 넘어왔고 30년째 이탈리안 레스토랑에서 근무 중이에요.」나는 그를 보며 물었다. 「그럼 CHEF?」「모두 나를 CHEF라고 부르지.」「우와 CHEF네. 저도 요리하는 걸 좋아해서 요리사가 꿈이었는데, 비록 부모님의 반대에 시도조차 안 했지만, 일식집에서 잠깐 일을 배운 적도 있어요.」

그가 더운지 차고 있던 캐시미어 머플러를 풀었다. 「정말? 대단한데」그가 나를 계속 존중하고 인정해주는 느낌에, 나는 안전장치가 풀린

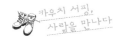

듯 그에 대한 적대감이 사라졌다. 해도 짧아질 대로 짧아져서 금방 어두워졌다. 버스는 한적한 외곽으로 달리더니, 특별한 포인트 없는 거대한 시멘트 건물 앞에 도착했다. 주변은 셔틀버스와 자가용들로 북적북적하고 주위는 캄캄하다. 버스에서 내려 그를 졸졸 따라갔다. 입구에 들어서자 가죽으로 만든 소파부터 원목으로 만들어져 앤틱해 보이는 의자, 철제 수납장, IKEA표 각종가구들이 진열돼있고, 그 규모가 어마어마해서 건물 끝에서 끝이 보이지가 않는다. 그와 나는 할인 가구들을 전시해 놓은 구역부터 구경하였다. 그는 가지고 온 줄자로 가구를 재어가며 원하는 사이즈가 있는지 재기도 한다. 시시때때로 나에게 의견을 물어가며 꼼꼼히 수첩에 적기도 하였다. 그곳의 가구들은 무지 실용적이고 세련되었으면서 고급스러워 보였다. 주방용품 코너에는 생전 보지도 못했던 기발한 용품들이 가득해 신기할 따름이었다. 서로 얼굴을 쳐다보았는데 둘 다 배가 고픈 눈치다. 나에게 배고프냐고 묻더니 나랑 있으면 굶어 죽을 일은 없으니 조금만 참아주라며 넉살 좋게 웃는다. 그리곤 얼마 있지 않아서 금방 셔틀버스에 탑승해서 그의 집에 귀가하였다.

그와 나는 눈이 잔뜩 쌓인 인도를 걸었다. 주변엔 고급주택들이 모여 있다. 얼마 지나지 않아 언덕에 위치한 그의 집에 들어왔다. 집안은 수리예정이어서 인지 좀 어지러웠지만, 그가 펼쳐 놓은 작업장을 살펴보니 능수능란한 실력을 지닌 듯했다. 그는 구조 변경에 필요한 건축자재를 직접 구매해 그의 손으로 수리를 하고 있었다. 거실 주변의

책장에는 책이 가득 차있고 수납장에는 음악 CD가 빼곡히 있다. 그는 교양적인 남자인 듯 했다. 우아한 실내장식과 은은한 불빛 그리고 몇 개의 양초가 공간을 조화롭게 밝히고 있었다. 벽의 한쪽에는 벽난로가 아늑한 분위기를 내고 있고, 자투리 공간에는 포도주 저장실이 따로 마련되어 있다. 주방 역시 'ㄷ' 구조로 공간의 활용을 극대화

시켰다. 그는 들어오자마자 차를 내온다. 음악 역시 **빼놓지** 않는다. 그랜드 피아노의 독주로 시작하는 클래식이다. 마음이 한껏 가벼워진다. 방은 썰렁하니 춥지만 은은한 허브차가 얼어있던 온몸을 녹여준다. 그가 크리스마스 케이크와 몇 가지 **빵**을 챙겨온다. 빵의 맛을 음미하다가 차 한 모금 빵 한 조각 차례로 입에 집어넣는다. 나는 소파에 늘어져서 기품 있게 맛을 음미하였다. 그는 그동안 부엌에서 간단히 음식을 준비하는 듯하다. 부엌에 가서 도울 것이 없냐며 도움을 자청하니 손님은 앉아 있으라며 소파까지 데려다 준다. 나는 그의 허락을 받고, 노트북을 켰다. 두 통의 메일이 도착해있다. 아마 그녀에게 온 것이 아닐까 하는 생각이 들었다.

「어떻게 지내고 있는지 항상 궁금하고 걱정이 되었는데 가끔 사진 올라 온 거 보고 잘 지내고 있다는 것을 확인하고 안심이 되기도 했단다. 네가 올려놓은 사진 다 보았고 아**빠**도 함께 보았어. 어디 아픈 데는 없고? 잘 지내지? 몸은 항상 조심하고 올 때까지 잘 지내길 바래. 사진에 설명과 함께 올려놓으니깐 재미가 있더라. 설명이 없으면 무의미한 그림에 불과하지만, 생명을 불어넣은 거나 마찬가지야, 그래서 재미있게 잘 보고 있어. 엄마는 곡성 중앙 초등학교로 발령이 났단다. 파이팅! 사랑해.」

첫 번째 편지는 엄마에게 온 편지였다. 반가운 나머지 곧바로 답장을 보내었다.

「사랑하는 엄마, 여기는 한국으로부터 수만 킬로 떨어져 있는 독일의 뮌헨이에요. 정말 세련된 도시죠. 오늘은 길거리에서 만나게 된 모로코 친구 압드의 집에서 하룻밤 머물기로 했어요. 맛있는 저녁 식사와 다과를 대접받았는데 정말 최고의 만찬이었어요. 그는 30년 경력의 이탈리안 CHEF거든요. 압드는 정말 대단한 신사에요 요즘 매일이 즐거워요. 내일은 저와 동갑내기 음악가를 만나기로 했어요. 우리 가족은 어떻게 지내나요? 많이 보고 싶네요. 발령 축하드려요.」

나는 답장을 하는 내내 신이 나서 타자를 두들기는 척 손가락을 분주하게 움직였다. 엄마의 따뜻한 편지 속의 한 마디 한 마디는 내게 힘이 되어 주었다.

「Of course! You still can come here. Otherwise: how about 10 o'clock? then you can leave your baggage and we can go to the city. I meet my Band at 7 P.M(as every wednesday), before that I have spare time and we can go clubbing afterwards – 12 A.M is not too early for the "Pacha" for example. Please phone me on my Moblile phone 0049/175489###
I hope my grandfather was not unpolite – he was not involved, only my grandma knew that you are coming. see you soon!!」

두 번째 편지는 로렌에게 온 편지였다. 메일을 받아 전화를 해보니 할아버지께선 매우 보수적이신데, 낯선 이의 전화를 꺼린다는 로렌

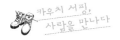
카우치 서핑,
사람을 만나다

의 사과였다. 두 통 모두 반가운 편지다. 나는 답장을 적으며, 압드에게 답장이 왔다며 내일 10시까지 보기로 했다고 아쉬운 마음으로 이야기했다. 그 역시 그렇다면 친구와 시간을 보내고 또 자신의 집에 와서 언제든지 시간을 보내라는 말을 꺼낸다. 압드는 언제나 웃으며 말한다. 그리곤 거실로 구운 연어와 샐러드를 꺼내온다. 음식들은 마치 요리책에서 본 것 마냥 정갈하니 먹음직스럽다. 샐러드에는 양상추와 각종 채소 그리고 구운 송이 위에 발사믹 소스가 뿌려져 있다. 마치 고급 레스토랑의 코스A가 나온 듯하다. 와인도 한 병 들고 온다. 「오늘 정말 고마웠어요. 정말 압드가 아니었다면 난 이 시간에도 헤매고 있었겠지!」 「나와 함께 저녁 식사를 해주는 것만으로 고맙지, 아내가 잠시 고향에 내려갔거든.」 어느새 와인 잔은 채워지고 있었다. 「근데 나도 이런 멋진 집에서 살고 싶어요. 너무 멋지다. 나만의 공간, 모든 공간에 내가 좋아하는 것들로 가득 차있는 것.」 「너도 너만의 공간을 만들면 되지.」 압드가 와인 한 모금을 마시며 이야기했다. 「아직 저에겐 그럴 능력이 없거든요. 대부분의 사람들은 주어진 인생을 살려고 하잖아요. 저는 그러고 싶지 않아요. 진흙 오두막을 짓고 살더라도 나만의 스토리가 담긴 집에 살고 싶어요.」 「맞아. 경제적 차이가 인간의 격차는 아닌 셈이지. 경제적으로 우월하다고 해서 자기가 다른 사람보다 훌륭하다고 생각하는 사람이 많은데, 정작 중요한 것은 자기 자신이거든.」

처음에는 그가 무슨 말을 하는지 잘 이해하지 못했다. 이런 이야기는 내용 파악이 쉽게 되질 않았다. 여러 번 되물었다. 그제서야 비로소 그의 생각을 동의할 수 있었다. 곰곰이 생각해보면 여행을 다니기 전 내 오만하고 단단했던 태도는 부러지기 딱 좋았다. 관심이 없다고 회피하고 귀도 막고, 입도 막아 버리고, 남이 말하는 것을 유연하게 받아들이질 못했고 흔히 멘탈 붕괴되는 일이 자주 발생하기도 했다. 하지만 지금은 내면에 뭔가가 더 강인해지는 느낌을 발견할 수 있었다. 내겐 잘 어울리지 않은 와인을 말없이 들이댔다. 술 생각은 별로 없지만, 그와 함께하니 술이 잘 들어간다. 한잔 두잔 마시다 보니 피로감도 몰려오고 온몸은 붉은 꽃이 피었다. 나는 그런 나를 보며 의기소침해진다. 남들은 마치 붉어진 내 얼굴을 보면 이미 맛이 간 사람처럼 걱정을 해준다. 그만 마시라는 신호로 받아들였지만, 이날은 차분하게 말했다. 「저 취하지 않았어요. 아직 멀쩡해요.」 단호하게 말하니 그 역시 말리지 않았다. 압드와 나는 이야기를 계속 이어갔다. 「어린 시절의 순수했던 시절이 좋았던 것 같아요. 순수하고 걱정 없던 시절, 마냥 어른이 되면 행복할 줄 알았는데 말이죠.」 「맞아. 무언가에 얽매이지 않고 있는 그대로의 것을 받아들인다는 것, 단순하게 생각하는 것처럼 편안한 게 없는데 말이야. 인생은 무언가를 알 때쯤이면 무지 복잡해지고 어려워지지만, 살면 살수록 단순해지는 게 인생이라잖아.」 마치 이해하기 어려운 공식처럼 느껴졌다. 그는 어떤 이야기가 나에게 도움을 줄 수 있을지 곰곰이 생각했다. 나는 메모장에 하나하나 그의 이야기를 받아 적어갔다. 「압드, 그런 이야기는 대체 어디서 알아 낸 거예요?」 「나는 책을 즐겨 읽곤 하는데 그 속에서 얻어, 때

론 여행을 다니면서 세상 사람들의 이야기를 듣기도 해야지, 나중에 모로코에 한번 놀러 가봐, 모든 것이 매우 사랑스럽지. 그보다 모로코 사람들은 무지 친절하고 따뜻하단다.」 그가 말했다. 관심 하나 없던 모로코가 금세 친근하게 느껴졌다. 식사를 하는 동안 분위기는 무르익고 준비했던 음식들도 모두 동이 났다. 와인 한잔하고서 그가 남아 있는 발사믹 소스 접시를 들고서 몽땅 마셔 버린다. 그리곤 목청을 가다듬은 뒤 말했다. 「배고프니? 다른 거 더 먹을래?」 「그만 먹을래요.」 나는 당황한 듯 대답했다. 아직도 와인은 반 잔쯤 남아 있다. 내 몸은 마치 놀이기구를 타고 내려온 것처럼 몸이 붕 떠있다. 우리는 대충 자리를 정리하고 휴식을 취하기로 했다. 잠자리에 들기로 한 것이다. 그와 함께 거실의 소파에서 한 자리씩 자리 잡고 누웠다. 마지막 촛불마저 꺼지고 공허한 느낌만이 내 주변을 맴돈다. 아무것도 보이지 않고 시계의 초침만이 하릴없이 똑딱거린다. 오늘 있었던 일들이 암막 속에서 스크린에 스쳐지나간다. 기분이 좋았던 하루이다. 계획대로 잘 풀리진 않았지만, 더욱 값진 것을 얻게 되었다. 앞으론 무언가를 놓치게 되어도 실패하게 되도 잊어버렸다고 해도 낙담하지 않기로 했다. 그로 인해 더욱 좋은 기회가 나를 기다리고 있을 테니 말이다. 요즘 항상 깊은 잠에 취해 꿈도 꾸지 않지만, 꿈 한편을 꾸고 싶다. 아주 이름 모를 곳에 가서 방황하는 꿈, 그렇다면 나는 그곳에서 더 소중한 것을 찾을 수 있을 것이다.

찔레꽃 진한 향기

정신은 몽롱한데 요란한 알람 소리에 눈이 떠졌다. 이른 시간임에도 압드는 일어나서 아침을 준비하고 있다. 그와 아침 인사를 나누고 휘청휘청 화장실에 들어가서 세수만 하고서 나왔다. 그는 방금 갓 구운 빵과 크림치즈들을 들고 나온다. 하지만 빵은 그다지 달갑지 않은 아침이다. 따끈따끈한 빵들이 부드러워서 텅 빈 뱃속으로 잘 들어가 먹는 내내 맛은 있지만, 아무리 먹어도 무언가 부족한 느낌이다. 빵을 먹으면 몇 시간이 지나지 않아 금방 돌아다닐 힘조차 남아 있질 않는다. 약속했던 시간 10시까지 Pasing 역에 도착하기 위해서 잠시 풀었던 배낭을 다시 쌓고 있었다. 시간이 조금밖에 남지 않아 서두르니 압드가 언제 다시 돌아올 것이냐 묻는다. 그리고 뮌헨을 떠나기 전

카우치 서핑,
사람을 만나다

엔 꼭 다시 들리겠다고 그에게 약속했다. 열 시 반이 조금 안 되는 시간에 약속한 장소에 도착할 수 있었다. 사거리의 네 갈림길 어딘가에서 그녀가 불쑥 나올까 봐 사방을 주시하며 긴장 하고 있다. 지나가는 여자들과 눈인사를 나눴는데 키가 180cm에 덩치는 나보다 더 커 보인다. 주근깨와 주름살이 가득한 걸로 봐서 그 나이가 40대 정도는 되어 보인다. 혹시 그녀와 약속했던 장소가 서로 어긋날까 봐 이리저리 배회해본다. 나는 그녀에 대해서 아는 것이 많지 않다. 그저 프로필에 기재되어 있는 정보가 모두이다. 춤추는 것을 사랑하고 한 재즈밴드에서 연주를 하고 있고 음악은 Marcus, Radiocitzen의 노래를 즐겨 듣고 나와 동갑이라는 것, 그리고 무엇을 좋아하고 관심 있는 것에 대한 것뿐이었다. 그래서인지 그녀를 만나기 직전이라 아주 많이 설렌다. 카우치 서핑을 하면서 가장 좋은 것은 다양한 분야의 사람들을 쉽게 만나 볼 수 있어 좋다. 처음 만난 사람과 편하게 모든 것을 다 털어 놓은 이후의 시원함은 매일 만나 친구와 일상의 사소함을 나누는 이야기완 다르다. 멀리선 독일의 강아지들이 보인다. 대게 덩치도 독일사람 만큼이나 큰 대형견들을 주로 키우는 것 같다. 주인이 가게에 들어가 있는지 가게 앞에서 늠름하게 자리 잡고 앉아 있다. 독일의 개들은 대부분 기초적인 훈련을 잘 받아서인지 짖지도 않고 사람을 잘 따른다. 시간이 조금씩 늦어지면서 주변을 둘러보며 아무런 연관성 없는 것들이 바라본다.

저 멀리 잡화점에서 상냥한 미소로 손님을 맞는 소녀의 모습이 아름

답다. 길 건너편의 슈퍼에서 성의 없이 내놓은 채소들이 신선해 보인다. 한곳에 멈춰서 지나쳐가는 사람들을 힐끔힐끔 쳐다본다. 사람들은 전혀 관심이 없는지 빠른 걸음으로 지나쳐 간다.

그때 길 건너편에서 누군가 내게 손을 흔든다. 그녀는 내 쪽으로 다가오고 있었다. 그녀는 한 치에 망설임도 없이 내게 다가와 악수를 청했다. 그녀가 나를 알아볼까 걱정했지만, 그 길거리에서 동양인은 나뿐이었다. 나는 무슨 말을 해야 할지 망설이다가 아무 말도 하지 못한 채 걷고 있다. 그녀는 할아버지의 지나간 대처에 신경이 쓰였는지, 그 상황에 대해서 미안하다 말을 건넨다. 하지만 나는 딱히 신경쓰지 않았다. 어찌 됐든 좋은 친구를 한 명 더 사귀게 됐으니 말이다. 한 10분쯤 그녀를 따라 걸었을 때 그녀의 집에 도착할 수 있었다. 숨을 크게 들이마시고 그녀의 집에 들어갔다. 그녀는 할머니, 할아버지 그리고 이모와 함께 살고 있었다. 집에 들어서자 2층으로 올라갈 수 있는 계단이 정면에 보이고, 지하로 내려갈 수 있는 계단이 보인다. 사방으론 방으로 들어가는 문이 있다. 먼저 할머니와 할아버지께 인사를 드리기 위해 작업실이며 조심히 문을 열고 그녀가 먼저 들어간다. 할머니 할아버지께선 찻잔을 들고 테이블 앞에 앉아 이야기를 두런두런 나누시고 계시고 이모는 한쪽에서 그림 액자들을 닦고 있다. 할아버지께선 그림을 모으는 게 취미라고 하신다. 로렌이 어제 전화 속의 그 남자라고 소개하니 그가 미안하다며 악수를 청하신다. 그리고 그림을 구경시켜 주신다. 모두 동양화들이다. 기품 있고 정갈하게 액자에 담겨 있는 것이 한두 푼 하지 않는 그림인 듯 보인다. 책상에 꽂혀 있는 책들도 모두 동양화에 관한 책뿐이다. 그중에서도 한국 서적도 몇 개 보인다. 「정말 대단하시네요. 직접 그리시기도 하시는 거에요?」 「취미 삼아 그리기도 하지.」 그는 나에게 한글로 된 책을 들이밀며 번역이 가능한지 물어본다. 나는 아는 단어 몇 개만 집어서 말해주었지만, 그는 대단히 기뻐했다. 책 속의 이야기가 무지 궁금하셨나 보다. 할아버지와 그렇게 친해진 이후에 로렌을 따라서 방을 배정받았다. 로렌은 2층의 다락방을 쓰고 나는 지하의 게스트 룸에 들어가기로 했다. 짐을 방에 풀어두고 로렌의 방에 올라갔다. 그녀가 이것저것을 보여주겠다며 자기 방으로 초대한 것이다. 나는 긴장 되었다. 2층의 다락방에 올라가니 천장이 지붕 모양처럼 기울어져 있어 제법 운치 있는 공간이다. 1층처럼 우아한 실내장식이나 은은한 조명

불빛이 있는 것도 아니지만, 나무 원목으로 견고히 댄 바닥과 그녀의 오래된 가구와 물건들이 더욱 특별해 보인다. 창가 밖으로는 치맛자락을 펄럭이며 지나가는 소녀가 보인다. 한쪽에는 그녀의 밴드 프로필 사진이 멋스럽게 걸려있다. 「네가 활동하는 밴드 사진이야?」 「응, 오늘 저녁에 모임이 있는데 한번 같이 나가는 게 어때?」 그녀가 말했다. 「괜찮다면 그래도 될까?」 나중에 그럴 기회도 없지만 그런 물음을 받을 때면 곤혹스러웠다. 괜히 자리가 불편 해질까봐였다. 그저 그뿐이었다. 「괜찮을 거야, 있다가 같이 나가자. 내가 진짜 독일적인 것들을 보여줄게.」 우린 이야기를 마치고 컴퓨터를 켰다. Window 98이나 되어 보였다. 전원 버튼을 누르자 커다란 소리를 내며 컴퓨터에 시동이 켜진다. 왜 이리 오래된 컴퓨터를 쓰냐고 물어보니, 그녀는 아직까지도 핸드폰을 쓰지 않을 정도로 기계에는 흥미가 없다고 한다. 주로 Email로 연락을 하고 편지로 소통한다고 한다. 「어떨지는 잘 모르겠지만 그러면 많이 불편하지 않아?」 내가 물었다.

「아니 그렇지 않아. 약속만 잘 지킨다면 말이야. 내 친구 중에는 그런 문명화된 기계들이 싫어서 버스 기차도 타지 않고 자전거만 타는 친구도 있어.」 편한 것을 거부한다는 것이 처음에는 의아했지만, 곧잘 이해가 되었다.

「아 참, Email조차 쓰지 않는 친구도 있다?」 그녀가 재미있다는 듯 이야기를 던졌다.

이렇게 문명을 거스르는 사람들이 있다는 것을 알았을 때 나는 우리가 너무 현대 문명을 좇는 건 아닌지 하는 쓸쓸한 물음만 남겨놓게되었다. 현대의 문명을 따르다 보니 생각의 주도권을 기계들에게 뺏겨버린 듯하다.

그녀는 나를 위로라도 해주는 듯 자기 밴드가 녹음한 펑키 재즈 한 곡을 틀어주었다. 사방에 박아 놓은 스피커에서 미세한 소리까지도 놓치지 않는다. 눈을 지그시 감고 노래가 멈출 때까지 작은 소리에도 귀를 기울였다. 마치 음악에게 위로를 받는 듯했다. 내 영혼은 좀 더 풍성해지는 것 같았다. 그녀가 만든 음악을 들을 수 있다는 것은 아주 특별한 일이었다. 그녀가 내려가서 차를 끓여온다. 한 모금을 마시니 마음이 온화해진다. 아마 좋은 글과 감미로운 음악은 매 순간을 더욱 감성적이고 낭만적이게 만들어 주는 것 같다. 평범한 일상을 더욱 소중하게 만들어주고 모든 감각을 만족스럽게 도와준다. 음악을 틀고 이야기를 나누며 한가롭게 오후 시간을 보냈다. 해가 뉘엿뉘엿 넘어가자 우리는 30분 후 현관 앞에서 만나기로 약속하고 각자 방으로 들어갔다. 방에 들어와 대충 짐을 풀어놓고 침대에 기대 무얼 할까 고민했다.

나는 이런 순간이 혹시 잊혀질까봐 하나하나 이미지라도 남기면 조금 더 오래 기억에 남을 것 같아 사진을 찍기로 했다. 마치 사진작가라도 된 듯이 줌을 이리저리 당기며 초점을 맞추면서 조리개 값을 조

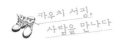

절하였다. 사진을 찍고자 할 때, 가만히 사물을 바라보는 여유가 생긴다. 볼품없는 물건이지만 자세히 관찰해보니 아름답다. 여러 컷의 사진을 남기고서 타이머를 걸고 내 사진도 남긴다. 혼자 노는 이젠 시간이 별로 지루하지 않다.

시간에 맞춰 그녀와 S-bahn을 타고 뮌헨의 시내로 나갔다. 첫 목적지는 마리엔 광장을 둘러싸고 있는 뮌헨의 신시청사였다. 높고 뾰족한 첨탑과 다양한 조각상을 보러 수많은 사람이 북적였다. 건축물 역시 대단했지만 우린 그냥 몇 장의 사진만 남기고 다음 장소로 넘어가기로 했다. 그곳은 독일 사람들보단 외국인들이 대부분이다. 밤이라서 그런지 골목골목이 북적북적 거렸다. 우리는 바이에른 왕실의 전용 양조장이었던 호브 브로이 하우스를 지나 유명한 랜드 마크를 몇 곳 들린 이후 그녀가 자주 다니는 상점에 들렀다. 그곳은 온통 독일인으로 붐볐다. 간단한 기계식 장난감부터 주방용품까지 각종 세련되고 현대적인 디자인의 제품들을 많이 만나 볼 수 있었다. 「이 상점은 지극히 뮌헨적인 것을 팔고 있어. 그래서 이 뮌헨 사람들이 항상 가득 차지.」 우린 그곳에서 한참 동안 시간을 보냈다. 골목길에서 모두가 서성이며 따뜻한 와인을 팔고 있는 곳으로 갔다. 아주 시끌벅적하다. 「내가 살 테니 우리 저거 마시자!」 잔에 대한 보증금도 지불하고 자연스럽게 8인용 테이블에 동석하였다. 따뜻한 와인은 보통의 와인보다 풍미가 짙고 달콤했다. 우리는 잔을 마주치며 우리의 만남을 다시 한 번 기뻐했다. 벌써 취한 사람이 보이는 가하면 화기애애한 분위기

를 연출하는 팀도 보였다. 지루하지 않고 모두가 분위기에 취해서 기분 좋은 에너지만 뿜어내고 있다. 어느 누구도 혼자인 사람이 없었다. 혼자 왔다 해도 옆에 앉아 있으면 이름을 묻고 안부를 물었다. 몇몇의 무리와 어울려 기분 좋게 취할 수 있었다. 우리는 밴드 스케줄에 일어나야 하는 시간임에도 자리를 뜨지 못하고 있었다. 마지막 잔을 비우고서 로렌과 밴드 연습실로 이동하였다. 한나절이 매우 알찬 느낌이었다.

그녀와 길 위를 걷다 커다란 건물 앞에 멈춰 선다. 「여기가 우리 연습실이야. 아버지 친구분께서 공짜로 렌트해주셨지. 어두우니 조심히 따라와.」 그녀를 따라 불이 켜지지 않은 지하계단으로 내려갔다. 어두침침한 지하는 아직 공사 중인 듯 철골들과 각종 공구가 아직도 널브러져 있다. 그 구조는 매우 복잡해서 아무나 들어오지 못할 법한 그런 비밀의 방 같아 보였다. 마지막으로 삐걱거리는 나무 계단을 지나자 15평 정도 되어 보이는 공간이 어둠 속에 숨겨져있었다. 그녀가 전선을 몇 가닥 만지더니 불이 올라간다. 그곳은 로렌의 방에 걸려있던 프로필 사진을 촬영한 바로 그 장소였다. 한쪽에는 음향시설이 한쪽에는 맥주가 몇 박스 채워져 있고 소파 덩그러니 놓여있다. 그녀와 나는 경쾌한 음악을 크게 틀었다. 일정한 박자만 느끼다가 우린 취기에 춤을 추고 노래도 부르기 시작했다. 그녀는 타고난 실력의 춤꾼이었다. 한마디 없이 춤만 추다가 늦게야 들이닥치는 친구들 덕에 음악은 잠시 멈춰두었다. 한 5분이 지나자 하나둘 모이더니 프로필에서 보았던 친구들이 모두 도착했다. 마치 소설 속의 주인공을 만난 것처럼 신기했다. 모두 테이블에 옹기종기 둘러앉아 맥주 한 병을 앞에 두고 서로의 안부를 묻기도 하고 저마다 재미있는 이야기를 한 보따리 싸들고 왔는지 이런저런 이야기를 쉴 틈 없이 나눈다. 로렌이 모두 모이자 나를 소개시켜준다. 짧지만 간단하게 인사를 했다. 잘생긴 금발의 친구가 트럼펫으로 멜로디를 연습해본다.

잠시 후 합주하자는 이야기도 없이 하나 둘, 무언가에 홀리기라도 한 듯 신명나게 노래를 켠다. 아직까지는 한 번도 구경해본 적 없는 흥미진진한 모습이다. 서로 눈으로 대화를 나누면서 사인을 맞춰간다. 지휘자도 없고 악보도 없다. 음악은 그 어두운 땅속에서 점점 짙게 울려 퍼져 나갔다. 나는 그들의 음악에 정신없이 빠져 들어갔고, 나를 더욱 흥분케 만들었다. 잠시 후 음악이 조금 삐걱거리더니 갑자기 어쿠스틱 기타를 들고 있던 리더가 버럭 소리를 지른다. 첼로를 켜고 있는 친구와 의견충돌이 있었나보다. 어느 누구의 양보랄 것도 없이 강한 몸싸움이 그 자리에서 벌어진다. 마치 한 무리의 수컷 사자들이 성이 난 것처럼 매우 거칠다. 모두가 일제히 술렁인다. 몇몇 친구들이 붙어서야 그들을 겨우 떼어 놀 수 있었다. 매일 겪는 색다르고 특별한 경험이지만 여전히 적응이 잘되지 않는다. 오직 소음으로만 요란하던 곳에서 벗어나 웅장하고 짙게 번져가는 악기의 소리를 들으니 지하실의 묵직한 공기와 습기마저 음악을 즐기기엔 더욱 좋아 보인다. 지하실은 이제 제법 운치 있어 보였다. 공간은 철저히 외부와

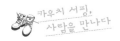

격리되어 있지만 복잡하고 변덕스러운 조급한 곳보다는 더욱 낫다는 생각이 든다. 덕분에 나 역시도 어느 때보다 여유롭고 편하게 즐기고 있다. 그녀가 그저 부럽고 신기할 뿐이다. 무언가가 새롭게 계속 만들어진다. 멜로디가 만들어지고 한쪽에선 가사를 만들고 있다. 그들은 상상하는 대로 음악을 써내려간다. 그리고 당장에 음악을 통해서 서로를 조율해갔다. 얼마나 흘렀을까. 그들은 제풀에 지쳤는지 자연스레 악기를 내려놓는다. 시끌벅적했던 지하실이 조금은 조용해졌다. 음악의 열기를 식히기 위해 모두가 맥주박스에서 한 병씩 꺼내든다. 모두가 눈을 마주치고서 바쁠 것도 없이 천천히 맥주를 음미한다. 그들은 정말 멋져 보인다. 그러면서 음악을 했을 때의 그 팽팽한 긴장감은 눈이 녹듯 사라진다. 아직도 아까 들었던 멜로디가 귀에 맴돌고 아름다웠던 선율의 여운 역시 사라지지 않는다. 마치 매혹적인 여인과의 만남 이후에 여운이 남듯이 말이다.

인스턴트 밤

지난밤의 숙취에 느지막이 일어났다. 낯선 잠자리에 긴 밤 동안 잠을
설치기는커녕 매일 숙면을 취한다. 잠도 늘었지만 술도 늘어난 느낌
이다. 입에도 대지 못하던 술을 이제 적당히 즐길 줄 안다. 머릿속은
묵직하게 울려오지만, 어젯밤의 기억은 생생하다. 두통 때문인지 머
리가 욱신욱신거려 이불 속에서 일어나기가 싫다. 문득 드는 생각에
점심에는 로렌과 함께 친구 집에 놀러가기로 했던 약속이 떠오른다.
저녁에는 뮌헨의 밤을 즐기기 위해 클럽을 가기로 했다. 나에겐 뭉툭
해 보이는 굵직한 파란 색상의 등산화가 전부이지만 그녀는 괜찮다
며 나를 위로했다. 한번은 런던에서 복장 심의에 걸려 클럽에서 쫓겨
났던 경험이 있는지라 대비책을 연구해야 할 것 같다. 무섭게 나를

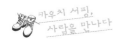

저지하던 Security Guard들이 생각난다. 나는 왜 그토록 아쉬움이 남았는지, 한 번만 들어갔다가 바로 나오는 것도 안 되겠냐며 구차하게 부탁했던 기억이 떠오른다.

'똑똑똑' 방문을 노크하는 소리가 들린다. 아마 빨리 나오라는 신호인 듯하다. 다행히 친구는 로렌의 집에서 멀지 않은 곳에 거주하는 동네 친구였다. 그녀가 약속했던 시간이 조금 지났는지 급한 걸음으로 이동했다. 「로렌! 우리 점심도 안 먹었는데 내가 친구 집 가서 한국 스타일 요리해줄까?」 그녀에게 물었다. 「그래, 아직 한국 음식은 맛본 적이 없어서 한번 먹고 싶긴 한데….」 그녀가 여운이 남는 말을 한다. 「뭘 망설여, 당장 근처 시장으로 가자!」 그녀와 주저하지 않고 시장으로 갔다. 다행히 멀지 않은 곳에 있었다. 시장은 내겐 너무 정겨운 장소이자, 여행지에선 항상 들려가는 장소이다. 시장 특유의 냄새를 풍기지만 오래 알고 지낸 것처럼 낯설지가 않다. 각종 채소와 공산품도 싸게 구입 할 수 있고 상인들과 길바닥 위에서 기분 좋은 이야기도 나누고 맛좋은 음식도 덤으로 얻어온다. 그래서 항상 여행을 다니면 좌판을 벌이고 앉아 있는 시장에 들른다. 뮌헨의 시장의 거리는 사뭇 달랐다. 초록 올리브, 샐러드 잘, 말린 햄 등 접해보지 못했던 물건들이 쌓여 있다. 고운 빛깔의 채소를 고르자 소담스레 종이봉투에 담아서 준다. 거리는 시끌벅적하다. 그들에게 한국식 볶음밥을 맛보여줄 생각이다. 주로 유럽에는 간단히 타이식 볶음밥을 자주 접하지만, 한국식 볶음밥은 그들에겐 생소할 것이라 생각했다. 어느덧 그의 집 앞에

도착했다. 으리으리하다 못해 웅장해보였다. 나는 대체 무슨 일을 하시는 분이시기에 이런 집에 사시냐고 물었다. 세계적으로 권위 있는 수면분야 과학자이신데, 최근 한 달 전에도 중국에 가서 논문을 발표하고 오셨다고 그에 관해 이야기해 주었다. 3층짜리 저택 앞에 서니 현실적으로 와 닿지가 않는다. 내 처지가 마치 볶음밥을 배달하러 온 배달부 같은 느낌이 든다. 대문이 열리고 문을 열자 기품 있어 보이는

고양이가 우릴 노려보고 있다. 집안은 조용하고 평온하다. 잠시 후 그가 나와 우릴 반갑게 맞이해준다. 로렌이 가족들은 모두 어디 갔느냐고 물으니, 친구들 온다고 모두 2층에 올라가셨단다. 덕분에 부담 없이 음식도 만들어 먹고 차도 마시면서 즐거운 시간을 보낼 수 있었다. 시간을 보내고서 집에서 나가려고 하자 곳곳에 숨어있던 어머니, 아버지, 그리고 동생이 나와서 우릴 배웅해준다. 정답게 눈인사를 나누고 집에서 나오는데 이런 겪어 보지 못한 배려에 조금은 당황스럽기도 하다. 어찌나 사람마다 생각하는 것이 다른지 오늘 또 새로운 것을 발견했다.

쉬엄쉬엄 게스트 룸에서 시간을 보내고 있다. 옷도 두벌밖에 챙겨오지 않았지만, 계속 번갈아 입어본다. 어김없이 클럽을 간다는 기대감에 좀이 쑤신다. 하지만 여전히 클럽은 적응이 잘되지 않는다. 혼자서 시간을 보내다가 로렌에게 부탁해서 일찍 나가기로 했다. 그녀는, 커다란 검은 코트 안에 어깨선의 아찔함이 드러나는 검은색 탑을 입고 나온다. 너무 짧지도 길지도 않는 적당한 길이다. 내 맥박은 부자연스러워졌다. 몸매가 드러나는 옷을 입었지만 군살 하나 찾아볼 수가 없다. 우린 느릿느릿 지하철로 향했다. 그녀가 내게 물었다. 「내 옷 어때 예쁘지 않아?」 난 잠시 할 말을 잃었다, 잠시 후 대답하였다. 「매우 아름다워. 최고야!」 그녀가 피식 웃는다. 「아니, 이 검은색 코트 말이야, 우리 증조할머니께서 물려주신 거거든.」 그 사실을 인지하니 마치 신기할 정도로 로렌에게 잘 맞았다. 옷감과 재단을 보고선 비싸다는 걸 알 수 있었다. 「이거 무지 고급스러워 보이는데. 이런 옷을 몇 번 입지도 않으셨던 것 같은데 부자셨나 봐.」「우리 증조할머니께선 의사셨거든.」「우와, 정말 신기하다. 증조할머니께서 물려주신 옷이라는게 믿겨지지 않을 정도로 전혀 촌스럽지도 않고, 오히려 더 세련되어 보이거든.」그녀가 고개를 끄덕인다. 지하철에 몸을 기대어 가는데 잠시 후 그녀가 물어 온다. 「우리 어떤 클럽으로 갈까?」「어떤 클럽? 클럽이 다 똑같은 거 아니야? 힙합이나 일렉트로닉.」「무슨 소리야? Pop, 재즈, Dub Step 클럽, 일렉트로닉, 힙합클럽 등 얼마나 많은데!」과연 어떤 클럽들일지 상상을 한 이후에 고민을 하다가 자주 가는 일렉 클럽에 가자고 제안을 했다.

「그냥 나에게 선택권을 주면 어떻겠어? 내가 좋은 클럽들을 몇 군데 알거든.」나는 선택은 그녀에게 맡기기로 하고 클럽주변에서 커피를 한잔했다. 길거리는 북적대는 사람들로 활기가 넘친다. 늦은 시간이지만 도로변에는 고급승용차나 소형차들이 줄지어 서있고 개성이 넘치는 클럽들이 곳곳에 자리 잡고 있다. 만발의 준비를 하며 그녀를 뒤따랐다. 첫 번째 클럽은 Pop 클럽이었다. 입장료는 로렌의 친구라고 받지 않았다. 물론 그녀도 내지 않는다. 아마 그녀는 뮤지션으로 이름이 좀 알려진 듯했다. 그녀와 춤추기엔 두꺼운 겉옷을 바닥에 벗어두고 춤을 추기 시작했다. 화려한 조명 불빛이 우리를 비출 때 우린 사람들 틈 사이로 합류하였다. 호흡을 가다듬고 눈을 감고 리듬에 몸을 맡겼다. 그녀 역시 리듬에 몸을 맡기기 시작하는데 믿기 어려울

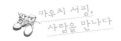

정도로 다양한 춤 기술을 지닌 듯했다. 아마 예대수업에 춤 실기를 이수했는지 그녀의 춤사위는 보통이 아니었다. 어느덧 그녀의 손은 내 몸을 감싸고 있었다. 정신이 오락가락했다. 그녀가 탑이 자꾸 내려가는지 옷을 끄집어 올린다. 그녀는 춤에 집중할 수 없어 보였다. 물론 걱정이 되었다. 「너 문제 있구나?」 귀에 대고 물었다. 그 말을 들은 그녀는 잠깐의 망설임도 없이 그 자리에서 탑을 상의 밑으로 내려 버린다. 나는 그녀의 모습을 잠시 동안 응시했다. 나에겐 선뜻 받아들이기 어려운 너무 자극적이고 충격적인 장면이었다. 다행히 속옷은 걸쳐져 있지만, 자꾸 마음이 걸리는 데가 있다. 어리벙벙한 내 모습을 본 그녀가 내게 왜 그러냐 묻는다. 「내가 문제가 생긴 것 같아.」

화려했던 조명에서 어두침침한 조명으로 바뀌자 그녀는 로렌인지 아니면 스트립 걸인지 구별하기가 어려웠다. 지그시 신호를 보낸다. 허공을 찌르는 듯한 그녀의 손짓은 빛과 그림자가 더욱더 야릇하게 만들어주었다. 나는 그녀의 손짓에 모든 신경을 집중했다. 겨울이지만 등에서 식은땀이 솟아오른다. 더는 야릇한 상상을 하면 안 될 것 같았다. 이 모든 느낌은 나만이 일방적인 느낌인 듯했다. 심호흡을 하며 숨을 고르고 머리를 말끔히 비워냈다.

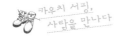
카우치 서핑,
사람을 만나다

하지만 클럽의 한쪽에서는 아무렇지도 않게 애정행각을 하고 있다. 입맞춤은 자연스럽다 못해 그저 접촉일 뿐이다. 짧은 순간에도 여러 눈신호가 오고 가는 듯하다. 밤이 깊어질수록 클럽의 분위기는 흠뻑 젖어갔다. 「좀 배고프지 않아? 우리 케밥 먹으러 갈래? 이 근처에 맛있는 곳 아는데.」 로렌이 배가 고픈지 물어왔다. 「그래! 케밥 먹으러 가자.」 어두운 곳에서 길거리로 나오자 그녀의 붉은 입술이 도드라지게 예뻐 보인다. 유난히도 붉다. 끊임없이 움직여서인지 가느다란 머리칼 몇 가닥은 이미 젖어 있다. 그 모습마저 더 섹시해 보인다. 우린 이야기를 하며 케밥 집으로 이동했다. 늦은 시간이지만 아직까지도 케밥 집은 문전성시를 이루고 있다. 주변의 클럽에서 배가 고픈 클러버들이 주 고객층이었다. 구운 전병위에 각종 채소와 닭고기와 양고기 그리고 터키 스타일의 매운 소스가 내 입맛에 잘 맞는다. 우린 배를 두둑이 채우고서 또 다른 클럽으로 이동하였다. 잠깐 로렌만 클럽에 들어가서 친구를 만나고 온다 하길래 밖에서 기다리기로 했다. 좁은 골목에서 서성이는데 무방비 상태에서 어떤 여자가 다짜고짜 안긴다. 그녀는 술에 많이 취해 보였다. 깜짝 놀랐지만 불쾌함까지는 느껴지지 않았다. 그녀는 나를 잡고 놓지 않으며 말했다. 남자친구와 같이 놀러 왔는데 자기가 술에 너무 많이 취했다며 자기를 버리고 갔다는 것이다. 나는 얼버무리면서 그녀를 떼어 놓았다. 로렌이 와서 이 모습을 본다면 오해를 살 수도 있기 때문이다. 하지만 클럽을 돌아다니면서 느낀 건데 이곳 클러버들은 오늘 밤 그러니깐 하루 그 이상은 생각하지 않는 듯 보였다. 그저 직감대로 믿고 현재의 감성에 충실해 보였다.

그녀를 떼어 놓자 로렌이 약속이라도 한 듯 나온다. 다음 클럽으로 이동했다. 그곳에선 우리에게 입장료를 요구한다. 로렌이 대뜸 말한다. 「이 친구는 중국에서 온 친구인데 돈이 별로 없어요. 그냥 들여보내 주면 안 돼요?」 나는 갸우뚱했다. 신기하게도 Security Guard는 문을 빼꼼히 열어준다. 그녀는 고맙다고 인사를 하고 들어간다. 나도 그녀 뒤를 따랐다. 우리는 이렇게 6군데의 클럽을 공짜로 다닐 수 있었다. 시간이 늦어 마지막 클럽에서 나올 때쯤엔 일렉트로닉의 강력한 베이스 음 때문에 귀가 먹먹하다 못해서 윙윙 울렸다. 우린 한풀 꺾여서 서로의 모습을 바라봤다. 눈이 퀭한 것이 초췌해 보인다. 우린 말없이 우두커니 트램 역에 앉아서 Night Tram을 기다리기로 했다. 동틀 무렵이라 그런지 차와 택시조차도 돌아다니지 않는다. 「오늘 정말 대단했어. 아마 내가 보냈던 밤중에 최고의 밤이었던것 같아.」 「그럼 정말 다행이고. 나도 너 덕분에 재밌게 놀았어.」 그녀가 답했다.

그때 조용하던 골목길에 자동차 바퀴가 조용히 눈을 짓밟고 오는 소리가 들려온다. 우린 무심코 손을 흔들었더니 트램역 앞에 멈춰 선다. 구형 BMW의 창문이 내려오자 운전석에는 터키 남자가 어디까지 가냐고 묻는다. 우린 그의 차를 얻어 타기로 했다. 그의 차에선 조용한 클래식이 흐르고 있다. 어두 캄캄했던 도시가 밝아지자 화려했던 오늘밤도 조용히 막을 내린 듯하다. 마치 웅장한 뮤지컬의 기승전결을 느끼고 나온 듯하다. 피곤함에 눈을 지그시 감자 나도 모르게 잠이 들었다.

내 생애 최고의 파티

작은 창문틈사이로 햇볕이 들어와 곤히 자는 나를 깨운다. 마치 어젯
밤 고된 일을 했던 것처럼 몸은 뻐근하지만 기분 좋은 꿈이라도 꾼
듯이 기분은 좋다. 지하라 조금은 낮은 천장이 답답해 보여 곧장 1층
으로 올라갔다. 오늘은 뮌헨을 떠나기로 한날이라 그런지 마음이 조
급하다. 뮌헨을 떠나기 전 다시 압드를 찾아가겠다던 약속을 지켜야
하니 더욱이 바쁘다. 국경을 넘으려면 더욱 서둘러야한다. 나는 짐을
다시 꾸리고 방을 가지런히 정리하였다. 그리고 문득 생각이나 그녀
는 읽지 못하게 한글로 몇 글자 편지를 적었다. 내일이 되면 일상에
묻혀 서서히 잊혀지겠지만, 가끔 옛 물건을 뒤적거리다 내 편지를 찾
게 되면 기억을 더듬을 수 있게 서랍 한편에 넣어두었다. 그렇게 아

쉬웠던 로렌과 만남을 뒤로하고 오스트리아 빈으로 향했다.

기차를 타고 이동하는 내내 마음이 불안하다. 오스트리아에선 폴의 소개로 친구네 집에서 묵기로 했는데 그녀가 사정상 재워줄 수 없다는 소식을 통보받았다. 그 소식을 접하고서 바로 카우치 서핑의 Emergency Group에 글을 올렸다. 아마 New Year Eve라 큰 기대를 하기는 어려웠다. 유럽에선 신년파티가 연중의 큰 행사 축에 속한다는 걸 들었기 때문이다. 국경을 건너 오스트리아로 넘어왔지만, 선택의 길은 모두 없어졌다. 호스텔도 민박집도 모두 돌아다녔지만, 방이 없다는 것이다. 시간이 가면 갈수록 막막해지면서 모든 것이 혼란스럽다. 호

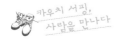

카우치 서핑,
사람을 만나다

스텔에 들어가서 다른 호스텔에도 연결을 해봤지만 아무 곳도 방이 없단다. 갈 곳이 없다. 불안해져서 마음만 조급해진다. 남들은 모두 파티로 분주히 움직이고, 나 홀로 외톨이가 되어 떠돌아다니는데, 이런 일이 일어날 줄은 생각도 못했다. 나는 확신할 수 없는 모호함에 풀이 죽어 길을 걷고 있다. 그런데 추위에 몸의 감각이 사라질 때쯤, 저기 길 건너에 한 무리의 한국인이 지나가고 있는 듯했다. 그리고 그들이 한국인이라는 것을 인지했을 때, 그들에게 도움을 청해야겠다고 생각했다. 그들에게 나의 자초지종을 설명하자 전화기를 꺼내든다. 아는 민박집이 있는데 그분께선 빈의 민박집을 꽉 잡고 있어서 도움을 요청하면 해결책이 나올 것이라 한다. 그들의 도움으로 방을 잡고서 나왔다.

모두 유학생들이었는데 기차 시간이 아직 많이 남아서 기다리고 있던 중이었다. 누구의 시간인들 소중한 시간이 아닌 것은 없지만, 그들은 우리가 재밌어서 하는 일이라며 나의 기분 또한 좋게 만들어주었다. 그리고 신년기념도 기념이지만 우리의 인연도 기념하자며 피자에 맥주 한잔 하러 근처 펍으로 이동하였다. 북유럽에서 생활하던 유학생들인데 한국으로 귀국하기 전에 유럽 일주를 하는 분들이었다. 워낙에 북유럽의 겨울은 우울하기도 하지만 북극에서 가장 가까워 날이 차갑고, 하루에 6시간 남짓 해가 뜨질 않아 서유럽으로 여행 오게 된 이유 중 하나라고 한다.

그들은 북유럽에 있었던 이야기들을 머릿속에 그려주면서 재미있게 해주었다. 또 오랫동안 오스트리아에 머물렀던 그들은 New year eve 파티에 대한 정보도 전해주었다. 「이브 파티의 가장 큰 하이라이트는 바로 1월 1일 00시, 모든 라디오, TV, 길거리에서 아름다운 왈츠의 선율이 울려 퍼져 나이를 불문하고 모두가 왈츠에 맞춰 춤을 출 거야.」어디서 이런 광경을 볼 수 있을까? 그동안 수많은 클럽과 파티를 다녀왔지만, 최고의 스케일이었다. 그 규모는 상상할 수도 없었다. 지쳐서 민박집에서 휴식을 취하려고 했는데 파티에 빠질 수 없어 신시청사로 홀로 이동을 했다. 베토벤이 영감을 떠오르기 위해 자주 찾았다던 도나우 강이 흐르고 있고, 모차르트의 결혼식과 장례식이 열린 성 슈테판 성당이 위엄 있게 자리 잡고 있었다. 과연 음악의 꽃을 피웠던 오스트리아답게 수많은 음악가들의 흔적을 찾아볼 수 있었다. 아마 음악의 본고장답게 모두가 기품 있고 멋스러워 보였다. 벽돌로 만들어진 오래된 길거리를 걷자 다양한 음악이 흘러나온다. 그곳은 이미 신년을 즐기기 위한 사람들로 북적거리고 있다. 곳곳에는 무대가 설치되어 콘서트를 하고 있고 한쪽에서는 잡다한 먹을거리를 팔고 있다. 내 눈에 보이는 인파만 대략 잡아서 7~800명은 되어 보인다. 나이 든 노부인도 아직 어린 꼬맹이든 모두가 거리에 나와 흥겹게 춤을 추고 있다. 곳곳에서는 폭죽이 화려하게 하늘을 수놓았다. 주변에는 환호성이 끊이지 않는다. 혼자서 춤을 추기엔 왠지 모르게 허전해서 사람들의 움직임을 따라서 이동했다. 골목길에서도 노래는 흐르고 사람들은 흥에 겨워 어린아이처럼 장난을 치며 뛰어논다. 구역마다 모두 노래가 다르다. 가장

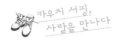

넓은 광장에선 남녀노소 즐길 수 있는 노래가 흘러나온다. 자리를 이리 저리 옮겨 다니며 분위기를 살폈다. 저기 멀리서 어디서 많이 듣던 언어가 들린다. 한국인 여성 몇 분이서 현지의 노부인들과 신명나게 춤을 추고 있다. 나는 가볍게 말을 붙여봐야겠다 싶어서 조심히 물었다. 「저기, 한국분이신가요?」한글로 물었다. 그들은 흥이 나는지 목소리가 약간 빨라져서 나를 그들의 무리 속으로 잽싸게 집어넣는다. 딱히 캐묻지도 않았지만, 그 자리에서 우린 둘도 없는 친구처럼 춤을 추고 있었다. 이렇게 들어온 이상 한번 신명나게 놀아야겠다 싶어서 음악에 맞추어 몸을 맡겼다. 한바탕 추고 나니 노부인 할머니들이 합류한다. 작은 몸집의 백발의 노부인께서 상냥한 웃음을 지으시며 내게 샴페인 잔을 건네신다. 하지만 그 태도는 매우 도도하다. 그녀가 따라준 샴페인 한 잔을 비우고서 춤을 췄다. 나이가 조금 지긋하셔서 그렇지 격하게 추지 않았지만 춤을 추시는 모습이 상당히 도도한 매력 있다. 분명 그녀는 왕년에 남자들 여럿을 애간장 태웠을 것이다. 한 두 곡 추다 보니 할머니께선 신이 나셨는지 결국 나에게 샴페인을 병째로 넘기신다. 비록 70대의 노년의 할머니셨지만 20대의 아가씨라고 생각하니 더욱 그 자리가 즐겁다. 아마 할머니께선 젊은 날의 모습을 그리워하는 듯했다. 샴페인의 거품같이 늘어난 숫자 앞에서 삶의 무게도 즐거움도 기분도 모든 게 둔해져 없어진 설렘을 되찾고 싶을 것이다. 하루를 여러 번 지내면 마치 쉽게 지나가는 하루, 기나긴 하루가 점점 짧아진 다는 것은, 삶에 익숙하다는 것. 조금 지루할 수도 있겠다는 생각이 들었다. 한 시대를 아름다운 열정과 젊음으로 치열하게 살아왔을 그녀의 삶을 생각해보니, 지나간 세월이 무심하다. 내겐 현실적으로 쉽게 와 닿지 않지만, 그녀는 자꾸 한 소녀를 생각나게 해, 잘 와 닿지 않는 것을 조금은 쉽게 이해할 수 있었다. 길거리의 열기는 점점 뜨거워지고 있다. 시곗바늘은 어느덧 열 시를 가리키고 있다.

한국인 여자 분께서 넷이서 함께 다니자고 상냥하게 말을 걸어왔다 나 역시도 혼자서 이런 큰 축제를 즐기기 싫어서 함께하기로 했다. 나를 빼놓곤 모두 누나들이었다. 우린 노 부인들에게 이야기를 하고 조금 더 젊은 층에서 놀기로 했다. 모두 통성명을 하고 나름대로 잘 노는 곳을 찾아보기로 했다. 한쪽에 서는 남녀가 짝을 이루어 왈츠

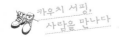
카우치 서핑,
사람을 만나다

의 선율을 즐기고 있다. 「저런 거 굉장히 재밌을 것 같지 않아요? 춤을 출줄 안다면 춰보고 싶네.」 하고 피식 웃었다. 우린 왈츠 흉내 정도만 내다가 옆으로 이동했다. 옆에선 젊은 친구들이 뭉쳐서 남녀가 섞여 마음껏 춤을 추고 있다. 주변에선 동영상을 찍으며 우스꽝스러운 모습을 촬영하고 있다. 모두 놀 때만큼은 확실해 보인다. 「저기 가서 놀자.」 어딘가에서 누군가 말했다. 우린 자연스레 그들과 스테이지를 만들어 춤을 추기 시작했다. Black Eyed Peas의 I gotta feeling이 거리에 울리고 있었다. 모두가 경계심 때문인지 아직까진 자연스럽지 못하다. 노래가 절정에 다다르면서 경계심도 스테이지도 모든 것이 헝클어지기 시작했다. 차츰 격렬해져 길거리를 쏘다닌다. 우린 마치 뮤직비디오를 찍기라도 하는 듯 호흡을 맞춰가면서 재미를 더했다. 우린 이름을 전혀 알 수 없는 그들과 잘 어울렸다. 노래가 절정에 치닫고 잔잔해질 때 그들에게 물었다. 「어느 나라 출신이세요?」 「오스트리아요, 그쪽은요?」 「우린 한국에서 왔어요.」 숨이 가빠서 말 잇기가 어렵다. 우린 허공을 뛰어다니며 머릿속에 담긴 잡념들을 모두 떨쳐버렸다. 말없이 머리로 생각하지 않고 몸으로 표현했다. 나도 모르게 주변을 한번 둘러보았다. 모두 낯선 사람들뿐이다. 이제는 새로운 사람을 만나는 것은 아는 사람 만나기보다 더욱 잦아졌다. 아니 100이면 100 모두 낯선 사람들뿐이다. 하지만 낯선 사람과도 이젠 망설임 없이 속마음을 말한다. 언젠가는 다시 관성에 따라 아는 사람들만 만나며 일상으로 다시 되돌아가겠지만, 도저히 놓칠 수 없는 즐거움이다. 사람과 사람 사이에 허례허식 없이 진심을 다해 소통하는 즐거울, 그들도 나와 같은 기분일까? 언젠간 이 짧았던 이 만남들을 추억하면서 내가 춤을 출 수밖에 없었던 달빛의 무대를 기억할 것이다. 정말 기분 좋은 마지막 밤을 부여잡고 나의 소중한 사람들 소중한 일상 그리고 가끔씩 생기는 즐거운 이벤트들을 다시 되돌아보며 오늘 하루를 이곳 오스트리아 빈에서 마무리하였다.

오스트리아에서의 마지막 밤은 아주 길었다. 모든 달력은 새 달력으로 바뀌고 새로운 계획을 짜고 새로운 목표를 잡는 새로운 해, 모든 것은 그대로이고 어느 때와 다를 바 없는 날이지만, 나는 이제 어디

쯤 왔나 궁금해지기도 한다. 순탄하진 않았지만 가끔은 삐뚤어지기도 하고 매사 최선을 다하곤 했지만, 노력에 상관없이 좋지 않은 결과를 맛보기도 했다. 아직 목적지를 모르는 것뿐이지 이렇게 걷는 것이 맞으리라 믿는다. 되도록 지루하던, 외롭던, 힘이 들던, 투정부리지 않고서 말이다. 그런 마음으로 끊임없이 걷다 보면 적어도 언젠가는 목적지에 도착할 것이다. 어딘가에 있을 나의 목적지는 짐작할 수 없어서 좋다. 짐작할 수 없어서 하루에도 몇 번씩 나를 고쳐 보며 나를 되돌아볼 수 있기 때문이다.

지난밤의 여운이 가시질 않는지 밤새도록 목청껏 외쳐댔던 노랫말들이 머릿속에서 맴돈다. 피식 웃음이 나오며 미소를 머금는다. 민박집은 아침부터 매우 소란스럽다. 무슨 소동인지 밖에 나가보니 아침 밥상 때문이란 걸 알았을 때 씻지도 않고서 밥상 앞에 착석했다. 힘겹게 일어난 아침, 한 그릇의 밥을 먹을 수 있다는 게 얼마나 흥분이 되든지 견딜 수가 없다. 「잘 먹겠습니다.」 밥상 앞에 있는 이들은 모두 한마디씩 한다. 김이 모락모락 피어나는 밥공기 위에 수저를 저으니 구수한 냄새에 웃음이 절로 나온다. 손맛이 일품인 달달한 나물부터, 무려 세 종류의 김치, 계란말이에 뜨듯한 오징어국과 제육볶음이 오늘 차려진 아침상이다. 허기 때문에 어떤 음식을 먹던 맛있을 때이지만 한식을 맛본 기억이 가물가물해서인지 그 감동이 더 크다. 밥 한 공기는 허했던 내 지친 몸과 마음을 달래준다. 아침 식사를 든든하게 마치고서 소란스러운 식탁을 빠져나왔다. 마침 부다페스트에서 카우치 서핑 허가가 나서 곧장 부다페스트로 이동하기로 했다. 어젯밤 오스트리아에서 첫날밤이자 마지막 밤이라고 생각하니 아쉽긴 하지만 그만 떠날 준비를 한다. 아마 오스트리아에 대해선 많이 알지 못하지만, 그 누구에게도 충분히 매력적인 도시라 칭찬할 수 있을 것 같다. 짐을 정리하고 기차역까지 멀지 않아서 걸어서 이동한다. 나는 벌써부터 새로운 만남을 준비하고 있다. 하지만 여행의 시간이 누적되면서 새로운 것에 대한 느낌은 다달이 있는 행사처럼 점점 무뎌져만 간다. 기차의 창밖으로 해가 뉘엿뉘엿 저물고 있다. 기차는 일정한 속도로 끊임없이 달린다. 창문 밖의 정경을 바라보고 있는데 좀 있으면

아직 가보지 못한 나라에 도착한다니 벌써부터 가슴이 떨린다. 앞으로도 크게 변할 것은 없지만 기다리는 시간이 즐겁기만 하다. 부다페스트 행 기차에는 총 7명의 한국인이 탔다. 나를 제외하고서 모두 두 명씩 짝을 이루는 듯했고, 기차 한 칸에 한국인 7명이 탔다는 게 신기할 뿐이다. 전부에게 말을 건넬 기회는 없었지만 바로 앞좌석과는 친해질 수 있었다. 우린 동년배였다. 그녀들은 벨기에 와플부터 각 나라에서 사온 대표적인 먹을거리를 건네주면서 서로의 여행 무용담을 공유했다. 우린 이야기할거리가 산더미처럼 많았다. 여행에 관한 이야기뿐만 아니라, 이성에 관한 이야기, 미래에 관한 이야기를 나누며 낄낄대다가도 진지해졌다. 목적지에 도착하고서도 우리는 끝없이 대화하였다.

부다페스트의 하늘엔 어느덧 초승달이 걸려있다. 밤 공기는 스산하다 못해 음침했다. 마치 흡혈귀라도 튀어나올법한 거리다. 낡고 지저분해서 야시시한 밤의 분위기에 사로잡혀 투덜거린다. 그래서 그녀들의 호텔 체크인할 때까지 바래다주기로 했다. 현재는 그 친구들과 그 이후에 왕래가 드물어지고 연락이 끊겨서 더 이상 마주할 기회는 사라졌다. 그녀의 이름조차 기억할 수 없지만 뭔가 아쉽다는 생각만 든다. 마치 무언가를 잃어버린 것처럼 말이다.

콘돔, 안전한 섹스를 위해서

이후 부다페스트의 호스트 케이트에게 연락을 했다. 그녀는 동역 쪽의 바로슈 광장 옆에 있는 KFC에서 기다리고 있겠다고 한다. 거리는 붉은 빛의 가로등이 켜져 있지만, 조금은 어둡다. 부다페스트의 찬 공기마저 냉혹하게 느껴진다. 게다가 도로변의 상점들은 대부분 문이 굳게 잠겨 있다. 내가 버려진 도시를 찾아온 것 같다. 텅 빈 도시가 슬픔을 간직 한 것 같다. 시간은 늦지 않았지만 동역 쪽으로 가는 길에는 인적이 드물다. 지나가는 사람들마다 쓸쓸한 모습이 얼굴에 묻어나, 그들의 뒷모습이 더욱 외로워 보인다. 어깨도 축 처져 있는 것 같고 삶의 무게마저 느껴지는데 내 기분 탓인지 아니면 분위기 탓인지 잘 모르겠다. 아마도 도시의 이런 분위기가 사람의 성질을 바꿔놓는 듯하

다. 휑한 어두운 골목길을 한참 걷다 보니 길가 건너편으로 KFC가 보인다. 혼자서 숨을 깊게 내쉬고 KFC 안으로 들어갔다. 전 세계의 KFC는 어느 나라를 가든지 공간을 초월한 듯, 어느 곳을 가든지 똑같은 환경에 똑같은 음식을 맛볼 수 있다. 하지만 출구만 지난다면 각 도시의 다른 모습을 볼 수 있다. 저 구석에서 케이트의 모습이 보이는데 낯선 남자와 함께 앉아 있는데 그들에겐 로맨틱한 분위기가 풍긴다. 그녀에게 다가가 말을 물었다. 「혹시 케이트 맞죠?」 그리고 그녀가 말을 이었다. 「반가워요, Song.」 그녀가 악수를 건넨다. 「이쪽은 릭이고 오스트리아 빈 출신의 카우치 서퍼인데 내일이면 그는 다시 돌아갈거에요, 16살이고요.」 그들 틈에 합류했지만 왠지 나만 어울리지 않는다. 그는 아직 10대여서 그런지 피부며 옷차림새 전체적인 인상 등이 앳 돼 보였다. 그는 내 모습을 보고 마치 신기한 사물을 발견한 마냥 셔터를 눌러대느라 정신이 없다. 옆에선 케이트가 하지 말라고 말린다. 싫은 내색까지는 내지 않고 점잖게 말렸다. 「배낭이 조금 무거우면 집으로 가고, 아니라면 산책을 좀 하겠어요? 부다페스트의 야경은 정말 아름다워요.」 그들을 만나기 전, 호텔에서 동역까지 오는데 배낭 체감 무게가 점점 더 누적됐지만 괜찮다고 했다. 동역에서 서역 쪽으로 다시 걸으며 왔던 곳을 다시 돌아간다. 마치 머릿속에선 군대에서 철야 행군을 하던 기억이 연출된다. 군대에서도 해가 지면 행군을 하지 않았을지 모르는 일인데 말이다. 누구나 힘이 빠지면 어떠한 감동도 줄어들기 마련이다. 한껏 감흥에 취해 분위기를 즐겨야 할 때 몸이 무거우면 피로감에 그 감흥이 덜하다. 누구도 배낭의 버거움에 익숙한 사람은 없을 것이다. 팔다리가 뻣뻣해지고, 배낭의 중압감 때문인지 어깨가 결리기 시작하지만, 가만히 걷기로 했다. 마음을 단단히 먹고서 멍한 표정으로 그들을 따랐다. 릭은 아무렇지도 않게 길을 걷는 내내 케이트에게 자연스럽게 스킨십을 한다. 뽀뽀도 하고 머리카락을 뒤로 넘겨주며 거침이 없다. 그들의 모습을 보는 내내 내가 더 불편하다. 마치 그런 모습을 과시라도 하는 듯이 보여준다. 하지만 그녀도 그렇게 싫지는 않은 모습이다. 그저 사춘기 소년이려니 하고 받아주는 것 같다. 사춘기 소년이 더 무서운 법인데 말이다. 당황스러움도 잠시 나에게 대뜸 은색으로 번쩍이는 것을 내민다. 무언가가 눈앞에서 번쩍이자 이게 뭐냐며 가로챘다. 은색 비닐로 밀봉된 것이 가운데는 뭉툭하고 야릇하게 미끈거리는 것이 내 촉각과 뇌리를 자극한다. 그것은 콘돔이었다. 이걸 못 본 척해야 할지 반응을 어떻게 취해야 할지, 매우 당황스럽다. 얼마 있지 않아 케이트가 설명을 해준다. 릭이 집에 놀러 오면서 선물을 해줬다며 케이트가 웃으며 설명을 해준다.

「FOR SAFING SEX」 그녀가 그와 잤는지는 모르는 이야기지만 콘돔을 꺼냈다는 것만으로도 자기의 성욕을 은근슬쩍 끼워 이야기하려는 듯했다. 나의 열여섯 살 당시에는 콘돔의 존재조차 몰랐고 이성에 대한 호기심만 막연했다. 이십 대인 현재도 이성에게 콘돔을 선물한다는 것 그런 과감함은 꿈에도 못 꾸지만, 이들이 개방적인건지 아니면 내가 보수적인건지 헷갈린다. 그녀 역시도 콘돔을 기분 좋게 받았는지 손에 움켜쥐고 있다. 온갖 추측이 머릿속에서 그려질 때 시원한 강

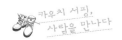

바람이 내 몸 주변을 훑고 간다. 불과 50미터 앞에는 거대한 두 마리의 사자 동상 사이로 세체니교가 서있고, 그 밑으론 아찔해 보이는 도나우 강이 달을 품은 채 유유히 흐르고 있다. 바로 눈앞에 펼쳐지는 정경이 유럽에서 프라하와 아름다움을 놓고 1,2위를 다툰다는 부다페스트의 야경이었다. 세체니교 너머론 황금빛을 뿜어내는 왕궁이 웅장하게 버티고 있고, 그 반대편에는 벤치에 앉아 그 모습을 느긋하게 구경하는 사람들이 있다. 시원하게 부는 강바람이 일시적으로나마 피로를 잊게 해준다. 산 언덕 위로 고풍스러운 옛 건물들이 도나우 강과 세체니교가 잘 어울리며 부다페스트만의 느낌을 만들어 내는 듯했다. 바람이 거세게 불어대지만, 그 센바람이 내 몸속으로 스며들어 기운을 주는 듯하다. 멀리서 느릿느릿하게 움직이는 배가 몇 척 보인다. 한 10여 분동안 말없이 주변을 둘러보다가, 세체니교보다 높은 언덕에 올라섰다. 경사는 45도 정도로 매우 가팔라서 오르는 데 힘이 들었지만, 언덕 위에 서니 시야가 탁 트이는 것이 지금까지는 본 적이 없는 야경이다. 부다페스트가 한눈에 들어오면서 천천히 흐르는 도나우 강물이며 강 주변을 달리는 자동차와 세체니교를 지키는 용맹해 보이는 그 사자들도 여유롭다. 도시의 자체가 하나의 예술품처럼 느껴졌다. 분주하고 피곤한 하루였지만 탁 트인 정경 앞에선 숨통이 트이면서 알 수 없는 카타르시스가 느껴졌다. 어떤 고립감에서 벗어난 느낌, 가슴속의 응어리가 사그라진 느낌이다. 이 도시를 끼고 흐르는 푸른 강물을 바라보면 내 마음도 역시 잔잔해지며, 오늘 하루 역시도 평온하다. 무수한 별을 바라보며 이곳에 다시 돌아올 것을 약속했다.

위태로운 부다페스트의 밤

릭은 아침 일찍 기차를 타고 빈으로 떠났고, 오늘은 아무런 기대 없이 집안에서 개인적인 시간을 보내며 신변 정리의 시간을 갖기로 했다. 하루 동안 집에서 머물며 카우치서핑 계획도 잡고 조금은 바뀌어버린 여행 계획에 대해서 꼼꼼히 살피기로 했다. 여행을 뒤돌아보니 우여곡절 끝에 런던에서 부다페스트까지 떠내려온 듯하다. 케이트는 덴마크로의 유학출국 일정이 얼마 남지 않아 친구를 만나러 다녀오겠다고 한다. 그녀는 내가 머무를 동안은 부다페스트에 남아있을 듯했다. 그녀는 급하게 옷만 차려 입고 나간다. 그녀가 집을 나가니 아파트 전체가 조용해진 듯하다. 나는 우선 오디오를 틀고 소파에 누워서 늘어졌다. 모든 게 낯선 느낌이지만 어딘가 모르게 익숙한 느낌이

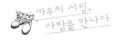

다. 그녀의 집에 홀로 남겨지자 사생활을 훔쳐볼 생각은 없지만 자연스레 그녀의 취향이나 성향에 대해 대략적으로 파악이 된다. 켜져 있는 랩톱에 깔린 프로그램이며 음악폴더, 냉장고에 들어있는 음식들, 옷걸이에 걸려있는 옷들이 그녀와 말을 붙여보지 않아도 주변의 환경은 그녀에 대한 이야기를 한다. 그녀는 상당히 의상에 관심이 많은 듯 보였다. 이리저리 벗어 놓은 옷가지들이 주렁주렁 옷걸이에 매달려있다. 청소를 오랫동안 하지 않았는지 바닥에는 머리카락과 먼지 부스러기가 투성이다.

굳이 치울 생각은 없는데 치워야지 내가 편하게 쉴 수 있을 것 같아 팔을 걷어 붙였다. 구석구석 치우다 보니 침대 틈 사이로 빨간 브래지어와 속옷이 벗어져 있다. 주변은 무슨 일이 있었는지 격렬했던 흔적들이 그대로 남아있다. 이상야릇한 느낌이 들면서 부다페스트에 오기 전날 밤을 괜스레 상상하게 된다. 빨간 립스틱이 번진 휴지조각도 있고, 무언가 서랍 속을 급하게 뒤졌는지 난장판이다. 한동안 먼지를 오랫동안 털지 않았는지 묵은 이불도 베란다에 나가서 탈탈 털어버렸다. 모두 제자리에 가져다 놓았다. 화장실도 역시 오랫동안 청소를 안 했는지 물비린내가 난다. 환기를 시키고 구석구석 솔로 닦아내었다. 마치 시커먼 욕심의 때를 벗기듯이 말이다. 청소를 하면 마치 그동안 묵혀두었던 게으름과 공허함 따위를 털어버리는 것 같다. 반면 청소를 오랫동안 하지 않으면 그런 게으름과 공허함이 누적되는 기분이다. 청소를 다 끝내고서 나는 내 할 일을 탐색하며 시간을 보내며 간밤에 지나간 일을 곱씹으며, 나는 몸과 마음이 축 늘어진 채 나태한 시간을 만끽하며 허전한 마음을 달랬다. 얼마 지나지 않아 그녀가 양손 한가득 쇼핑을 하고 돌아왔다. 그녀는 북유럽보단 동유럽이 물가가 더욱 저렴해서 여러 벌 샀다고 자랑하며, 기분이 좋은지 집에 와서 사온 옷들을 차례로 입어본다. 내 앞에서 몇 벌의 옷을 갈아입는다. 옷이 많이 있으니 패션잡지를 보며 화보를 따라 찍어보자 그녀에게 제안했다. 나는 종종 호스트들과 조금 더 친해지기 위해 콘셉트사진을 종종 제안했다. 그녀 역시도 관심을 갖는다. 그녀는 등산화를 벗고 그녀의 어그부츠를 신어보는 것을 제안한다. 부츠 사이로 발을 밀어 넣자 신기하게도 딱 맞는다. 그녀의 반응은 생각보다 호의적인데, 그 이유는 유럽의 남자들은 유니섹스의 개념이 없어 어그부츠 신는 남자가 드물다고 한다. 남자라면 남자같이 입어야 한다는 유럽남자들의 생각이 어그부츠는 오로지 여성의 아이템이라 못박아 버린다는 것이다. 그녀는 내가 이 부츠가 마음에 든다면 선물하고 싶다며 이 부츠를 신고 같이 클럽에 가자고 부탁을 한다. 흔쾌히 그러기로 했다. 우린 몇 컷의 사진을 멋스럽게 카메라에 담고서 클럽으로 향했다. 그녀는 마치 오래된 연인처럼 내 팔에 팔짱을 끼웠다. 예고도 없는 그런 돌발행동에 당황스러웠지만 나쁘지만은 않았다. 하지만 파티가 열릴 줄 알았던 오페라 하우스엔 문이 열리지 않았고 그녀는 차선책으로 근처의 분위기 좋은 PUB으로 데리고 갔다. 장시간 동안 집에서만 있어서 그런지 사람들이 여럿 모인 곳에 가니 기분이 업되었다. PUB의 분위기가 왁자지껄해서 대화하기가 조금 껄끄러웠지

만 덕분에 자연스럽게 우리만의 대화에 집중하였다. 맥주가 어찌나 시원한지 그리 좋아하지 않는 맥주지만 벌컥벌컥 들어간다. 술이 한 잔 들어가자 순하던 성격의 그녀도 장난기가 가득해지고, 서로의 이야기에 흥미를 갖고 귀를 기울였다 얼굴색이 붉어지고서야 PUB에서 나왔다. 술을 즐기진 않지만 이렇게 동향의 친구와 함께라면 술을 잘하지 않는 나에게도 꽤 좋을 것 같다. 밖에 나가기 전 엄한 추위에 대비해 입고 나온 점퍼의 지퍼를 끝까지 올린다. 집으로 들어가면서 우린 남들에게 아마 사이좋은 연인처럼 보였다. 그만큼 우린 더욱 가까워졌다. 그녀의 마음을 추측하는 것은 아니지만, 우린 호스트와 게스트의 사이로 친구이기 때문에 이성에 대한 감정은 없기때문에 딱히 신경 쓰지 않기로 했다.

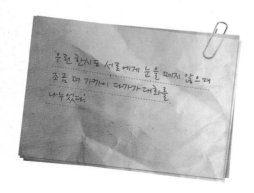

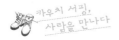

도망자

트램이 도착하자 그녀가 주위를 두리번거리며 계속 무엇인가를 경계한다. 그리고 승차하기 전 티켓에 펀칭을 하지 말라고 귀띔한다. 쉽게 말하면 무임승차를 하자는 것이다. 다른 나라들과 달리 펀칭시스템을 도입해 종이티켓에 펀칭을 해야 티켓이 유효하지만, 그녀의 말로는 티켓검사는 비정기적이라서 대부분의 헝가리 사람들은 무임승차를 한다는 것이다. 그녀가 그렇게 말을 하니 옳은 일인지는 잘 모르겠지만, 그녀의 의견을 따르기로 했다.

그리고 우린 자연스럽게 창밖의 풍경을 바라보면서 앞뒤로 앉아 이야기를 나눴다. 과연 이 계획이 잘될까 하는 의문도 잠시, 불길한 느낌이 들어서 트램의 입구를 잠시 응시하였다. 그곳에서 마치 제복을 갖춰 입은 듯하다. 덩치 좋은 사내가 들어온다. 그는 귀찮아 보이지만 일일이 몇 안 되는 승객들에게 티켓을 보여 달라고 요구한다. 예고도 없이 탑승한 검표원인 듯했다. 그가 한 칸 한 칸 다가올 때마다 무섭도록 오싹하다. 머릿속에는 기본 운임의 몇백 배라고 알고 있는 벌금 때문에 걱정이 태산이고, 이 상황을 어떻게 빠져나갈 수 있을지 고민 중이다. 그가 다가왔다. 그의 단단하게 여민 코트가 그에겐 어떤 핑계도 먹히지 않을 것을 대변하는 듯했다. 심장이 경직되는 듯한 긴장감이 흐른다. 「저기, 표 좀 보여 주세요.」 그녀가 아무렇지도 않게 펀칭이 되어있지 않은 티켓을 꺼낸다. 나 역시 그녀를 따라서 펀칭이 되지 않은 티켓을 아무렇지 않게 내밀었다. 그 남자는 고개를 가로저으며 우릴 나눠보더니 「일단 저 따라서 다음 역에서 내리시죠.」

하지만 그녀 역시 지지 않는다. 갑자기 자기는 다른 나라 유학생이며 나는 중국인이라고 소개를 한다. 부다페스트에 처음 놀러 왔는데 펀칭하는 건지는 몰랐다며 연기를 한다. 무슨 문제만 생기면 나는 중국인이 되곤 한다. 아마 이런 골칫덩이 사건엔 중국인 이미지가 맞는 건지 아니면 내가 중국인처럼 보이는 건지 모르겠다. 검표원은 계속 고지식하게 대답을 한다. 나는 이미 체념을 했지만, 그녀는 머리가 좋은 건지 미련이 많은 건지 영어를 더듬으면서 계속 연기중이다. 대강의 상황을 파악한 나는 「하오.하오.」 하면서 그녀의 연기를 돕는다. 트램이 서서히 속도를 줄이자 우리를 덩그렇게 역에 남기고 떠나버린다.

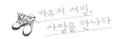

그녀는 연신 똑같은 말만 반복하고 있다. 하지만 까다로운 검표원 역시 지지 않고 벌금을 부과하겠다고 선언했다. 순간 정적이 흘렀다. 예상했던 결과였지만 결과를 받고 보니 머릿속이 더 복잡하다. 어쩌면 흔히 겪을 수도 있는 일이거니 생각을 하지만 바로 그때 케이트가 갑자기 높은 하이힐을 신고서 엉성하게 도망을 친다.

그제서야 느낀 거지만 아마 그녀는 많이 취했었다. 나는 이 상황이 너무 당황스러웠다. 멀리 보니 그녀가 따라오라며 허둥지둥 몸짓을 한다. 검표원 역시도 그 상황이 당황스러운 눈치다. 나는 그의 말에 귀를 기울이는 척하다가 그녀가 안전한 거리를 유지했을 때쯤 도망친 반대편 방향으로 부리나케 뛰었다. 나는 그가 뱃살이 나왔다는 것으로 그를 해볼 만하다고 판단한 것이다. 하지만 그는 나를 잽싸게 따라온다. 추격전이 시작됐다. 이런 낯선 동네에 내려서 도망 다니는 내 신세가 꼴이 말이 아니다. 어찌 됐건 머릿속은 알 수 없는 것들이 실타래 마냥 뒤엉켜 매우 복잡하다. 자꾸 주변을 둘러보면서 방해가 될 만한 걸림돌은 없는지 주시를 하며 뛰었다. 다행히 늦은 시간이라 길거리에 인적은 없어 방향만 잘못 잡지 않는다면 그를 따돌릴 수 있을 듯했다. 하지만 그 역시도 먹잇감을 놓치지 않으려는 맹수처럼 달려온다. 뛰는 내내 뒤에서 불길한 무언가가 느껴진다. 어두컴컴한 좁은 길모퉁이에 숨죽여 몸을 숨겼다. 얼마 오래 뛰지 않았지만, 온몸에서 식은땀이 나는 것은 당연하고 발바닥마저 땀에 젖어 미끄럽다. 거친 숨을 조심스럽게 내몰아쉬며, 가쁜 숨을 정리하려 애쓴다. 얼마

쯤 지났을까, 그의 모습이 보이지 않자 아무렇지 않게 길거리를 배회하며 다시 케이트를 찾기 시작했다. 돌아다니면서 자연스럽게 뒤를 힐끔힐끔 돌아본다. 한숨 돌리자 땀이 식으며 몸도 차가워진다. 그리고 우린 마치 약속이라도 한 듯이 근처 아시아 마켓에서 다시 재회할 수 있었다. 그곳에서 내가 좋아하는 오차쯔게와 간단한 먹거리를 구매하고 집으로 안전귀가 하였다. 돌아오는 트램 만큼은 편칭을 하고 서말이다.

치명적인 유혹

지금까지 살면서, 술래잡기 이후론, 쫓겨본 적이 없는데, 외국에서의 추격전을 해보자 머릿속이 어리벙벙하다. 집에 도착했을 때는 이미 둘 다 녹초가 되었다. 땀을 흘려서 몸이 찝찝했다. 그녀는 집에 들어오자 반사적으로 옷을 홀홀 벗는다. 「내가 원래 집에 있을 때는 다 벗는 버릇이 있어서. 땀도 나서 찝찝하네, 오늘은 뭐 걸치고 자야지.」 그녀는 스타킹도 발로 벗어 내던지고 외투도 벗어던진다. 얇은 원피스만 입고 있다. 고개를 돌려보더니 그녀는 내가 보고 있던 안보고 있던 신경을 쓰지 않고 원피스마저 벗는다.

정말 그럴 것이라곤 생각도 못했지만 그녀의 행동이 내 온몸의 작은 세포 하나하나를 깨우는 듯했다. 그녀는 급기야 브라와 속옷까지 벗는다. 그녀가 뒤돌아서서 탈의를 했지만 거울에 비치는 모습이 더욱 야하다. 그리고 둥그런 가슴은 뒤돌아서 있어도 감추질 못한다. 케이트의 몸의 선은 무지 아름다웠다. 서양인이라서 그런지 다리도 길쭉하고 생각보다 볼륨감이 넘친다. 그녀가 속옷을 벗고 목욕가운을 입더니 샤워를 하러 들어간다. 나는 끝까지 눈을 어디에 둘지 모르고 시선을 사방에 두었다. 곧이어 샤워실에서 물 흐르는 소리가 들린다. 물 흐르는 소리마저도 무지 고통스러운 자극을 주었다. 이것이 지극히 내 개인적인 사고였지 그녀에겐 아무 상관없는 일일수도 있었다.

결국 이리저리 돌아다니면서 마음을 가라앉히고자 했다. 잠시 후 그녀가 샤워를 마치고 나왔다. 속이 다 비추는 하얀 원피스를 입었다. 그녀는 검정팬티에 노브라이다. 거의 시스루룩 수준이다. 군데군데 하얀 레이스가 가려주긴 하지만 몸이 움직일 때마다 자꾸 노출이 된다. 「오래 기다렸지?」 하며 수건으로 머리카락을 비비적거리며 나온다. 나는 심호흡을 하며 샤워를 하러 들어갔다. 뜨거운 물에 푹 지지면서 마음을 진정시켜보지만 매우 곤혹스럽다. 샤워를 마치고서 나오자 그녀가 침대에 요염하게 누워있다. 나는 그녀에게 소파에서 자겠다고 하자 불편하니 침대에 올라와서 자라고 한다. 나는 그녀에게 오해를 살까봐 거절했지만 그녀는 침대를 가리키며 올라오라고 한다. 나는 그녀와 등을 마주대고 누웠다. 그녀가 뒤척거리자 내 살갗과 그녀의 부드러운 살갗이 닿았다. 살갗 스치는 곳 마다 위태롭게

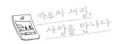

떨려왔다. 마치 1~2초를 다투는 급박한 상황에 대면한 것처럼 심장 박동 수는 점점 거칠어 졌고, 짜릿한 전율감이 몸을 자극해 왔다. 나는 뒤돌아 마른 침을 삼키며 침묵했다. 다시 똑바로 누웠다. 시선을 돌리자 그녀가 눈을 감고 있다. 너무 두근거려 내 심장소리를 그녀에게 들킬 것만 같았다. 나는 그녀에게 조금 더 다가갔다. 묘한 느낌이 아주 야리꾸리하다. 망설임 끝에 눈을 지그시 감고 그녀의 촉촉한 입술에 내 입술을 가져다 대었다. 경계심을 풀더니 그녀의 굳게 닫혀있던 입술이 열렸다. 그리고 더욱 조심스럽게 몰입하였다. 아무런 말도 하지 않고 은밀하게 서로를 응시했다.

방황하지 않으면 여행이 아니다.
행복하지 않으면 인생이 아니다.
아프지 않으면 사랑이 아니다.

#서른 다섯

길을 잃다

알람소리에 문득 정신을 차렸을 때 실내는 아직 어둑어둑했다. 어제
내동댕이친 브라와 팬티가 그대로 방바닥에 떨어져 있다. 두서없는
기억들을 머릿속에서 정리하기 시작했다. 머릿속이 먹물을 뿌려 논
듯 까무잡잡하다. 아침을 챙기기 위해 냉장고와 선반을 뒤져보다 오
차쯔게를 먹기로 했다. 오차쯔게는 일본음식인데 쉽게 말하면 녹차
를 우려낸 물에 밥과 김가루를 말아 먹는 음식이다. 반찬이 없는 유
럽에선 밥 하나로 때우긴 괜찮은 메뉴이다. 나는 재빨리 한 그릇을
먹어치우고 혼자서 부다페스트의 시내를 둘러보기로 했다. 이젠 점
점 시내에 나가는 것조차 귀찮아지지만, 집 밖으로 나서면 성가시던
기분이 사그라든다. 보조가방을 챙기고 가이드 지도와 주전부리를

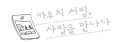
카우치 서핑,
사람을 만나다

챙겨 집 앞의 트램역을 나갔다. 티켓에 펀칭하는 것도 잊지 않는다. 창가에 쏟아지는 부다페스트의 거리는 독특한 매력이 느껴지는 도시이다. 하늘은 맑게 개었지만, 하늘은 푸르스름한 빛을 띠고 있고, 회색의 우울함도 느껴진다. 서유럽이 화려하고 부드러운 파스텔 톤이라면, 이곳은 검은 느와르의 느낌이 짙게 번진다. 좁고 가느다란 길 위로는 쓸쓸함이 묻어난다. 그리고 해가 뉘엿뉘엿 넘어갈 때 다시 세체니교로 돌아왔다. 한 번쯤은 혼자 오고 싶었기 때문이다. 그곳에서 나는 아무 말도 하지 않고 아무 생각도 하고 싶지 않았다.

그리고 유럽에서 제일 낭만적인 곳에서 바로 홀로 지금을 즐기고 싶었다. 매일 지나간 과거와 다가올 미래를 경계하며 살아가며 항상 잘해야 한다는 열망뿐이었다. 청춘이라는 이름하에 조급하였다. 하지만 이곳에서 서니 모든 것을 잊어버리고서 나를 좀 더 여유 있게 바라본다. 주변의 모든 것들이 여유롭다. 마치 아름다운 영상 한 편을 보는 듯하다.

열혈이 현재를 즐기고서 다시 집으로 복귀했다. 현관문을 밀고 들어가자 F가 현관 앞에서 불안한 듯 서성이고 있다. 그녀의 모습에서 긴박감이 느껴진다. 「무슨 일이야?」 「큰일 났어, 오늘 저녁에 엄마가 데리러 온데.」 잊었던 기억이 되살아나면서 마음이 혼란스러워진다. 이미 육체적으론 지쳐있었다. 그녀 역시도 지친 기색이 역력한 나를 보고서 미안해한다. 「아마 한 시간 이후면 도착할 것 같아. 그 안에는 나가야해.」그녀 역시도 어머니가 오시기 전 내팽개쳐두었던 빨래부터 치운다. 아마 그녀 역시 급작스러운 통보를 받은 듯하다. 우린 서로 각자의 걱정과 불안감에 안절부절못한다. 이 오밤중에 나가야 한다니 구체적인 계획이 떠오르질 않는다. 일단 급한 마음도 챙기고, 재빨리 배낭도 챙긴다. 케이트는 차분히 그 모습을 바라보더니 집에 있는 먹을거리를 모두 챙겨준다. 「여행 잘하고 한국에 도착하면 연락 꼭 해.」 그녀가 마치 엄마처럼 나에게 타이른다. 「알겠어. 이렇게 갑자기 헤어지려니깐 섭섭하네. 우리 다음번엔 한국에서 보자. 그 대신 한국에 왔을 땐 벗고 자는 버릇하면 안 된다. 우리나라에선 이해 못 해 줄거야.」 나는 그녀에게 놀리듯 말했다. 그녀가 불길한 기운이 느껴지는지 그녀가 창밖을 주시한다. 우린 재회를 약속하며 급히 동역으로 나왔다.

모두가 잠든 밤, 홀로 잘 곳을 찾기 위해 방황하기 시작했다. 하지만 대부분의 호스텔이나 민박집은 쌀쌀맞은 태도로 방이 없다며 내쫓는다. 전화로 문의를 해도 더 이상 좋은 소식을 듣기는 어렵다. 자정을 넘긴 시간이라서 기차 역시도 끊겼다. 더 이상 돌아다닐 힘조차 없어지고 문의하고 사정해봤지만 해결되지 않는 문제 앞에서 눈앞이 캄캄해졌다. 모든 상점도 닫은 상황에 첫 기차를 타려면 한참을 기다려야 한다. 불안하고 초조해지기 시작한다. 밖에선 한 송이씩 천천히 눈송이가 떨어진다. 멀뚱멀뚱 허공만을 바라본다. 공중에 둥둥 떠 있는 듯한 눈송이들이 바닥에 촉촉이 젖어든다. 기분은 한결 상쾌해

진 듯하다. 감상은 잠시 접어두고 가만히 있다간 이대로 낙오하게 생기겠다는 생각이 들었다. 일단은 바람이라도 피하기 위해 역으로 들어갔다. 어느 곳에도 사람의 그림자를 찾아볼 수 없다. 불은 모두 꺼져있고 바람은 수시로 불어 닥치며 나의 육신을 더욱 지치게 만든다. 혼자서 역에 깔린 침묵을 깨며 역내를 돌아다니며 바람을 피할 수 있는 곳을 찾아본다. 문틈사이로 형광등의 하얀빛이 틈새로 새어나오는 곳이 보여 들어가 보니 대기실이다. 딱딱한 의자가 한 15개 정도 놓여있고 시멘트의 냉기가 그대로 느껴지는 마치 골방이었다. 문은 조금 어긋나서인지 제대로 닫히지 않아 바람이 대기실 깊숙한 곳까지 침범한다. 내가 할 수 있는 일이라곤 이제 첫차를 기다리는 방법밖엔 없다. 대기실은 여전히 형광등이 켜져 있고 반대편 거울 속에 비치는 내 모습이 처량하기 짝이 없다. 어둑어둑한 형광등이 켜져 있어 쾌쾌하게 보이는 얼굴에서 쓸쓸함만이 느껴진다. 과연 이곳에서 새벽을 버틸 수 있을지 여간 걱정스럽다. 시계의 초바늘은 꼼꼼히 한 칸 한 칸 느릿느릿 걸어가며 한참동안 앉아 있어도 시간은 점점 더디게 흐른다. 시간이 오래 지난듯하지만 대기실에서 달라진 건 딱히 없다. 그저 다른 각도로 자리를 잡고 있는 추위에 벌벌 떠는 시계의 초침뿐이다. 삼십 초 전후로 해서 시계만 바라보지만, 추위는 나의 몸을 점점 고통스럽게 조여 온다.

정말 이곳에서 잠이 든다면 동사체가 될 수도 있겠다는 생각을 한다. 시계는 겨울의 새벽 2시 30분을 가리키고 있다. 머릿속에는 아무생각도 들지 않고 조용히 깊은 한숨만 내쉰다. 이렇게 시련을 주시는 것도 나에게 깨달음을 주기 위해서라며 나를 위로한다. 필요 이상을 매번 바랐던 건 어쩌면 나의 욕심일지도 모른다. 더 좋은 조건의 것, 그리고 조금 더 편해 보고자 하는 욕심, 존재한다는 것에 대한 감사함을 뼈저리게 느껴본다. 아직 고된 시련의 경험이 없어서 그런지 아니면 궁지에 몰려 본적이 없어서 그런 건지 아마 이건 일종의 연습이 부족한 것이구나 생각을 한다. 그 늦은 밤 대기실은 평온하지만 나는 부들부들 떨며, 살벌하도록 추운 밤을 치열하게 버티고 있다. 배낭 속의 갖은 옷가지들을 꺼내서 얼굴에 덮어 보기도 하고 겹겹이 입는다. 견디다 못해 따뜻한 먹을거릴 찾아보기로 했다. 골목골목을 정처 없이 돌아다니다 가로막힌 골목에 마주한다. 뒤로 돌아선 순간 안보이던 조그마한 게스트하우스가 눈에 보인다. 이 새벽에 문을 열어줄지 의문이지만 실내에 들어 갈 수 있다는 생각에 희망이 생긴다. 지금 이 순간 따뜻한 공간이 절실하기 때문이다. 조심스럽게 벨을 눌렀다. 잠시 후 곧 잠잠해진다. 곧이어 다시 벨을 눌러보지만 묵묵부답이다. 머리가 지끈지끈 아파오다가 극심한 무력감에 빠진다. 잠깐 벨 앞에 주저 앉아있는데 2층에서 게스트 하우스 주인인 듯 보이는 인기척이 느껴진다. 그는 동양인이면서 전체적인 느낌이 한국인 같아 보인다. 급한 나머지 우선 한국말로 물었다. 「혹시 남는 방 있을까요?」 내 상황을 호소라도 하는 듯 말했지만 한국말을 알아먹지 못하는지 영어로 답을 한다. 방은 없지만 재워 줄 수 있는 공간은 있다며 말이다. 나를 안으로 안내하더니 숙박비부터 내라고 한다. 「저기 돈이 다

떨어져서 유로밖에 남은 게 없는데요.」 그가 오랫동안 망설이더니 말한다. 「그럼 유로도 괜찮아요. 유로로 하면 25유로 주세요.」 나의 경험과 느낌상 그는 완전한 한국인이었지만 그는 끝까지 한국인이 아닌 척을 한다. 한글로 적은 메모지가 보이고, 한국을 풍경을 삼은 사진들도 보인다. 그는 입을 꾹 다물고 마치 할 일이 있는지 마냥 물건을 만지작만지작 거린다. 그가 못내 밉기도 했다. 단순히 돈을 받아서가 아니라 무언가 외면해 버린 듯 느낌이 들어서이었다. 나는 모든 걸 잊고 뜨거운 물에 몸을 맡겼다. 내일 아침 일찍 첫차를 타고 스위스의 포츠담으로 넘어가야 하기 때문에 수면시간도 부족할 듯하다. 편도로 11시간짜리 기차, 조금이라도 늦게 떠난다면 밤늦게 도착할 것 같아 잠이 부족하더라도 기차에서 수면을 취하기로 했다. 알람을 이중삼중으로 맞추고서야 깊게 잠에 들 수 있었다.

나는 이곳이 좋다

악몽 같았던 기나긴 밤이 지나가고 다시 모든 것이 원점으로 돌아왔다. 이른 아침부터 동역은 사람들로 분주하다. 어제와는 많이 대조적인 모습이다. 불편함도 잠시, 몽롱한 기분에 다시 잠이 든다. 첫 차에 몸을 싣고 마치 얼이 빠진 듯 정신이 아득해졌다. 11시간의 긴 여정이라 그런지 국경을 넘기 전부터 따분할 생각에 벌써부터 몸이 근질근질 거린다. 한나절은 꼬박 달리니 스위스 취리히에 도착 30분 전이다. 조금 전 가이드 책을 뒤적거리다 스위스의 수도가 취리히가 아니라 베른이라는 사실을 방금 깨닫는다. 새로운 것을 얻고 몸소 체감하는 것이 이젠 익숙하고 재미있다. 또 무엇이 나를 기다리고 있을지 벌써부터 기대감에 한껏 들뜬다. 지금껏 유럽의 대도시들만 전전하다 보

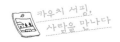

니 취리히의 첫 느낌은 다소 작고 아담하다는 느낌이다.

돌아다니면서 예상치 못했던 살인적인 물가에 깜짝 놀랐다. 트램 표를 끊으려 자판기에 갔는데 8스위스 프랑이나 받는다. 무려 한국 돈으로 8,000원이 넘는 가격이다. 도저히 받아들일 수 없는 놀라운 물가이지만, 한시라도 빨리 스위스의 호스트인 알렉스에게 가려고 서둘렀다. 그는 연극배우이다. 처음으로 배우와 대면한다는 사실에 마음이 두근거린다. 곧 그의 공연이 시작되기 때문에 시간이 나를 자꾸 재촉한다. 트램에서 내려서 한참을 헤맸다. 장소를 묻고 물어서 깊은 골목길에 자리 잡은 극장에 겨우 다다라서 입구를 들어서려는데 스태프가 나를 붙잡더니 이야기를 한다. 「들어가시려면 티켓을 끊으셔야죠.」 느닷없이 나도 모르게 「혹시 알렉스 있을까요?」 물었다. 그는 들었던 이야기가 있는지 나를 안으로 들여보내 준다. 내가 연극에 대해서 문외해서 인줄은 몰라도 진귀한 모습이 눈앞에 펼쳐진다. 분명히 여기는 극장의 로비이지만 배우들이 급하게 로비에 나와서 옷을 갈아입고 관중들 앞에서 설 준비를 하고 있다. 또 다른 여배우가 문을 통해서 로비로 나오더니, 내 앞에서 옷을 훌러덩 갈아입는다. 나를 바라본 그녀는 윙크를 날리는 여유도 잊지 않는다. 그 모습은 엉겁결에 발길을 멈추게 만든다. 이곳에선 배우들이 퇴장을 자유롭게 극장의 출입문으로 다닌다. 한 무리의 엑스트라가 뒷문을 통해서 들어가니 관중이 환호를 한다. 그 모습이 꽤 흥미로워 보인다. 한참을 둘러보는데 출입금지라며 나가라며 내쫓으려고 한다. 알렉스의 친구라고 말하자, 미리 귀뜸을 해두었는지 그 뒤로 출연을 준비하는 배우들이 다가와 여러 가지로 챙겨준다. "어떻게 왔냐. 알렉스를 어떻게 알게 되었냐, 출신은 어디냐…" 등 매번 받는 질문이지만 같은 이야기를 하더라도 귀찮지가 않다.

자기를 표현하고 알리는 것에 대한 즐거움이 얼마나 큰지 모른다. 예를 들면 예술로 자기를 표출하는 예술가를 보면 딱 그 모습이다. 미술이든 패션이든 건축이든 음악이든 자기의 세계관이나 철학 등 자기의 모습 혹은 자기의 의견을 각자의 장르에 빗대 표현하고 그것에서 희열을 얻는 것이라고 생각한다. 여행을 통해 나는 나를 건설하고 표출하고 있었다. 항상 대화의 패턴은 거의 비슷하지만, 그 내용은 꽤 생산적이다. 그래서인지 여행을 통해서 나를 새로운 누군가에게 알린다는 것은 더할 나위 없이 재미있다. 나를 소개함으로써 그 사람이 어떤 사람인지도 알 수 있기 때문이다. 한 친구가 다가와서 자기에 대해 이야기 해준다. 배우 같지 않지만 아마 스태프 같았다. 「난 말이지, 이 극장에서 소매치기를 맞고 있어, 이곳에서 연극에 몰입한 사람들의 물건은 훔치기가 아주 좋지.」 나는 당당하게 말하는 그의 눈을 보고 장난을 치는 줄 알았다. 「내가 이번에 새로운 아이팟을 구했는데 보여줄까? 너도 아이팟 있지? 보여 줘봐.」 나는 무심결에 반가워서 내 가방을 뒤적거렸다. 알고 보니 그 아이팟은 나의 아이팟이었다. 「말했지? 하지만 이곳에서 훔친 물건들은 연극이 끝나고서 배우들이 다시 돌려줘. 일종의 이벤트인 셈이지. 그들은 되게 즐

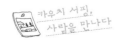

거워해..」 그가 훔친 물건들을 나열하자 도무지 믿기지가 않는다. 착용하고 있는 벨트, IWC시계, 심지어 넥타이까지 자기가 마음만 먹으면 훔치지 못하는 것은 없다며 자신했다. 그와 이야기하며 세상에는 이런 직업도 있나 싶었다. 이렇게나마 또 다른 일상의 생활을 엿볼 수 있다니 여행을 하는 동안 느끼고 배운 것을 열거하라면 끝이 없을 것이다. 여행을 떠나 일상 속에서도 배움의 자세는 내가 가장 가치를 부여하는 것이다. 세 살배기 아이에게도 배울 점이 있듯이 이 세상의 모든 것은 위대한 스승이라고 생각한다. 설령 내가 잘못을 하고 범죄를 저지르거나 상도덕에 어긋나는 행동을 했다고 하더라도 그곳에서 잘못된 것을 배우고 바로잡는다면 그 역시 가치 있는 일이라 생각한다. 어쩌면 그런 다양성을 느끼기엔 여행이 최적의 방법이라고 생각한다. 알렉스의 공연이 끝날 때까지 로비에서 기다리는 수밖에 없었다. 몇몇 배우들이 나를 위해 말동무가 되어준다. 한 시간쯤 지나자 빨간 머리에 깊은 두 눈을 가지고 터프한 턱수염을 가진 친구가 아직 분장도 지우지 않은 채 말을 걸어왔다. 「송이구나? 반가워. 조금만 기다려줄 수 있지?」 연극이 모두 끝나고 관객들이 모두 떠났을 때 공연장을 빠져나올 수 있었다. 「우와, 너 정말 멋지더라. 배우가 되기 쉽지 않은데 말이야.」 「이건 잠깐 아르바이트 하고 있는데 지금 친구가 영화를 하나 구상하고 있거든, 운이 좋다면 그 영화에 주연을 맡을 수도 있어.」 그가 아직 짜고 있는 시나리오 스크립트를 보여준다. shot에 대한 자세한 장면, 액션, 그리고 장소들까지 상세히 기입되어 있다. 수백페이지가 넘는 스크립트에는 그가 고뇌하고 상상했던 흔

적들이 수없이 남겨져 있다. 그가 가방에 스크립트를 넣으며 말했다. 「파티를 좋아한다며?」 그가 물었다. 「응.」 「그래? 그렇다면 네가 스위스를 떠나기 전까진 매일 밤 파티로 지새우자.」 그 말이 그렇게 큰 화근이 될 줄은 몰랐다.

그가 밤거리를 걸으며 가라오케에 가지 않겠느냐고 묻는다. 노래를 부르는 것도 좋아하지만 이곳 가라오케에선 내가 부를 수 있는 노래가 없으니 그리 유혹적이지 않은 제안이다. 하지만 11시간 장시간 기

차에서 웅크리고 있어서 그런지 늦은 시간에서야 잠이 들 것 같아 가라오케에 가기로 했다. 도착하기 전까지 한국의 노래방을 연상하였지만, 세상의 모든 것은 내가 알고 있는 것에 기준을 둔다는 것은 꽤나 어리석은 발상이었다. 시계는 저녁 12시 정각을 가리키지만 사람들은 붐비고, 그곳은 입구에 들어서자 보안 팀이 신분증 검사를 하고, 외투와 짐을 보관해주고 있다. 무료 음료 티켓도 나눠준다. 한국의 노래방에선 도저히 있을 수 없는 일이다. 한화 만 오천 원가량의 입장료를 내고 들어가니, 마치 유명 락 스타의 콘서트라도 온 듯이 무대엔 밴드와 MC, 그리고 화려한 조명이 분위기를 더하고 있다. 이 가라오케는 라이브 밴드의 연주와 함께 수백 명이 보고 있는 무대 앞에서 한 명씩 노래를 부르게 되어있는데, 실력이 출중하든지 음치든지 상관없다. 올라오면 모두가 비욘세나 마룬 파이브의 콘서트에 온 것처럼 목청껏 노래를 따라 부르고 열광적으로 호응해준다. 아무리 노래를 못 부른다고 해도, 그 태도가 한국과는 사뭇 다르다. 그들은 열의와 성의를 다해서 응원을 해준다. 그들의 덩치와 모습에 맞지 않게 소박하다. 눈치를 보니 하나 없이 고함을 지르고 높이 뛴다. 그 어두컴컴한 가라오케에서 그들은 그렇게 즐기면서 자기 자신을 표출하고 싶어 하는 듯했다. 강렬한 조명 불빛을 맞으며 마치 현실에 저항하는 듯 뛰어다닌다. 그때 하얀 셔츠를 풀어헤친 앳된 소년이 무대 위로 올라온다. 조명이 편안해지면서 노래가 시작되더니 이내 다시 격렬해진다. 소년의 실력 역시 숨죽여 지켜보던 사람들의 감탄을 자아낸다. 하지만 나의 눈에는 소년의 뒤에 보이는 드러머가 자꾸 눈에 들어온다. 웃통도 벗고 땀으로 샤워를 했는지 온몸이 젖어있다. 금발 머리에 파마를 했고, 입는 옷이라곤 브라운색상의 칠 부 카고 바지뿐 이다. 드러머는 몸을 떨면서 얼굴이 붉어져 마치 최면에 걸린 사람마 냥 드럼 소리를 뱉어낸다. 그의 연주 실력은 오싹할 정도여서 저돌적 인 그의 연주에 흠뻑 빠졌다. 그가 흥분했는지 때마침 드럼스틱을 관 객들의 머리 위로 던진다. 머리 위로 올라간 스틱을 기필코 잡겠다는 다짐으로 뛰어올랐다. 약간은 격한 몸부림으로 결국 그 스틱을 얻어 낼 수 있었다. 스틱은 거의 부서져 그 모양을 찾을 수 없지만 난 그의 열정에 매료라도 된 듯 기념품이라며 알렉스에게 자랑했다. 이색적 인 기념품에 마음이 뿌듯해진다. 취리히에서 열정이란 단어를 나에 게 다시 상기시켜준 드러머의 스틱은 더욱 가치 있는 물건이 되었다.

아름다운 기억

아침부터 알람을 맞춰 놓았는지 전혀 들어보지 못한 괴이한 소리가 정각이 되자 방에 울려 퍼진다. 어젯밤 잠이 오질 않아 조금 늦게 잤더니 괴상한 음악에 더욱 어리벙벙하다. 낯선 도시에서의 아침은 항상 나를 긴장시킨다. 아직 알렉스의 어머니와 아버지 그리고 여동생에게 인사를 하지 않아 내가 집에 머물고 있는지도 모를 것이다. 알렉스를 따라 거실로 나가니 그들이 나에게 인사를 건넨다. 「네가 송이구나? 나는 알렉스의 아버지란다.」 아침은 어디를 가나 분주하게 시작을 한다. 가족 모두가 대수롭지 않다는 듯 미소를 띠고 출근길에 오른다. 나는 우두커니 주변의 물건들을 바라보며 그들의 출근을 기다렸다. 아직은 모든 것이 어색하다. 알렉스는 감자로 만들 수 있

는 스위스 전통음식을 만들겠다며 주방에 들어간다. 러쉬티라는 음식인데 감자를 갈아 버터와 함께 굽는 요리이다. 만들고 나니 모양새가 우리나라의 감자전과 비스무레 한 것이 먹기에도 좋다. 소박한 식탁은 부족함 없이 우릴 만족시켰다. 식사를 마치고 카메라와 보조가방을 챙기고서 집에 나오는데 그가 사는 작은 동네 앞에 작은 계곡이 흐르고 있다는 것을 방금 알았다. 물이 졸졸 흐르는 물소리가 내 마음까지 시원한 계곡물로 씻겨주는 듯하다. 마치 깊은 산골에 들어와 있는 것처럼 머리가 맑아지는 것이 말로는 설명할 수 없는 청량한 공기의 질감이 피부 속 깊숙이 느껴진다. 마치 깊은 산골에 들어와 있

는 듯이 머리도 맑아진다. 그리고 집의 뒤편으로는 작은 샛길이 나있고, 조그마한 언덕위로 나무들이 빼곡하다. 숲속을 걸으며 하늘을 올려보자, 나무들은 마치 짙푸른 에메랄드처럼 푸른빛이 번쩍거린다. 군데군데 토끼 굴도 있다. 알렉스가 앞장서더니 작은 언덕위로 올라가면서 이곳에서 어렸을 때부터 자라면서 놀이터 삼아 뛰어 놀았다고 한다. 볕이 잘 드는 곳엔 심플한 디자인의 나무의자도 있다. 그가 갑자기 걸음을 멈춰 서더니 말없이 한 곳을 주시했다. 그곳은 지상에 존재하는 꿈에만 그리던 천국이었다. 한 폭의 그림 같은 넓고 푸른 호수가 눈앞에 펼쳐지는데 시청, 광장, 요트 선착장까지 한눈에 들어온다. 시간이 멈춰버린 듯이 하얀 구름이 풍성하게 떠있고, 저 멀리에는 높은 봉우리가 우뚝 서 있는데 융프라우인지 몽블랑인지 마터호른인지는 알 수 없지만 그 높이에 경외심 마저 든다. 실제로 광활한 하늘과 넓은 호수, 그리고 주위의 땅보다 우뚝 솟은 산이 한눈에 들어오니 인간이 이렇게 작다는 것이 몸소 실감이 든다. 알렉스와 나는 이 그림 같은 풍경이 한눈에 들어오는 의자에 앉았다. 「너 그거 알아? 네가 나의 첫 카우치 서퍼라는 것.」 그가 물었다. 「아, 정말? 영광인데? 첫 카우치서퍼라, 하지만 넌 여러 번의 카우치서핑 경험이 있던데, 모두 게스트였구나.」

「응 그래. 난 지금까지 여행을 다니며 신세를 많이 지고 다녔지.」 그가 생각에 잠겼는지 차분히 말한다. 「나는 원래 아주 소심한 학생이었어. 남들이 좋아하지 않을 만한 아이였지. 하지만 여행을 다니기

시작하면서 많이 바뀌었지. 친구들도 많이 사귀고, 사교성도 는 만큼
신세도 많이 졌어. 한번은 장기여행을 다니고 있는데 지갑을 잃어버
리게 된 거야. 정신이 아득해지고 참혹했어. 여행 경비를 모두 잃게
되니 집에도 못 돌아갈 상황이 된 거야. 그때 한 신사가 나에게 와서
무슨 일 있냐며 물어왔어. 그곳에서 내 상황을 엿듣게 된 그는 나를

그의 집에 데려갔지. 그리고 그의 집에서 며칠 묵었는데 나에겐 돈 한 푼 없어서 집에도 못 돌아갈 상황에 그는 내가 집에 돌아갈 수 있는 비행기 티켓까지도 예매를 해줬어. 그리곤 내가 그에게 이 은혜를 갚고 싶다고 하니 그가 말했어. 나중에 어려운 상황에 처해있는 사람을 보면 도와주라고. 그 역시도 그렇게 도움을 받았던 사람 중 한

명이라고 말이야. 나는 그에게 큰 감동을 받았지! 그러곤 어려운 곤경에 처해있는 사람을 보면 그가 떠올랐어. 그가 나에게 베푼 배려와 도움을 갚기엔 부족하지만 그를 대신해 남들에게 베푼다고 생각했지.」「정말 대단한 사람이었구나. 나 역시도 전국 무전여행을 했을 때 그런 경험을 한 적이 있었는데 그 역시도 나에게 그런 말을 했어. 나는 도움을 받았던 그에게 빚을 갚고 싶다고 연락처를 달라고 했는데 오늘 세상에 빚진 것이니 다음에 나 같은 사람 만나면 그냥 지나치지 말고 도와주라고 하셨어.」 아직까지도 세상은 살만하다는 생각이 들었다. 「그래서인지 어쩌면 너에게 정말 최고의 기억을 남기게 하고 싶어. 네가 스위스에 있는 이상 아무것도 걱정하지 마.」「고마워, 알렉스.」

'언젠간 나에게도 곤경에 처해있는 이에게 도움을 줄 수 있는 날이 오겠지' 하며 굳은 다짐을 한다. 우린 벤치에 앉아 여러 이야기를 나눴다. 그는 나보다 여행과 사람을 더 좋아하는 듯했다. 우린 여러 가지 공통점을 가지고 있었고 금세 친해질 수 있었다.

알렉스가 호주머니에서 열쇠 꾸러미를 내 앞에서 흔들어 댄다. 「우리 드라이브 갈래? 베른으로 말이야.」「드라이브를 베른까지 말이야?」「그리 멀진 않아.」 그가 어깨를 으쓱했다. 우린 다시 집으로 되돌아와서 베른에 갈 준비를 한다. 도시락을 만들고, 외투도 단단히 갖춰 입었다. 그때 알렉스의 동생 니콜이 일을 보고 집에 들어왔다.

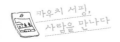
카우치 서핑, 사람을 만나다

「니콜도 같이 가자.」 그렇게 후다닥 우린 베른으로 떠났다. 알렉스가 일단 시동을 켜고, 히터부터 틀고 안전벨트 착용을 요구한다. 운전석과 보조석만 안전벨트를 착용하는 우리나라와 달리 그들은 뒷좌석도 모두 안전벨트 착용이 생활화 되어있어 처음이라 많이 답답하다. 나는 뒷좌석에 앉아서 고급주택들이 늘어서 잇는 취리히의 모습을 감상한다. 도시가 작아서인지 얼마가지 않아 고속도로로 진입하는 인터체인지가 나오고, 가까운 곳에는 하이디가 나올 법한 산들이 자리 잡고 있다. 나는 계속 감탄을 연발하며 창가에서 눈을 떼질 못한다. 한참을 가다가 구불구불한 시골길을 따라 간다. 알렉스가 산의 중턱 모퉁이에 차를 세우더니 베른에 도착했다며 차에서 내린다. 여기까지 오는데 두 시간이 채 걸리지 않은 듯하다. 건너편엔 정치의 일 번지이자 스위스의 수도라고 하기엔 너무나도 낭만적이고 아담한 베른이 그곳에 있었다. 작은 도시의 주변으로는 푸르른 아레 강이 흐르고 있고 아레 강을 가로지르는 다리를 건너면 동화 속에 나올법한 조그마한 도시가 나오는데 어떻게 이렇게 조그마한 나라가 국제무대에서 중요한 역할을 하고 있는지 의문이 들 정도이다. 온몸에 소름이 돋는다. 우린 상쾌한 공기를 마시며 중세의 자취가 그대로 느껴지는 고풍스러운 베른에 들어섰다. 가벼운 마음으로 한 바퀴 돌아보기로 했다. 이곳에서 산다면 매일 아침 상쾌한 공기를 마시며 눈앞에는 차가운 강물이 흐르고 뒤로는 녹음이 우거져 있어 100년도 넘게 살 수 있을 것 같다. 우린 길을 가다 따뜻한 커피 한잔을 테이크아웃 했다. 양손으로 컵을 쥔 채 뜨거운 커피의 온기를 즐긴다.

베른은 그렇게 크지 않아서 대중교통을 이용하지 않아도 무리 없게 돌아다닐 만하다. 나는 대뜸 물었다.

「알렉스, 스위스의 물가는 너무 비싼 것 같지 않아?」「그래. 조금 비싸 긴 하지만 어떤 게 말이야?」그들은 자신들의 물가가 정상적이라 생각하는 듯했다. 「생각해봐, 어제 먹었던 에스프레소 한잔에 10스위스 프랑, 버스비 8스위스 프랑, 식사를 하려면 30스위스 프랑 이상 줘야

하잖아.」「그렇긴 하지. 그래도 식재료를 사서 직접 해먹으면 한 달 생활비를 많이 줄일 수 있어.」 옆에서 니콜이 동의 하는지 고개를 끄덕인다. 아무리 생각해도 이정도 물가라면 이곳에서 정착할 수 있는 엄두조차 나지 않는다. 잠시 망설이다가 물었다. 「한 달에 얼마정도 벌기에 그 정도를 유지하는 거야?」「나는 파트타임으로 2가지 일을 해 극장에 나가고 바에 나가서 일을 하지. 한 달에 한화 500정도?」「뭐라고 ?」 당혹스럽기 그지없었다. 지금까지 같이 지내면서 그가 정기적

으로 출근하는 것을 보지 못했는데 500만원씩 번다니 믿기지 않았다. 실제로 스위스에 머무르며 그가 일하는 것을 딱 하루 보았는데, 한 4~5시간정도 바에서 일했던 것, 공연 두 번, 그 이후에는 계속 파티의 연속이었다. 그가 연이어 물었다. 「너희 나라는 얼마씩 버는데?」 「우리나라는 사회 초년생이 잘 벌어도 200정도야. 그것도 일에 치이면서 말이야.」 우린 서로 놀랐다. 알렉스가 제 슬슬 다시 돌아가자고 재촉한다. 오늘밤이 지금 하고 있는 연극의 마지막이라 준비할 것이 있다고 한다. 그날 밤 집안이 분주하다. 이미 알렉스는 장으로 떠났고 마지막 공연이라 그런지 아버지 어머니 그리고 니콜까지 모두 연극을

카우치 서핑,
사람을 만나다

관람하러 가기로 했다. 왠지 모르게 아직은 그들과 부끄럽고 낯설다.

그때 영어에 아직 서투른 아버지가 나를 불러서 이야기한다. 「I am a bus driver.」 하면서 티켓을 몇 장 주신다. 그가 건넨 것은 버스 1일 권 3장. 그의 입가에 머문 미소가 나의 기분도 좋게 만든다. 예상외로 우린 금방 장난도 치면서 버스에 올랐다. 초행길이 아닌 내가 그들에게 길을 안내한다. 곧 공연이 시작되는지 주변에는 사람들이 모이기 시작했다. 티켓 팅을 하는 곳에서 실랑이가 벌어졌다. 아버지께서 내 것까지 표를 끊으시겠다고 하신다. 나는 극구 거부했지만 그가 계산을 한다. 공연 준비 중이던 알렉스가 와서 좋은 자리를 확보해준다. 공연을 시작하기 전 배우들이 나와서 레드와인과 화이트와인을 공연장을 돌아다니며 관객들에게 일일이 돌린다.

극중에서 골초를 맡은 듯한 배우는 공연장 한쪽에서 계속 담배만 태워 대며 고독한 표정만 지어댄다. 공연장 내부는 테이블이 여러 개 놓여있고 그곳에 관객들은 앉아있다. 무대의 경계선을 허물과 관객과 함께 극을 완성해가는 그런 연극인 듯했다. 극중에서 대사를 알아먹지 못하는 것 빼고는 흠잡을 것 하나 없는 공연이었다. 이해하진 못하지만 내 마음대로 상황에 맞게 해서는 하니 내가 지어낸 이야기도 꽤 재미있다. 조명 아래로 분장을 진하게 한 알렉스는 경찰복을 차려입고 익숙한 표정으로 등장한다. 숨을 죽이며 그의 감정이나 눈빛 하나를 주시하며 목청높이는 그에게 집중했다. 그는 그렇게 그의 뜨거운

연기의 열정으로 관객들의 마음을 녹여 내리는 듯했다. 그의 대사를 마지막으로 휴식시간에 모두 바에 가서 목을 축이거나 화장실에 다녀온다. 전에 만났던 물건을 훔친다던 남자가 열심히 돌아다니며 관객들과 이야기를 한다. 그는 마치 관객인냥 다른 관객들과 공연에 대한 공감대를 형성하며 스킨십을 잦게 하면서 수작부리는 광경을 보니 큭큭 웃음이 난다. 잠깐의 휴식시간과 2부의 순서가 끝나고 배우들이 마지막을 기념하는 인사를 하러 나왔다. 그가 말했던 대로 시계, 벨트, 그리고 넥타이까지 돌려받자 모두가 과도하게 놀란 듯 즐거워한다. 그리고 마지막 공연을 기념하는 파티를 한다고 하니 오늘 하루는 이 극장에서 마무리 되는 듯했다. 공연이 끝나 로비로 나가자, 이미 디제이가 노래를 틀고 있다. 모두가 기품 있게 와인과 술을 한잔씩 들고 음악에 맞추어 몸을 흔들어 댄다. 아까 보았던 매력적인 여배우도 나와서 화장을 지운 말끔한 상태로 나와 춤을 선보였다. 한 번도 본적이 없는 매력적인 춤사위이다. 모두가 음악에 맞추어 가볍게 머리를 흔들며 리듬을 맞춘다. 한동안 그렇게 춤을 추다가 새벽 3시가 넘어가자 디제이가 노래를 끊고 퇴근을 한다. 별일 아니라는 듯 한 남자가 앰프에 자기 아이팟을 꽂았다.

비탈진 도시

밤은 이미 깊었고 떠날 사람들도 하나둘 떠났다. 감독님은 한쪽에서 엑스트라 여배우와 키스를 나누고, 이쪽 다른 쪽에선 남자 둘이서 말다툼을 하고 난장판이다. 한명은 기분이 좋은 듯 술을 못 마시는 내게 자꾸 술을 권한다. 불까지 붙는 높은 알코올의 술을 말이다. 한 청년은 바닥에 누워서 일어날 생각을 하지 않는다. 유리조각이 떨어져 있었는지 그곳을 구르다가 피가 나자 엉엉 운다. 모두가 취했고 아직 해가 뜨려면 멀었다. 모두 자리를 옮기기로 생각을 했는지 바텐더도 짐을 챙겨서 나온다. 술을 마셔 너무 피곤한 나머지 집으로 돌아가겠다고 의사를 비치고 알렉스와 집에서 따로 보기로 했다. 집에 가는 길이 어스레 머릿속에 떠오른다. 어두워져서 주의를 살피며 머릿속

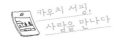

에 떠오르는 낡은 골목길을 따라 천천히 걸어 올라간다. 밤하늘에는 이름 모를 무수한 별들이 금방이라도 쏟아질 것 같다. 나는 그 매혹적인 별자리들의 자태에 정신을 빼앗겨 버렸다. 취리히의 밤거리는 아름답다는 말로는 부족할 정도로 치명적이었다. 늦은 시간이라 인적조차 찾을 없어서 모든 것이 정지의 상태에서 정적이 흐르고 있다. 그 순간 거리를 주시했을 때 나를 경계하는 형광 빛 두 눈동자가 저 멀리서 보인다. 길 위에서 나를 노려보고 있다. 설마 설산에서 내려온 굶주린 야생 늑대라도 내려온 건 아닌지 바짝 긴장했다. 나는 모든 가능성에 대해 생각을 해본다. 잠시 동안이지만 정말 미칠 노릇이었다. 머릿속에 온갖 부정적인 경우의 수만 나열하며 엉뚱한 생각만 해댄다. 매서운 바람이 내 등골을 더욱 오싹하게 자극한다. 나는 본능적으로 두려움을 감추기 위해 조금 더 가까이 다가가며 암흑의 베일에 싸인 두 눈 동자에 가까이 다가갔다.

내가 상상하는 난폭한 육식동물이 아닐지 불안한 눈빛으로 주시했다. 마치 적자생존의 법칙이 적용 된 듯 우린 서로 탐색을 했다. 나에겐 총도 없고 칼도 없고 창도 없다. 주둥이가 가는 것이 상대적으로 작은 체구에 황색의 털을 갖고 있으며 홀쭉하다. 하지만 아무도 있지 않는 거리였기 때문에 조심스럽게 행동을 했다. 끝까지 두 눈을 부딪치며 경계하는 모습에 애써 태연한 척을 한다. 자세히 다가가니 나는 그 정체를 곧 알 수 있었다. 그것은 얍삽한 한 마리의 여우였다. 내가 사는 곳에선 여우를 만나볼 수 없어서 어떻게 대처해야할지 전

283

혀 알 수 없이 더욱 두려웠다. 하지만 길을 걸으며 수십 마리의 여우들을 숨박꼭질 하듯이 만나 볼 수 있었다. 마치 길거리를 누비는 도둑고양이 마냥 취리히를 누비고 있다. 그렇게 작은 여우 때문에 긴장이 된 나머지 알렉스의 집이 어딘지 전혀 알 수 없는 길로 와버렸다. 다시 왔던 길을 역행을 하고 구석구석 다녀 보지만 내 기억에선 전혀 와보지 못한 초행길이다. 내가 아는 건 그의 핸드폰번호 뿐이지만 이미 알렉스는 술에 취해 연락조차 되질 않는다. 무엇보다 나의 상황은 알렉스만이 알고 있으니 누구하나 걱정해줄 사람이 없다. 나는 말없이 걸었다. 그저 가로등 불빛에 의존해서 그 비탈진 도시를 한참 걸었다. 온몸에 기운도 빠져가고 취했던 술기운도 빠져간다. 설마 길을 잃어버릴까 했지만 어김없이 빈 몸으로 홀로 취리히를 돌아다니고 있다. 시간도 느릿느릿 지나간다. 이제 여우는 쳐다도 보지 않는다. 익숙해져서 경계심을 버린 지 오래이다. 긴장도 풀리더니 피로감도 외로움도 배가된다. 길거리를 돌아다니며 누군가를 만나기를 고대하고 날이 밝기를 기다린다. 아무런 생각도 하지 않고 그냥 걷는다. 하지만 다시는 오지 않을 시간이다. 그렇기에 소중하다. 나는 동틀 무렵에야 고스란히 제자리로 돌아올 수 있었다. 물론 2차를 갔던 알렉스는 이미 잠에 취해 있어 내가 방에 들어오자 말없이 바라보며 깜짝 놀란다.

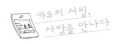

대마초, 엑스터시, LSD 쾌락의 밤

길거리를 방황하며 쌓였던 피로를 잠으로 풀어보고자 하는데 오늘도 역시 그 정체모를 음악이 이제 막 잠든 나를 아주 격하게 깨운다. 마치 23세기에 나 어울릴 듯한 소리다. 그 끊임없이 반복되는 불규칙적인 기계음이 음악인지 아니면 소음인지 분간이 안 간다. 그 소리가 궁금해서 알렉스에게 물었다. 「이게 음악이야, 아니면 효과음이야?」 「덥스텝 말하는 거야?」 「덥 스텝? 그게 음악 장르 중에 하나야?」 나는 그의 말을 기다렸다. 「맞아. 음악 중에 하나야, 2000년도 이후에 영국에서 생겨난 음악이지.」 「일렉은 되게 규칙적인데, 이건 매우 불규칙적이고, 무거운 베이스음에 보컬의 목소리는 왜 이렇게 에코를 많이 넣는 거야?」 「2001년 Velvet Rooms이라는 클럽에서 개최된 FWD

라는 클럽의 이벤트에서 처음으로 이 음악을 선곡했거든. 이제는 입지를 굳혀서 하나의 음악 장르가 되었는데, 요즘은 셀레나 고메즈나 브리트니 스피어스도 덥 스텝에 자기의 목소리를 입힐 만큼 유행하는 음악이야.」 한국에선 일절 들어보지 못했던 장르라 거부감이 많이 들었지만 들을수록 매력은 있는 것 같다. 「그건 그렇다 치고, 덥 스텝 클럽에선 이 노래에 춤을 춘다는 거야?」 기가 막힌다 듯이 물었다. 꿈에서도 머릿속으로 생각해보지도 못했던 미지의 세계 같았다. 「그럼, 이 노래에도 춤을 출수 있어. 엑스터시 같은 마약을 했을 때는 덥 스텝 클럽이 딱 이야, 음악이 되게 몽환적이어서 마약의 효과를 더욱 배가 되지.」

「마약? 너도 해봤니?」 조심스레 알렉스에게 물었다. 「그럼. 마리화나(대마초), MDMA, LSD, 코카인등 여기선 쉽게 구할 수 있으니깐 말이야.」 나에겐 현실과 동떨어진 이야기였다. 「그래? 우리나라에선 접할 수 없는 영역인데. 어땠어?」 내 눈은 반짝거리며 그를 주시했다. 「마약이라. 뭐 마리화나(대마초)는 내가 아는 흡연자의 99%가 하는것 같아, 알지? 대마초를 담배에 섞어서 피는 거. 섞게 되면 담배 맛이 더 순해지고 약간의 진정과 이완 효과가 있기는 한데 아무 효과 없는 경우도 많아.」 「알렉스, 잠깐. 이런 이야기보단 너의 경험담이 듣고 싶어. 그러면 나도 공짜로 편안하게 느껴볼 수 있는 기회잖아, 부작용의 염려도 없고 말이야.」 세상의 모든 일이 그렇겠지만 직접 하지 못하는 일이 더욱 많으니 그렇게라도 체험해 보고 싶었다. 「그래, 이야

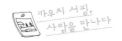

기 해주지. 정확히 언제 적 이야기인줄도 모르지만 아무튼 최근의 일이야. 그날 밤엔 덥 스텝 클럽에 친구들이 모이기로 했지. 기억이 잘 나진 않았지만 기분이 꿀꿀했어. 기분도 전환할 겸 집에 있는 약을 뒤졌지. 집에 있는 건, MDMA와 LSD였어. MDMA는 흥분과 환각으로는 최고의 엑스터시야. 알약인데 가루로 만들어서 흡입하기도 하고, 복용도 하는데, 코로 하는 게 자극이 더 빨라. 코로 흡입하면 신경조직에 빨리 도달하기 때문이지. 그리고 LSD는 조그마한 정사각형의 압지야, 종이지. 한 가로 세로 0.1cm 정도 되는데, 작다고 무시하면 안 돼. 정말 무시무시한 놈이거든 LSD를 혀 밑에 두고 10분 정도 후에 효과가 나타나, LSD는 다양한 감정을 경험시켜주지. 황홀감이나, 자아 존중감, 성취감, 영적인 감정들까지도 말이야. 그 날은 과다 복용을 했어. 심지어 아이스크림에 엑스터시 가루를 같이 넣어 먹기도 했으니 말이야.」 가끔 모르는 단어가 나와서 이해하기 어려운 부분도 있었지만 곧장 그 뜻을 확인하며 자연스럽게 몰입하였다.

「그날은 무지 추운 날이었어. 바람도 세게 불고 참으로 황량한 밤이었지. 하지만 난 이미 약기운에 취해서 추위를 느낄 수가 없었어. 무지 고요하고 달빛은 더욱 밝아지고 있었지. 더욱 놀라운 건 두 개의 달이 떠있었어. 그때부터 환각이 시작된 거야. 두꺼운 시멘트로 둘러쌓인 클럽은 옛날 공습을 대피하기 위해 만든 방공호인데, 내부에서 흘러나오는 음악소리가 클럽 외부까지도 광폭해서 들려오는 거야. 둥그스런 두 개의 달은 강력한 베이스 음 때문에 떨리고 있더라고.

클럽에 들어가자 환호성이 들리기 시작하는데 나를 미친 듯이 흥분
시키고, 자신감이 생기더라고. 물론 그땐 내 눈은 풀려서 이미 흐리
멍텅해졌을 거야. 춤을 추기 시작하는데 폭팔적인 쾌감이 시작됐어.
마치 오르가즘의 열배, 백배의 느낌. 그 기분은 술 먹고 취한 기분하
고는 비교도 할 수 없는 기분이지. 기분 좋은 따뜻한 기운이 전신으
로 퍼져 나가면서 온몸이 짜릿해져. 모두가 나를 주목해주는 기분이
야. 성취감도 들고 남들이 인정해주는 것 같고 다양한 좋은 감정들
에 미치겠는 거야. 왜냐하면 한 번에 한가지의 감정만 느끼기가 어려
운데 좋은 감정들이 복합적으로 지배하고 있거든. 그리고 그때부터

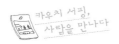
카우치 서핑,
사람을 만나다

LSD의 환각효과가 시작되지. 주변사람들이 모두 괴물로 변하더라고 피부에 검버섯이 피어나더니, 머리는 모두들 곱슬로 바뀌면서 옷들도 다 낡아지고, 덩치는 산만해지더라. 그곳은 현실성이 없고 무지 광적이라 이것이 현실인가 의구심이 들기도 했지. 여전히 클럽 안은 괴물들로 가득 찼고 바닥에는 뱀이 기어 다녀. 얼마 동안의 시간이 지났을까 사리 판단 능력이 부족해지지 그럴 땐 꼭 믿을 수 있는 친구가 필요해. 나는 황홀한데 친구가 많이 취했다고 나를 데리고 나가고, 내 의지는 전혀 없어져. 밖은 여전히 노래가 나오고 있고 아직까지도 주체할 수 없는 쾌감이 온몸을 전율케 하지. 그렇게 5~7시간 쾌락 이후엔 벌을 받을 시간이 다가와. 부작용이 시작 된 거지. 아직까진 어떤 고통도 없고 쾌락에 히죽히죽 거리고 있어. 집에 들어가는데 길거리에서 마치 바로 집으로 들어 온 것처럼 집에 오는 과정의 기억이 탈락돼, 화장실에 갈 때도 문을 열면 바로 화장실이지. 정말 그땐 신기하다는 생각밖에 들지 않아. 일종의 편집증이지. 그리곤 이젠 쾌락에서 고통으로 바뀌어 쉽게 말해서 극단적인 쾌락을 맛보았으니깐, 그에 맞는 극단적인 고통이 찾아오게 돼. 그 고통을 가볍게 생각했다간 큰 코 다치지. 눈을 떴는데 화장실이야. 우리 집 고양이 네로가 세면대 위에 앉아 있는데 저게 뭔지 모르겠어. 이상한 소리를 내면서 우는데 저것에 대한 아는 것이 아무것도 없으니 몹시 두려워져. 일시적인 기억상실증에 걸리게 된 거야. 거울에 비친 내 자신이 누군지 잘 모르겠고, 정신까지 혼란스러워지지. 심장박동도 불규칙적으로 요동치고 있고, 온몸에 감각은 굳어져서 얼얼해. 두통에 구토까

지 나와. 그렇게 잠시의 쾌락 때문에 온몸이 뒤틀리게 되는 거지. 아마 한 번도 느껴보지 못했던 경험일 거야. 그때 가장 치명적인 고통을 주는 건 거울이야. 거울에 내 모습을 비추는데 정작 나는 내 존재에 대해서 모르는 거지. 내가 누구인지, 왜 존재하는지, 왜 여기 있는지, 왜 고통스러운지를…. 모든게 의문에 의문이야. 그 기분은 느껴보지 않고서는 절대 모를 거야, 가슴을 뻥 뚫어 놓은 듯한 공허감 알아? 나를 사랑해주는 가족, 친구들이 있는데, 그 사랑을 하룻밤 사이에 잃어버린 것 같아. 내 가슴은 그 사랑들을 기억하고 있는데 머리론 다 잃어버린 거지 그 기억과 사랑은 온데 간 데 없으니깐 가슴에

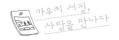

구멍이 난 것처럼 시려. 그렇게 아무것도 분간할 수 없는 화장실에서 홀로 심리적으로 고통스러운 밤을 보내는 거지. 그리고 폭풍이 지나간 다음날 아침이면 신기하게 모든 기억이 되돌아와. 그렇게 하룻밤 사이에 천국과 지옥을 드나들게 되면서 육체적으로 심적으로 상처투성이가 되어있지. 만약에 정말 그것만 느꼈더라면 정말 후회를 많이 했겠지만 그 쾌락과 고통이 지나간 이후로 내가 살고 있는 세상에 대해 다시 한 번 생각할 수 있는 계기가 됐어. 그리고 존재감에 대해 더 깊이 생각해보게 되었지. 그리 내키지 않는 경험이었지만, 정말 어쩌면 살면서 절대 깨닫지 못할 깨달음을 얻을 수 있었어, 솔직히 말하면 좋은 경험했다고 생각해, 그게 생활에 오랫동안 영향을 미치는 일은 없으니깐…」

정말 빈틈없는 이야기였다. 정말 참을 수 없을 만큼 매력적인 이야기였지만 충분히 그의 이야기를 통해서 그의 경험을 흡수할 수 있었다. 생각만 해도 정신이 몽롱해진다. 이야기를 듣다가 두꺼운 이불에 얼굴을 파묻고 시커먼 상상을 하며 다시 잠에 들었다.

언젠간 빛을 발하겠지

충분히 수면을 취하고 일어나자, 알렉스가 일어나라고 재촉한다. 나는 고개를 끄덕이며 금방 씻고 알렉스를 따른다. 그렇게 5박 6일 간을 스위스의 포츠담에 있으면서 알렉스의 도움으로 패러글라이딩과 연극을 즐긴 것 이외에는 매일 밤이 파티의 연속이었다. 그래서 스위스를 떠나기 전날 밤의 파티 때는 참가한 웬만한 친구들과는 모두 인사를 나눌 정도로 친구를 많이 사귈 수 있었다. 한번은 알렉스의 도움으로 한국음식으로 파티도 열어, 한국음식의 매력을 정성스레 보여주었다. 알렉스의 친구들이 모두 참석해주었다. 혼자 음식을 준비하기엔 적지 않은 수였다. 아시아 마켓에 가서 몇 가지 밑반찬을 사고 삼계탕, 잔치국수, 파전, 호박전, 김치찌개 등을 준비하였다. 그들

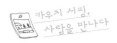

은 새로운 음식과 새로운 음식문화를 접하는 것만으로도 흥분되어 보였다. 다행히 이미 아시아에 다녀온 알렉스의 집에는 젓가락도 갖춰져 있고 몇 가지 식재료도 갖춰져 있다. 그들에겐 한국스타일이 많이 새로웠는지 한국 음식 문화를 그 속에서 물어본다. 조그마한 그릇에 소담스레 반찬이 담겨 나오는 것도 신기해한다. 알렉스는 음식이 조금 맵다며 자꾸 빵을 찾는다. 자극적인 음식을 먹을 땐 빵을 먹으면 괜찮다며 바게트 빵 반개를 혼자 먹는다. 하지만 그 역시도 새로운 것이 좋은지 자꾸 모르는 음식에 대해 관심을 갖고 도전을 한다. 「너희 한국은 매일 이렇게 반찬들을 조그만 접시에 담아서 먹는 거야?」 그들에게는 꽤나 근사해 보였나 보다. 그날 밤 역시도 기나긴 밤이었다. 그곳을 두고 또 떠나게 되겠지만 마치 나의 미래는 이곳에서

펼치고 싶다는 생각이 몇 번이고 들었다. 지금껏 여행을 목적으로 여러 곳을 다녀오면서 만끽했던 행복감, 이곳의 환경과 사람들까지. 이젠 길을 잃을 염려도 없고, 이곳의 파란 호수와 푸르른 녹음을 즐기며 살수만 있다면 꼭 이 자리에 다시 서고 싶다는 마음이 생긴다. 제자리에 있던 모든 것들을 그리워 할 테지만 언젠가는 이 자리가 제자리가 되겠지 한다.

스위스에서 며칠 밤을 지냈을까, 이제 어느덧 떠나야할 시간이라는 것을 본능적으로 감지한다. 여행자로서 떠나는 것 이외에는 선택의 여지가 없기 때문인지 또 어딘가로 떠나는 게 좋겠다는 생각이 들었다. 이젠 자꾸 새로운 상황을 부여하는 것이 좋다. 구식의 배낭을 메고 유럽 대륙을 누비는 것도 이젠 나에게는 상당히 어울리는 듯하다. 매일 수첩을 꺼내 내 생각으로 빈 페이지를 가득 메운다. 조용히 남의 일상을 바라보는 것도 자꾸 또 다른 나를 발견하게 도와준다. 세상의 온갖 사소한 일이 재미있어지고 흥미롭다. 여행을 떠나기 전까지만 해도 모든 일이 번거롭기도 하고, 아무 의미 없는 듯 그 속에는 소소한 행복이 숨어 있었다. 어찌 됐던 며칠 밤을 알렉스 집에 머무르며 그들의 일상에 흡수되는 것도 어렵지 않았다.

알렉스에게 다음 행선지를 알리고 그의 가족들과 마지막 인사를 나눈다. 언제 다시 볼지는 모르지만 꼭 다시 만나자며 나의 한국 집주소를 그들에게 남겼다. 또박또박 말끔하게 종이에 적어주니 상당히 오래된 듯한 사진첩에 메모지를 끼워둔다. 우린 그렇게 아쉬움을 표현하고 오래된 소파에 앉아서 가족사진을 한 장 남겼다. 그렇게 사진을 남기고 모두 집 앞까지 나를 배웅해준다. 정말 좋은 사람임에 틀림없었다. 아마 외롭고 힘들 때 기억 속에서 내게 힘을 보태줄 사람이라 생각한다. 알렉스가 내 얼굴을 보더니 이야기를 한다. 「우진! 넌 나의 첫 카우치서퍼였지만, 정말 최고의 카우치 서퍼였어.」「그건 네가 최고의 호스트였기 때문이야. 나는 한낱 여행자일 뿐인데 뭘.」 알렉스와 함께 보냈던 시간들, 그리고 함께 나눴던 대화들이 떠오른다. 그리고 몇 가지 추억들은 날 특별한 존재로 인정해주었다. 어느 호스트들도 같았지만 그는 조금 남달랐다. 그렇게 취리히를 떠나 피렌체에서 며칠밤을 묵고, 로마의 휴일을 즐기러 로마를 찾았다.

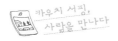

조선 범 사냥꾼

로마의 하루는 평온하기 그지없다. 아무 일 없듯이 각자 부지런히 움직인다. 로마에서는 다른 곳과 크게 다른 변화가 한 가지 있다. 바로 날씨이다. 한 계절을 서둘렀는지 겨울인데도 뜨거운 지중해의 영향 때문인지 따뜻하고 포근한 것이 벌써부터 봄기운이 느껴진다. 날씨도 선선하고 찌뿌둥했던 몸도 가뿐해졌다. 자연스럽게 외투를 벗으니 마음가짐도 가벼워진다. 이 도시에선 겨울의 느낌을 찾아볼 수 없다. 떼르미니 역은 수많은 사람들로 붐비는데, 1월임에도 관광객들로 바글바글하고 정신이 반쯤나간 노숙자들도 보인다. 한쪽 플랫폼에선 정확하게는 모르겠지만 소매치기를 하다 걸린 듯한 노숙자가 경찰에 끌려가고 있다. 그 노숙자와 눈이 마주쳤는데 바라보는 내내 눈 한번 껌뻑거리지 않아 그 살기진 눈동자를 보는 내내 기분이 좋지 않다. 주변은 그들을 바라보면서 웅성거리며 신기하게 바라본다. 역을 나가는 동안 거리를 걷는 채 다시 내 보조가방을 점검한다. 하지만 얼마나 걸었을까. 터무니없는 일이 내게 벌어졌다. 조금 전까지 가지고 있던 지갑이 통째로 사라진 것이다. 물론 하루 쓸 돈만 나눠 담아두어서 걱정은 되지 않는데 너무나도 어처구니없는 것이다. 요란하게 가방을 다시 뒤져보다가 주위를 충분히 살폈다. 주변의 사람들을 모두 의심하며 수상쩍은 눈빛으로 둘러보았다. 그런데 내 앞을 가로 질러간 얼굴이 일그러진 사내의 오른손에 눈에 익은 지갑이 들려 있는 게 아닌가. 정말 80퍼센트의 확신을 갖고 그를 바라보며 얼굴을 찌푸렸다. 혹시나 내 지갑이 아닐 수도 있다는 가정 하에 「그 지갑…」 하고 말을 꺼내려 하는 순간 지갑을 내게 넘기고 「Sorry.」라는 말만 남기고 부리나케 도망을 간다. 분명히 두 눈을 뜨고도 주의해가며 다녔는데 이런 일이 생기니 어의가 없어서 내 지갑인지 의심도 됐다. 내 지갑임을 확인하고서 안심을 하고 또 그의 실력에 감탄했다. 길거리에 나오자 여러 무리의 사람들이 드문드문 이야기를 나누고 있고 맥도날드 주변에는 아프리카에서 올라온 듯한 흑인들로 인산인해다. 정작 이탈리아 사람들은 보이지 않는다. 깐깐한 표정을 한 그들은 비좁은 골목길에서 인터넷 전화기를 들고 서성인다. 모두들 고향에 안부를 전하는 것인지 그 모습이 안쓰러워 보인다. 그 모습을 보고 있으니, 나 역시 한국에 계시는 부모님이 그리워진다. 여행을 다니다 보면 정해지지 않는 여정에 치여 지치기도 하고 낯선 사람들과

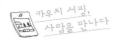

낯선 문화에 대해 이질감도 많이 느끼기 때문에 힘겹기도 하다. 이곳에 넘어온 지도 어느덧 한 달이 넘었고 이곳저곳에서 여러 번의 위기도 겪었기 때문에 몸과 마음은 허하다. 아직까지도 악수로 인사하는 것조차 익숙하지가 않다. 익숙지 않은 골목을 지나 아이팟으로 검색해두었던 한인 민박집 앞에 섰다. 30유로의 비용을 지불하고 새로운 잠 자리를 구했다. 떼르미니 역에서도 그다지 멀지 않아 선택한 곳이다. 잠시 동안 민박집의 몇 가지 규칙을 숙지하고 짐을 풀었다. 식당 겸 거실에는 일인용 의자 8개와 큼직한 테이블이 하나 놓여있고, 나이는 아마 오십대 중반쯤 눈썹이 풍성하고, 조각만한 작은 얼굴에 전체적인 이상이 매우 호감 적인 남성이 자리에 앉아 있다. 풍채도 좋고 힘도 좋아 보인다. 배고프다 하니 라면을 직접 끓여주겠다고 나선다. 하지만 그런 그의 솔선수범이 내겐 부담스러워 사양 했다. 「피해 끼칠 일 아니니깐 앉아서 기다려요.」 그의 어투는 조선족의 느낌이 약하게 느껴졌다. 그리고 라면이 다 익었을 때 그가 나를 불러준다. 여기선 1유로가 넘는 가격의 라면이라 그런지 왠지 더 고급스러워 보인다. 나는 그의 앞에서 남김없이 라면을 해치웠다. 배를 채우고서 물을 마시는데 그는 의자에 앉아 생각에 잠시 잠겨있다. 그의 존재를 종잡을 수 없고 그가 무슨 생각을 하는지 궁금하기 시작했다. 그와 시선을 마주치자 나는 요령 있게 그에게 말을 붙였다. 일단 쓸데없는 말부터 시작한다. 그의 조용하고 침착한 목소리나 그의 전체적인 느낌에서 풍겨 나오는 냄새가 보통사람은 아닌 듯했다. 그는 일단 나에 대해서 구체적으로 묻는다. 나는 마음속에선 이미 알 수 없는 뭔가에 이끌린 듯하다. 그것은 아마 그의 존재감이었을 것이다. 그에게 내 이야기가 끝났을 때 그가 길림성 연길시 출신의 조선족임을 금방 알 수 있었다. 그의 이야기를 듣는데 시간이 제법 많이 걸렸다. 「우린 한민족의 혈통을 가진 중국 국적의 사람들이죠.」 나는 그의 이야기에 차분히 녹아들었다. 「우리 할머니께선 제가 한글을 배울 수 있는 학교에 보내셨어요. 그 덕분에 한글을 읽고 쓰는데 도움이 많이 됐죠.」 그는 하나하나 예를 들며 범상치 않은 하나를 꺼낸다. 「나는 백두산 무장경찰의 중대장 출신이었어요. 쉽게 말해서 백두산 경비 임무와 출입을 통제하는 그런 임무였죠.」 분명 어디서든지 엿들을 수 있는 이야기가 아닌 듯했다. 「중국 역시 한국처럼 의무 복무제여서 군대에 가는 건 남자의 의무죠. 그리고 이왕 군에 들어간 김에 장교로 입대를 한 것이구요. 그리고 그렇게 수많은 전설들과 여러 가지 수식어가 붙는 백두산에서 군 생활을 시작하게 된 거죠.」 군대이야기라 그런지 더욱 관심이 있어 물었다. 「군대에서 남들은 못해 봤을법한 특별한 에피소드 있으세요?」 나는 약간은 흥분한 듯 물었다. 「뭐, 자랑삼을 만한 것은 아니지만 계급 강등을 당해본적이 있었죠. 꽤나 큰 징계 중 하나에요.」 「무슨 일 때문이죠?」 내가 물었다.

「백두산에는 수많고 진귀한 동식물들이 서식하고 있어요. 그렇다 보니 동물에게 실탄으로 사냥을 목적으로 사용하는 건 엄연히 군법에 어긋나죠. 무장경찰 중대장이다 보니 깊은 산속을 순찰을 많이 다녀요. 백두산에서 밀거래를 하려는 브로커들과 불법사냥꾼들이 많다 보

카우치 서핑,
사람을 만나다

니 이곳저곳을 돌아다니게 되죠. 한날은 사병들과 순찰을 돌다가 사슴 한 마리를 잡아 주변의 인근 산골 마을에 가서 고기를 나눠주었죠. 그들은 고기를 가져다주면 고맙다며 그 자리에서 마을 잔치를 벌이곤 했어요. 사실은 몇 번이고 자주 사냥을 다니면서 고기를 가져다주었죠. 하지만 돈을 위한 건 아니었어요. 부하들을 먹인다거나 마을 사람들을 나눠주곤 했죠. 그런데 어느 날 괴상한 소문이 퍼지고 만 거에요. 내가 백두산에서 사냥을 다니며, 마을사람들에게 고기를 팔았다는 소문이 말이에요. 다행히 큰 벌은 받지 않고 강등에 그치긴 했지만, 그땐 정말 어쩔 줄 몰랐죠. 알고 보니 갓 들어온 사병이 몰래 자랑을 하다가 상부에 보고가 됐던 거죠.」 그가 말했다.

「정말 특별한 에피소드네요, 그럼 주로 어떤 동물을 잡으셨어요?」 「그래도 자주 잡히는 건 사슴, 멧돼지 정도? 아직까지는 조선 범을 본 적이 없어요.」 「조선 범이라면 백두산 호랑이를 말하시는 거에요?」 그가 고개를 끄덕였다. 「호랑이 중에서도 가장 용맹하기로 소문난 조선 범은 오래전부터 백두산의 전설이었죠.」 그의 목소리에선 은근히 자부심이 느껴진다. 「요즘도 가끔씩 백두산에 사냥하러 다녀요.」 「그게 가능하단 말이에요?」

「지금 길림성의 대장이 내 장교 후배이거든요. 후배가 전화 한통 넣어주면 출입이 가능하죠.」

「우와, 대장이면 별 네 개 말씀하시는 거죠? 어마 어마 하네요.」「중국에서 대장이면 엄청난 권력자이죠. 전역이후에는 잠시 동안 백두산의 포수를 따라다니며 사냥을 배웠어요. 그들은 어렸을 때부터 사냥을 해 왔기 때문에, 그들의 날카로운 시선에 한번 걸리면 단 한 번도 놓친 적이 없어요. 나이도 60대 이상의 중후한 나이임에도 어찌나 재빠른지, 아무리 험한 길을 다니더라도 백두산의 범처럼 빨라요. 그들은 산을 그 누구보다 잘 파악하고 있어서 누구보다 빠르죠. 한 번은 그의 지시에 사냥감을 잡으러 따라 험한 수풀 속을 가는데 가시에 살이 다 뜯긴 거에요. 그렇게 내 몸을 챙기느라 놓치게 된 거죠. 그는 저의 모습을 보고 그런 이야기를 하더군요. "네가 그의 피를 보려는데 내 피 보는 것을 두려워 하냐." 그의 눈빛에는 살기가 느껴졌어요. 지금 생각해보면 그 이야긴 절대적인 규칙이었죠. 확실히 꾼은 꾼이었어요. 나에겐 그때의 기억이 강렬하게 남아있어요. 그 이후론 몇 가지 일을 하다가 이렇게 로마에 넘어와서 한인 민박을 차리게 된 거예요.」나는 잠시 동안 그가 이탈리아에서 정착하였던 이야기도 엿들을 수 있었다. 그의 이야기를 들으면서 그가 얼마나 멋진 사람인지를 알 수 있었다. 「우선 여기까지 이야기하죠.」그가 할 일이 있는지 이야기를 그만하고 자리에서 일어선다. 「이런 이야기를 하다보면 새벽에도 찾아와서 이야기를 해달라는 친구들이 있더라고요.」그가 말했다.

「아마 저도 비슷한 부류인 것 같은데 계속 들려 주세요.」그의 이야기

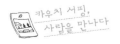

는 아주 생소하면서도 생생하게 느껴졌다. 그렇게 꼼짝도 하지 않고 그의 이야기에 집중했다. 이야기는 새벽 한시쯤 넘겨서야만 이야기를 중단하고 잠자리에 들었다. 다음날 그릇 부딪치는 소리에 잠이 깼다. 「밥상에 수저는 놓았어요?」 귀에 익은 한글이 들리자 마음이 편안하다. 눈을 떴을 때 잘 알아먹지 못하는 외국어가 들리면 왠지 이유 없이 암울하다. 아무리 내가 잠시 머물다갈 숙소이긴 하지만 조금 더 의지할 수 있고 우리말로 대화할 수 있다는 것만으로도 불편이 덜하다. 대충 몸가짐을 정돈하고 따뜻한 아침밥을 먹으러 나왔다. 그저 소박한 식탁이지만 여러 가지 이야기를 나누며 밥상이 풍요로워 졌다. 가끔 밖을 열심히 돌아다니다 간단한 핑거 푸드나, 겨우 식당을 찾아서 들어가 음식을 시키면 성의 없는 음식들만 내와서 얼마나 서러웠는지 모른다. 아마 따뜻한 마음과 정성스런 손맛이 들어가지 않아 그런 맛이 나오지 않았을 것이다. 그렇게 숙소에서 3박 4일을 지내는 동안 로마에서 가이드 투어만을 다녔다. 일단 로마에 대한 나의 준비가 많이 부족해서였다. 수많은 전설들과 신화를 가지고 있는 로마는 정말 지붕 열린 박물관이라 불릴 만큼 작은 것 하나하나를 놓치고 싶지 않았다. 민박 사장님의 추천으로 무료가이드 체험을 했을 때 가이드의 생생한 설명은 조금이나마 로마의 천년의 제국의 위대함을 더욱이 생생히 느낄 수 있었으며, 더불어 여러 한국인을 사귈 수 있었다. 대게 유학생들이었는데 참 독특한 친구들이 많았다. 흑인과의 사랑에 빠져 그와의 로맨스에 대한 기억이 유학생활의 전부였던 친구부터, 겉보기엔 다를 바 없지만 명문대를 다니며 한 번도 빠짐없이

All A로 학점을 유지했다던 친구까지 동년배라기에는 믿기 어려울 정도로 배울 점이 많았다. 우린 로마의 시내를 하루 종일 함께 어울리며, 생각해본 적 없던 세상을 이야기하였다. 그렇게 했던 말을 또 하고 다시 생각하면서 나의 생각을 조금 더 견고하게 세우고 나를 더다 잡아갔다. 아마 그런 시간이 얼마나 있을까. 누군가와 함께 나를 만들어가는 일. 결국엔 행복하자는 똑같은 결론만 남긴 채 또 하루가 지나간다.

1월의 파리에는 누가 나를 기다릴까

어느덧 화려했던 여행도 막바지이다. 언제 다시 한 번 이곳을 되찾아올까 의문도 들지만 다시는 오지 않을 것처럼 이곳을 충분히 만끽한다. 몸이 피로할 땐 미련을 갖지 않고 충분히 여유도 부려본다. 욕심은 절대 갖지 않는다. 욕심을 갖기 시작하면 여행길이 숨 가파지고, 어깨도 더 묵직해진다. 그리고 정작 돌아오면 남는 건 고작 몇 장의 사진과 피로뿐이다. 아마 욕심의 결과물은 모든 것이 짐이 될 것이다. 이제 귀국일자도 보름 정도 남아있다. 서유럽은 가까운 스페인과 포르투갈만이 남아 있고, 만약 스페인을 넘기고 프랑스로 간다면 스페인으로 다시 돌아가는 것도 어려울 것이라 고민이 됐다. 하지만 스페인을 경유하기엔 그럴만한 마음 적 여유도 있지 않고 금전적인 여유도 마땅치 않았다. 국경을 넘는다는 자체만으로도 크게 부담이 되었다. 그동안 한 달 하고 보름이상을 100만원이 안 되는 경비로 패러글라이딩, 뮤지컬, 연극, 클럽, 파티, 교통비, 숙박비, 식비 등을 해결했다고 생각하니 지금까지 이것밖에 쓰지 않았나 의심이 가기도 했다. 숙소의 침대에 누워 천장을 올려다보며 머릿속의 필름을 다시 되돌려 보았다. 그래 바로 그 사람이다! 우린 여행 도중 이메일을 주고받으며 서로의 소식을 체크하곤 했다.

그날 밤, 스페인 행 기차는 미루고 나는 그를 다시 찾으러 파리로 다시 떠나기로 했다. 그에게 오늘 저녁 파리 행 기차를 타겠다고 소식을 전하자 마음이 조금 더 조급해 졌다. 아주머니께선 야간열차에서 자는 동안에 범죄가 자주 일어나니 주의하라고 당부하신다. 숙소 아주머니께선 아쉽다며 자투리 시간에 파씨 라는 유명한 젤라또 집에 데려간다. 길을 걸으며 천천히 주인집 아주머니를 따라가는데 파씨 네 젤라또를 하나 들고 가는 어린 꼬마와 아버지의 모습이 보인다. 아이는 기분이 좋은지 반쯤 녹아 흘러내린 젤라또를 핥아 먹으며 노래를 부른다. 걸어가면서 밝게 웃으며 지나간다. 그리고 그 모습이 옛 내 모습과 아버지의 모습이 겹쳐 보인다. 갈수록 마주보는 시간도 줄어들고 머리도 컸다고 이야기하는 시간도 줄었다. 이렇게 어렸을 적엔 날이 저물도록 아버지를 따라다니며 아버지 시늉도 내면서 놀았던 기억에 생각이 깊어졌다. 아마 아버지를 많이 닮아서 표현을 하는데 서툴렀나 생각이 든다. 이런 생각도 얼마 만에 하는 건지 그

동안 너무 부모님을 잊고 산건 아닌지 생각해본다.

이렇게 스쳐 지나가는 소홀한 것조차 이젠 소중하다. 나는 이렇게라도 삶을 배워가고 있는 어린이 같다. 언제쯤이면 어른이 될 수 있을까?

구식의 엘리베이터에 올라, 묵직한 철창문을 바짝 당겨 문을 닫았다. 한 평 조차 되지 않는 좁은 공간이 서서히 올라가며, 나를 숙소에 데려다 준다. 날마다 계획 없이 나에게 가르침을 주고 위로를 해주는 세상이 있어서 가끔 느끼는 여행의 막막함 속에서도 여행할 맛 난다. 「저 오늘 저녁에 떠나요.」 민박집 아저씨께선 고개를 끄덕이며 말했다. 「여행자가 떠나야 하니깐 여행자죠. 앞으로도 만나야 할 건 많고, 배워야 할 것도 많으니 조금 더 힘내요.」 그는 마지막 안녕 대신 응원으로 힘을 불어 넣어 주었다.

다시 떼르미니 역으로 돌아왔다. 아주머니께선 야간열차를 탄다고 하니 간단한 음식도 챙겨주셨다. 역에는 국경을 넘기 위한 여행자들로 가득하다. 모두들 야간열차를 타기위해 편안한 차림이다. 다시 한번 출발시간과 플랫폼을 확인하고 미리 이동 동선도 숙지해놓는다. 유래일 패스에는 신중하게 다음 행선지와 열차의 번호 시간을 또박또박 기재하며 심호흡을 한다. 지루한 대기 시간에 피곤함이 느껴질 때 기차에 올라섰다. 확실히 야간 기차라 분위기가 사뭇 달랐다. 모두 편안한 복장으로 기차에서 꼬박꼬박 졸고 있는 여행자들이 보인다. 내 자리는 조그마한 호실 안에 3층 침대 중 가장 위쪽의 침대이다. 내 좌석을 찾으며 한국인이 한 명쯤 있다면 안심될 텐데, 하며 빠르게 이동했다. 나의 좌석을 확인하고 문을 열고 들어간 순간 감당하기엔 어려운 쾌쾌한 악취가 코를 강하게 쑤신다. 아마 며칠을 씻지 않았는지 지독한 암모니아 냄새가 시큼시큼하다. 아무도 있지 않는 저 빈자리가 내 자리인 듯, 하지만 다시 한 번 좌석을 확인한다. 모두 동남아 사내들인데 내 눈치를 슬금슬금 보더니 자기 나라 말로 주저리주저리 이야기를 한다. 나와의 의사소통은 "HI" 그것뿐이었다. 숙소 주인아주머니의 이야기가 생각났던 걸까 내심 불안하며 무언가 꺼림칙하고 이상한 기운이 자꾸 느껴지며, 그들의 행동 하나 대화 자체만으로도 불쾌하게 느껴진다. 나는 3층으로 겨우 올라가 그들을 힐끗힐끗 쳐다볼 뿐, 이 질식할 것 같은 호실 안에서 어떻게 버티지 하는 고민뿐이다. 코는 점점 무뎌져 마비가 돼버린 듯하다. 이 상태로 마음 편하게 잠에 들 수 있을까 걱정이다. 그들이 악의를 품는 것도 아니지만 그런 환경이 자연스레 의심만 된다. 누워서 잠을 청해보지만 삐걱거리는 좁은 침대가 조금 불편하다. 내 마음도 일방적인 나의 감정에 삐걱거린다. 규칙적으로 덜컹거리는 기차 안은 점점 늘어지게 만든다. 하지만 누워서 바라보는 창문 밖 풍경은 썩 나쁘지만은 않다. 아직 파리에 도착하려면 멀었다. 한참을 부지런히 달려야 도착한다는 생각에 눈을 감았다. 시간이 얼마나 지났을까 도착 30분전 검표원이 걷어갔던 여권을 되돌려 받았다. 국토의 3/2가 평야이다 보니

크나큰 경사가 없어 불편함 없이 온듯하다. 다행히 야간 이동 중 짐에는 이상이 없다. 몸은 지루한 여정 때문인지 한없이 늘어진다. 붉은 아침 태양이 떠오르는 하늘은 빨간 물이 번져서 도저히 놓칠 수 없는 풍경이다. 방송에는 파리에 도착함을 알리고 모두 분주하게 자신의 짐을 챙긴다. 아마 파리의 북 역에 거의 도착한 모양이다. 짐에는 이상이 없는지 꼼꼼히 체크를 한다. 서울의 1/6밖에 안 되는 파리이지만 그보단 더 거대하게 느껴진다. 낭만의 대명사, 예술이 살아 숨 쉬는 곳, 미식가의 나라 등 다양한 수식어를 지니고 있는 나라라서 그런지 더욱 기대가 된다. 이젠 일생에 있어 한 번쯤은 둘러봐야 하는 장소가 되어 버렸고 수많은 파리만의 장소들이 나를 더욱 설레게 만든다.

파리를 거닐다

대도시의 이른 아침이라서 그런지 모두가 기운은 없어 보이지만 분
주하게 돌아다닌다. 깐깐한 표정을 한 그들은 거추장스럽게 멋을 내
지는 않았지만 자연스러운 멋이 참 멋스러워 보인다. 파리라서 그런
지 어느 때와 다를 바 없는 길가의 그 흔한 것들조차 멋스러워 보인
다. 밤사이 기차를 타고 북쪽으로 먼 거리를 달려와서 숨을 쉬면 한
기가 하얗게 내뿜어진다. 지하철의 벽면에는 아주 단단해 보이는 누
리끼리한 타일들이 추위 때문에 더욱 단단해 보인다. 정신을 차리고
환승역을 찾아 RER선으로 갈아탔다. 기차의 덜컹거림을 밤새 온몸
으로 느껴서인지 편안하게 창문을 바라본다. 지하철의 덜컹거림이
아마 조금은 덜해졌다. 반대편의 지하철이 유령소리를 내며 재빠르

게 스쳐지나간다. 나는 꾸벅꾸벅 졸다가 폴과 만나기로 한 특이한 광장에 도착하였다. 앞에 보이는 골목골목을 구경하며 시간을 죽이고 있는데 저 멀리서 상기된 표정으로 달려오는 폴의 모습이 보인다. 그를 처음 봤을 때의 지저분한 옷차림과 누런 얼굴과는 달리 그 역시도 제자리로 돌아오니 파리지앵이다. 그의 동네는 파리의 중심가에선 가장 끝에 위치한 La Défense이었다. 파리만의 고풍스러운 옛 느낌보다는 현대적인 모던함이 느껴지는 동네이다. 폴의 말로는 파리의 기획된 미래지향적인 도시로써 지상에는 차가 다니지 않도록 지하에 모든 교통시설이 설계되어 소음을 적고, 고층 빌딩들이 많이 들어서 있어 파리에선 또 다른 색깔을 갖고 있다며, 적잖게 자랑을 한다. 그는 길가를 걸으며 오랫동안 기다렸다는 눈치이다. 「조금이라도 서두르자. 지금 모두가 너를 기다리고 있어!」「무슨 말이야? 나를 기다릴 사람이 누가 있어?」누군가 나를 기다린다니 조금 의심스러웠다. 「우

리 엄마도 널 보고 싶어 하서.」 나는 우리가 함께 했던 시간들을 다시 회상하며 그의 배려에 감사해하지 않을 수 없었다. 우리는 거리를 걸으며 그동안 각자의 여행 이야기를 해가며 키득키득 웃었다. 그는 광주를 떠나 남해에 도착했을 때엔 보리암 에서 방 한 칸을 얻어 스님과 함께 생활을 했다며 그의 기억들을 나열하였다.

우린 몇 블록 지나지 않아 그가 머물고 있는 집에 도착할 수 있었다. 현관에 들어가기 직전 초조해지기 시작한다. 새로운 인연이란 처음엔 익숙하지 않은 탓에 조금은 어렵다. 언제, 어디서 나타날 줄 모르지만 언어까지 자유롭지 못한다면 더욱 난처해지고 불편해지기 마련이다. 아마 언어적인 것은 내 마음을 다 표현하지 못해서 괜히 불편하다. 하지만 그 잠깐의 낯설음만 버틴다면 금세 또 서로 말이 많아진다. 집에 들어서자 예상했던 것처럼 환한 미소로 나를 반겨주신다. 그 미소를 보고선 그들을 만난 건 또 다른 행운을 만났구나, 하는 생각이 문득 들었다. 나는 돌아다니며 한 명씩 볼에 입을 맞추었다. 아마 비주는 프랑스 사람들에게는 하나의 정체성과도 같아 보였다. 그리고 그들의 대답은 언제나 한결같았다. 와줘서 고맙다는 그들의 말은 습관처럼 내뱉는 듯, 하지만 그 이야기를 듣는 나 역시도 마음이 한결 편해지면서 이런 대접이 더욱 고마웠다. 그것은 마치 하얀 종이에 맑은 물감이 번지듯 좋은 기분이 나에게도 번져갔다.

테이블에 놓인 냅킨을 무릎 위에 덥고서, 모두가 자리에 착석을 했을

카우치 서핑,
사람을 만나다

때, 폴의 어머니께서 잘 구워진 스테이크를 가지고 나오신다. 테이블
위는 소금과 설탕으로 간을 한 바게트와 와인 그리고 몇 개의 접시가
세팅되어있었다. 폴의 아버지께선 커다란 고깃덩어리를 먹기 좋게
썰어서 내 접시 위에 먼저 챙겨주신다. 한 입에 먹기 좋게 썰어 베어
무니, 어머니께서 만드신 마늘버터 특제 소스와 고기의 살 틈 깊숙이
박혀있는 구운 통마늘이 놀라울 정도로 입에서 조화를 잘 이룬다. 과
연 이 맛을 어떻게 냈는지 좀처럼 상상이 가지 않지만 맛 좋은 음식
은 나를 행복하게 만들었다. 여럿이서 이렇게 조용한 점심시간을 보
내며 음식을 만들어 먹는 일이 이렇게 행복한 일인지 몰랐다. 접시
위에서 나이프와 포크가 부딪히는 소리와 불어로 대화를 나누는 모
든 상황이 로맨틱하게 다가온다. 나는 짧은 시간동안 여러 덩이의 고
기를 해치웠다. 한 접시를 해치우면 또 한 접시를 내주고 그렇게 주
는 대로 받아먹다 보니 배가 금방 불러온다. 나는 그때까지 프랑스

의 점심이 기본 3코스 이상이라는 것을 알지 못했다. 그들은 스테이크 한 점을 먹더라도 그 분위기와 음식이 주는 즐거움을 만끽하며 먹는 듯했다. 그러면서 그들은 정상회담이라도 하듯 기품 있게 점심을 즐겼다. 그리고 이젠 더 이상 못 먹겠다는 생각이 들었을 때, 어머니께선 직접 만드신 애플파이, 직접 만든 드레싱을 곁들인 샐러드, 귀한손님이 올 때 내놓는다던 흑염소치즈와 각종치즈, 초콜릿 아이스크림 등이 줄줄이 그 뒤를 이어 나온다. 나는 꽉 찬 배를 부여잡으며 쓴웃음을 짓는다. 정말이지 프랑스와 스페인이 전쟁을 하면 낮엔 싸움이 안 된다는 우스갯소리가 괜히 생기는 이야기가 아닌 듯했다. 프랑스 사람은 점심을 즐겨야 하고 스페인사람은 낮잠을 자야하니 말이다. 점심식사는 느지막한 오후가 되어서야 끝날 수 있었다. 모두가 여유롭게 점심을 마치고 각자의 공간으로 흩어져 자기만의 시간을 보내고 있을 때, 아버지께선 돌아다니면서 "Coffee or tea?" 하며 나직나직하게 말한다. 차를 마시겠다고 하니 French Coffee를 권유한다. 잠시 후 그가 진한 에스프레소 한잔을 내려서 온다. 지레 짐작은 했지만 온기를 머금은 검은 에스프레소를 보고 당황해 하지 않을 수 없었다. 나는 그가 보지 않는 곳에서 눈을 찡그리며 시음을 했다. 처음 접하는 맛이지만 설탕을 많이 넣었는지 달콤한 것이 맛이 좋다. 나는 어색하게 웃으며 그에게 엄지손가락을 보여주자 그도 반가운지 커피를 한참이나 자랑한다. 그들은 이렇게 구분이 없는 허황된 시간조차 스스로에게 행복을 느끼며 여유를 부릴 줄 알았다. 흘러가는 시간에 대한 막연함, 오래된 것들을 버리고 새로운 것을 만났을 때의 기대

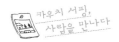
카우치 서핑, 사람을 만나다

감, 과거를 회상하며 느끼는 평온함, 아무도 모르는 세상에 대한 불안감 등을 따뜻한 온기의 차를 마시며, 감정 하나하나를 녹여내 스스로를 위로하는 듯했다. 분명 내게는 익숙하지 않는 일상이었다.

바쁜 일상에 치여 느긋하게 흘러가는 시간도 이것저것들로부터 바빴다. 오로지 늦은 새벽까지 밖에서 놀아야 내 마음을 위로한다고 생각했다. 금방 또 밤이 지나고 나면 아무것도 변하지 않는다. 하지만 어쩌면 별 것 아닌 것들이 내 마음을 더욱 편안하게 다스리는 듯했다. 사람을 만나고 술을 흥청망청 마시면 오히려 나 자신을 더욱 불편하게 만든다. 아파트 창문으로 밖을 내다보니 집집마다 켜놓은 밝은 불들이 도시를 더욱 평온하게 만든다. 폴이 나와서 저 신 개선문부터 시작해 일직선으로 루브르 박물관 콩코드 광장, 샹젤리제 거리, 그리고 개선문이 일직선으로 놓여있다고 귀띔을 해준다. 프랑스 혁명 200주년을 기념해서 프랑스의 과거 현재 그리고 미래의 영광을 재현하고 기린다는 의미에서 일직선에 놓았다고 설명을 더한다. 참으로 파리다웠다.

그 풍경을 바라보며 '내가 프랑스에서 살더라도 언제쯤 이런 집에서 묵어 볼까' 하며 한없이 밖을 바라보았다. 날은 이미 어두워졌고 한밤중에 폴에게 나가자고 하는 게 미안해서 누운 채 파리의 밤하늘을 감상하기로 했다. 하지만 폴에게 내 생각 닿았는지 그가 조용히 파리의 에펠탑을 보러가자고 제안한다. 그 늦은 저녁에 우린 별다른 이유 없이 Tour Eiffels 역으로 향했다. 두근거리는 마음으로 에펠탑에 도착하

기를 기다린다. 역에 다다르자 많은 사람들이 일제히 역에서 내린다. 역시 세계적인 명소라 그런지 역 주변은 사람들로 붐빈다. 그리고 에 펠탑이 처음 눈에 들어왔을 땐 생각했던 것보다 그 경관의 규모는 으 리으리했다. 조명을 온몸으로 받고 있는 찬란한 에펠탑은 검은 하늘과 대비하여 파리의 도시를 화려하게 수놓고 있었다. 이게 말로만 듣던 그 파리지앵의 낭만인가 싶었다. 어둑어둑 해진 밤길엔 센 강이 까마 득하게 흐르고 있다. 파리는 정말 밤이 멋있는 도시였다. 아득한 밤하 늘에 떠있는 별들보다 에펠탑이 더욱 멋스러웠고, 에펠탑을 주변으로 핀 조명이 요란하게 파리의 밤하늘을 휘젓고 다니며 길게 뻗은 그 불 빛은 마치 무언가를 찾는 듯 파리의 밤하늘에 흡수되었다. 우린 터벅

터벅 에펠탑 주변의 밤거리를 걸었다. 어떠한 감상이나 감성도 잘 어울릴 듯했다. 폴은 감상에 젖은 나를 보고선 내 눈치를 본다. 같은 하늘 아래서 이렇게 멋진 곳이 있을 줄은 몰랐다. 아마 이렇게 여행을 다니지 않았더라면 이런 로맨틱한 곳이 있다는 것도 모른 채 억울하게 매일 밤잠에 들었겠지만, 이미 에펠탑을 봐 버렸기 때문에 이젠 이 야경을 매일 그리워할 것이다. 갑자기 묘한 기분이 들었다. 나는 사춘기 소년마냥 폴에게 잠시 양해를 구하고서 이어폰을 귀에 꽂았다. 늘 듣던 노래임에도 불구하고 펼쳐진 모든 풍경들이 음악을 더욱 내 마음을 풍성하고 아름답게 만든다. 무심코 Daft Punk의 고향 프랑스에 왔으니 그들의 음악을 튼다. 여행의 또 다른 목표 중 하나가 그들의 콘서트에 가는 것이이었지만 그들의 콘서트는 아직 예정조차 없었다. 벽보에는 자미로 콰이의 콘서트뿐이다. 나는 그들의 음악을 만들었던 프랑스에서 그들의 음악을 듣는 것만으로 나를 위로하였다. 마음이 정화되며 내 가슴속에서는 또 한 번 카타르시스가 느껴지고 있다.

아무 소리도 들리지 않는다. 아무 생각도 나지 않는다. 오로지 강렬한 임팩트의 중독성을 가진 그들의 음악이 나를 지배하고 있다. 그래서인지 그들의 음악이 전자 음악 치곤 꽤나 오래되었지만 아직까지도 들을 때마다 신선하고 항상 새롭다. 나는 더욱 귀를 기울였다. 파리의 일상적인 배경은 음악과 서로 완벽한 조화를 이루어 내는 듯했다. 어쩌면 이곳이 그들의 감성과 영감을 만들었던 공간이었기 때문에 조금 더 깊숙이 와 닿는 듯했다.

이토록 아름다운 프랑스의 여유

어젯밤 폴과 함께 집에 돌아왔을 때는 몸이 지칠 데로 지쳐서인지 바로 잠에 들어 버렸다. 문득 잠에서 깨니 어제 그와 나눴던 이야기가 떠올랐다. 앞으로 그는 어떤 경로를 거쳐서 어느 곳에 다다를 것인지, 그리고 나 역시 어떤 경로를 거쳐서 어느 곳에 다다를 것인지 우린 서로의 이야기에 귀를 기울였었다. 「폴, 넌 언제까지 나에게 시간을 내줄 수 있니?」 그가 곰곰이 생각을 한다. 그 역시도 개인의 생활이 있고 추구하는 기준이 있을 것이니, 그의 이야기가 듣고 싶었다. 어쩌면 이 순간이 마지막이 되지도 모를 발언이었다. 「아마 한 달 정도 함께 할 수 있을 것 같아.」 나의 출국일은 14일 정도 남아있었다. 「그래. 그럼 귀국 전까진 함께 할 수 있겠네.」 「응. 넌 프랑스에서 뭘

제일 해보고 싶니?」 나는 몇 분간 진지한 고민 끝에 대답했다. 「파리에 왔으니 파리 패션위크에도 가보고 싶고, 다프트펑크 콘서트에도 가보고 싶고 한번쯤은 사교클럽에도 참가해보고 싶어. 한국 차가 아닌 외국차로 드라이브도 해보고 싶고 음, 스페인에 히치하이킹으로 가보고 싶어.」 나는 초롱초롱한 눈빛으로 그를 바라보았다. 그가 대답이 없자 나는 다시 되물었다. 「우리 함께 스페인으로 떠나자! 히치하이킹으로 무전여행!」「스페인은 파리랑 너무 멀리 떨어져있어. 분명 많은 체력과 시간을 소모해야 돼.」「그래? 그럼 내일 당장 출발해서 스페인 국경만 넘어갔다 오는 건? 바르셀로나 정도면 괜찮지 않을까 싶은데.」 그는 내 열망을 눈치 챘는지 다른 방법을 모색했다. 「그럼 이 방법은 어때? 이곳에서 약 400킬로 떨어진 Nantes라는 곳으로 가자! 그곳은 나의 고향이거든. Nantes에 이동한 후 그곳을 기점으로

프랑스의 소도시들을 여행하는 거지. 그곳에 가면 오래된 내 친구들도 있고, 친척들도 있어서 여행하기엔 더 수월할거야.」 나는 그의 의견에 따르기로 하면서 이 대화를 끝으로 잠이 들었던 것 같다.

부엌에선 커피가 끓고 있다. 오래된 음악이 나직하게 흐르고, 폴과 아침을 즐기고 있다. 식빵 두 조각, 그것으로 내 배를 채울 수는 없었지만, 나는 파리에 왔으니 파리지앵이 되기로 했다. 하지만 오랜 세월 살아왔던 방식이 달라서 그런지 아침 만큼은 배를 두둑이 채우고 시작해야겠다는 생각이 든다. 내일 부턴 밥해서 먹을 것이라고 폴에게 말을 하니 어떻게 아침부터 밥을 먹을 수 있냐며 깜짝 놀란다. 아침 식사는 힘의 근원이라 설명해도 서양인들의 평범한 음식문화로는 끝내 그 이야기를 이해하지 못하는 듯했다. 그는 이해할 수 없다는 표정이다. 그 날 아침의 집안은 휑했다. 모두 우릴 남기고 외출했던 것이다. 나는 거의 공복에 그가 내려준 더블 에스프레소를 마시며 한적해 보이는 파리의 모습을 감상했다. 시간을 보내다가 평소대로 침실의 문을 열고 주변정리를 했다. 소파도 다시 접어놓고, 세면 백을 들고 욕실로 들어선다. 샤워를 개운하게 하고, 폴과 함께 파리의 시내로 나간다. 폴과 나는 주변에 전혀 신경 쓰지 않고 많은 사람이 모인 곳이나 괜찮은 볼거리가 있는 곳이라면 발걸음을 멈추고서 어느 것도 신경 쓰지 않고 편안하게 즐긴다. 대게 길거리의 악사들을 만나면 그 음악을 배경음악 삼아 잠시 의자에서 휴식을 취한다거나, 지하철의 통로에서 한 무리의 오케스트라를 만나면 소리에 민감하게 반

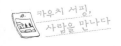

응을 하며 범상치 않는 춤을 추기도 했다. 파리의 시내는 그의 말대로 복잡했지만 서울보단 정돈된 느낌이 들었다. 인파의 흐름에 따라 맞춰 걸어가야 할 만큼 사람이 많은 곳도 많았다. 몽마르트언덕에 가기 위해서 1회권인 까르네를 살까 하다가 여러 번 충전해서 쓸 수 있는 나비고를 구입하였다. 파리의 지하철은 타보면 알겠지만 우리나라의 지하철과 다른 점이 있다면 역을 돌아다니는 잡상인 대신에 음악가들이 돌아다닌다는 것이 다르다. 그들은 몇 가지 곡을 준비해 곡이 끝나면 다음 칸으로 넘어가는 것 역시 우리나라와 별반 다를 바 없지만 그들은 그렇게 재능으로서 도움을 청하고 있었다. 그렇게 시간이 흘러 목적지에 도착 후 우리는 지상으로 나와 잠시 주변을 둘러보았다. 역 주변에는 하늘을 가릴만한 높은 건물을 찾아 볼 수 없었다. '이것도 파리의 매력인가' 하는 생각이 머릿속을 스쳐 지나갔다. 파리의 에펠탑을 기준으로 도로와 건물이 일정하게 뻗어나간 시내의 전경이 난개발로 도로와 건물이 어지럽게 얽힌 서울 시내와는 다른 느낌이었다. 대도시의 숨 막히는 빌딩숲에 있으면 하늘의 대부분이 가리는 곳이 많아서 하늘의 아름다운 풍경이나 따스한 햇살을 놓치는 것도 많고, 고층에서 누군가 멀리서 나를 감시하고 있는 듯한 느낌이 드는데, 이곳은 고층의 빌딩이 없고 대게 저층의 오래된 건물들이 많으니, 이런 모습이 파리의 또 다른 매력이 아닐까 싶다. 실제로 파리에선 3-4층 정도로 건물의 높이를 규제하고 있었다. 폴과 나는 매일 밤늦은 시간까지 파리의 구석구석을 돌아다니며 짤막한 불어를 몇 가지 배우며, 프랑스인과 눈을 마주치며 대화를 시도했다.

내 생애 가장 아름다운 일주일

나에겐 프랑스인들과 소통하고자 하는 강한 욕구가 있었다. 어느덧 시간이 흘러, 길다면 길고 짧다면 짧은 파리에서의 생활을 마치고 여행 속에서 또 다른 여행을 출발하기로 했다. 어쩌면 이런 것이 내가 진정으로 원했던 여행이었다. 계획도 없이 여행을 떠나고 길을 잃을 염려도 하지 않고 새로운 곳을 발견하고 새로운 사람을 만나고 새로운 나를 만나는 것, 여행을 떠나기 전 마음은 막막하고 막연하기 짝이 없지만 내 발길이 닿는 곳이 목적지 이자 도착지 이니 그저 하고 싶은 것 들을 하고, 마음가는대로 머물 수 있다는 것, 여행자라기보다는 내가 모르는 영역을 탐험하는 탐험가가 되는 것이다. 그렇게 끊임없이 낯선 장소를 찾아 떠나고, 새로운 사람과 소통하는 것이 역시

외로움을 달래는 현명한 방법 중 하나가 아닐까 하는 생각이 든다. Halbert 형제는 말을 안했을 뿐이지, 고향에 간다는 사실에 어린아이처럼 들떠서 마냥 좋아한다. 그들은 성인이 되어, 새로운 삶의 여행을 시작하며 고향 Nates를 떠나 파리에서 지내지만, 자기 자신이 누구이며 삶에서 어떤 것들을 배웠느냐 물었을 땐 Nantes는 그들의 뿌리나 마찬가지였다. 우린 몇 가지 짐을 가방에 담고서 아파트를 나섰다. 폴의 형 메튜와 아파트의 지하 주차장에 내려왔다. 평일의 아침 시간이라 모두가 출근했는지 주차장이 텅 비어 있지만, 그 와중에 군청색이 빛이 바랜 폭스바겐 중형차가 한 대 눈에 띈다. 얼마나 오래 되었는지 연식이 30년은 더 되 보인다. 메튜가 차안에 들어가 시동을 걸려고 하는데 시동이 걸리지 않는지 폴을 부르고, 그 역시 자주 있는 일인지 뒤로 가서 시동이 걸릴 때까지 차를 밀고 있다. 시동이 걸리자 모두 탑승해 어두컴컴한 지하 주차장을 빠져 나왔다. 자동차의 히터에 손을 대보지만 작동하지 않는다. 아마 우리나라였다면 이미 폐차시킬지 모르지만, 그들은 쓸 수 있는 물건이라면 별다른 이상 없이는 수명이 다할 때까지 쓰는 듯했다. 도로가로 나오니 대부분의 차 역시 기본 10~20년 이상의 연식은 되 보인다. 어디까지나 우리나라보다 강국이 이런 검소함을 갖고 있다는 것에 대해 의문보단 존경의 마음을 품지 않을 수 없었다. 우리나라는 미국 다음으로 대형차의 비율이 높은 나라 중에 하나이면서 5~10년을 넘기지 않고 마치 정해진 절차 마냥 새 차로 바꾸기 일수이다. 무엇이 잘못되고 무엇이 옳다고 단언 할 순 없지만 무엇보다도 이들의 방법이 더 합리적인 방법이라

생각이 들었다. 차에 탑승한지 한 시간이 지났지
만, 폴은 잠에 들지 못한 채 익숙한 길의 바깥풍
경만 바라본다. 아마도 오랜만에 어린 시절의 기
억을 추억하는 듯했다. 우리는 점심시간이 되고
서야 Halbert 형제의 부모님 집에 도착할 수 있었
다. 사실 폴의 가족들은 이미 나의 기억 속에 자
리 잡고 있었다. 그가 한국에 왔을 적에 사진으로

나마 Nantes의 풍경과 가족사진을 보여 준적이 있었다. 그 사진을 보면서 평화롭게 시간을 보내고 있는 그들의 모습은 나의 머릿속에 인상 깊게 자리 잡고 있었다. 정말 만날 줄은 몰랐지만 만나보재 생각을 하고 갈망하니 이렇게 이루어지나 싶었다. 사진이 잘 기억나지 않지만 구겨진 사진속의 그 공간이 확실해졌다.

모두 양 볼을 마주 대며 비주로 반가움을 표시하고 같이 점심을 먹기 위해 식탁으로 향했다. 실수를 반복하지 않기 위해 음식을 조금씩 덜어먹었다. Halbert 형제의 아버지께서 식사를 하시다가 부엌에 가서 술병 하나를 들고 나온다. 와인 병은 아닌 것 같은 것이 불그스름하다. 「이거 한번 마셔봐! Portu라는 건데, 와인이랑 큰 차이는 없지만 알코올이 와인보단 배가 세고 풍미가 깊어 귀한손님이 오면 내는 술이지.」 그는 애주가답게 다양한 종류의 술을 가지고 있으면서 독한 술을 즐기고 있었다. 「그럼 저도 한잔 마셔보겠습니다.」 잔에 따라 마셔보니 독한 맛에 입안이 알싸하지만 감칠맛이 입에 감기는 것이 맛이 더욱 좋다. 「자네가 이 술을 마음에 들어한다면 한 병 선물하고 싶구만.」 우리나라의 예의로서 적절한 거절을 하려고 했지만, 그동안 그런 거절들로 놓친 기회들이 많아 고마움을 표시하고 받기로 했다. 공짜로 얻을 순 없으니 「제가 한국식 마사지를 해 드릴게요.」 라는 제안을 하고, 식사를 마치고 어머니를 마사지 해드리기 위해 거실로 불렀다. 나는 어머니를 요가 매트에 눕히고서 그녀의 목 근육부터 다리 근육까지 경직된 근육을 풀기 위해 마사지를 하기 시작했다. 그녀는 마사지가 익숙하지 않은지 아프다고 자꾸 신호를 보내온다. 난 기술을 총동원해서 정성스레 안마를 해주었다. 어머니께서 받고 나서 호평을 하시니 아버지께서도 해달라며 반듯하게 눕는다. 온가족에게 한국식 마사지를 선물하자 어머니께선 프랑스의 요리를 가르쳐 주시겠다고 나섰다. 그리고 매끼마다 부엌에 가서 주방 일을 도우며 음식이 차려지는 과정을 지켜 볼 수 있게 허락해주셨다.

그녀는 한사람의 엄마이기도 하지만, 한사람의 할머니로서, 집에서 음식을 하는 한 남자의 아내로서 요리에 대해선 그 누구보다 남다른 실력을 갖고 있다는 걸 짐작 할 수 있었다. 아마 이곳에서 배워서 갈 수 있는 좋은 기술이자 기념품도 될 수 있을 거라 생각이 든 것이다. 그녀는 기회가 닿는 대로 나를 불러서 머릿속에서 적절한 영어 단어를 찾아서 하나하나 설명해주었다. 우린 때론 길거리에 나가 같이 장을 보며 요리에 필요한 재료를 함께 구매하며 그녀의 가르침을 적극적으로 배웠다. 그녀 역시도 그런 모습이 기특했는지 장을 보면서 몇 가지 향신료와 차를 사서 어떤 음식에 넣어야하고 어떻게 대접을 하는지 직접 설명도 해주시고 선물도 해주신다. 프랑스에 있는 동안 폴의 가족들에게 너무 누를 끼치는 건 아닌가 생각이 들기도 했지만 아마 그들 역시도 나의 여행을 존중해주고 응원해주어서 이런 호의를 베풀어 주시는것 같다.

#마흔 여섯

사람은 진심으로 통한다

폴과 기분 전환 겸, 정오 무렵부터 어머니에게 차를 빌려 드라이브를 하기로 했다. 그가 태어나고 자란 Nantes를 프랑스제 작은 소형차를 타고 추억의 장소와 동네 친구들을 만나기로 한 것이다. 오래된 음악 테이프를 차에 꽂아 놓고 음악을 틀며 좁은 운전석에 앉아 운전을 하는데 테이프에서 왠지 낯익은 멜로디가 흘러나오며 마음을 편안하게 한다. 주변은 온통 나무숲과 강물, 그리고 길게 뻗은 도로가 나있다. 겉으로 보기엔 우리나라의 교외 풍경과 비슷하기도 하지만 서로 분명히 다른 느낌이다. 폴이 커다란 나무 밑에 차를 주차한다.

그는 건너편의 집의 문을 두들겨 본다. 무엇을 하고 있는지 사람의 인기척이 느껴지지 않는다. 곧장 차 한 대가 들어오더니 폴과 그녀는 익숙한 듯 양 볼에 입맞춤을 한다. 그녀의 안내에 따라 그녀의 집에 들어서자, 계단을 빙 둘러 2층으로 올라가는 계단이 하나 보인다. 폴이 떠난 이후로 남편과 직접 설계하고 건축하였다는 집은 현대적인 세련미보다는 화려하지 않으면서도 오래된 원목과 돌, 흙으로 지어서 집안의 분위기가 편안하고 아늑하다. 벽면 한쪽에는 거친 물감을 소재로 한 미술작품들이 곳곳에 걸려있고 반대쪽 벽면에는 LP판, 오디오 테이프, 책들로 빼곡히 꽂힌 선반이 눈에 띈다. 벽난로도 빠지지 않는다.

인생을 살면서 한번쯤은 이런 공간을 배경으로 살 수 있다면 내 인생은 더욱 더 매력적이겠다라는 생각을 했다. 우린 소파에 앉아서 영국 스타일의 홍차와 그녀가 갓 구운 빵들을 집어 먹으며 기분 좋은 이야기를 나눴다. 「그녀는 지금 학교에서 영어를 가르쳐. 영국출신이고 프랑스 남자와 결혼했지.」 폴이 그녀를 소개했다. 옆에선 12살쯤 되어 보이는 토마스가 엄마에게 비디오 게임을 해도 되냐며 조른다. 모자의 대화를 들으면서 어찌나 발음이 또박또박 정확한지 마치 영어 듣기 시험을 보는 듯하다.

잠시 후 그녀가 물었다. 「폴은 언제까지 여행을 다닐 거니? 이제 프랑스로 들어오지 그래?」 「아직까진 프랑스에 들어올 생각은 없어. 내 자

de fleurs, ce qui ne laisse pas de nous impressionner,
ma mère et moi.

Consciente que les conditions que sa fille va endurer au
cours de l'année à venir, Maman en profite pour nous
offrir de bons moments et nous gâter : restaurants chics
bien plus variés que les végétariens dont nous avons
l'habitude, visite du palais sur le lac d'Udaipur, de la
cité fortifiée de Kumbhalgarh, et ses remparts de
36 kilomètres de longueur... là où la négociation appe-
lait de lourds et longs imprévus, nous avons le loisir,
dans ce mode de voyage plus aisé, de profiter, d'admi-
rer et de nous reposer.

Nous reposer, ceci dit, tant que les festivités de Diwali
ne reprennent pas le dessus : pétards, cris, klaxons
(j'avais dit que je n'en reparlerais pas... mais j'ai menti :
trop omniprésents dans le paysage indien !). La ville se
décore pour l'occasion de guirlandes, de lumières, et
les processions pour les différents temples drainent une
foule patiente et compacte quatre jours durant.

Ma mère nous raconte comment les rues, tout en gar-
dant le même esprit que trente ans auparavant, se sont
imprégnées de modernité : tout simplement dans les
monticules d'ordures, maintenant farcis de plastiques
que les vaches rechignent à manger, quoique pas tou-
jours, et plus localement avec les vendeurs ambulants
de DVD pirates ou d'accessoires pour téléphone porta-
ble. L'esprit est le même, mais la pression extérieure de
l'économie de marché tend à détruire les traditions, à
produire plus de ces jeunes Indiens illuminés tel celui
du train, qui, croyant avoir trouvé leur salut dans la
consommation et la technologie, se rassurent en pen-
sant qu'eux, au contraire des plus pauvres, ne ratent
pas le coche et vivent à l'heure de la globalisation.

Pas très rassurée sur les perspectives durables de ce
pays en ébullition, maman nous laisse à Udaipur d'où
elle reprend un train, en seconde cette fois-ci.

148

리로 돌아오게 되면 세상의 모든 것이 현실에 맞춰질 테니깐 말이야. 그건 틀림없는 진실이야. 그리고 난 이런 삶을 통해서 충분히 사랑과 행복을 느껴.」 그가 딱 잘라 말했다. 그녀 역시도 그의 이야길 듣고 안심이 되는 표정이다. 우린 창문 안으로 주황빛이 밀려들어올 때까지 이야기를 나눴다. 붉은 빛이 더욱 짙어질수록 집안은 더욱 아름답고 짙어졌다. 그녀의 집을 떠나기 전, 오랫동안 보지 못할 것을 예상하고 쉽게 떠나질 못한다. 그녀에게 언제인지 알 수 없다는 다음을 기억하고 차에 탑승했다. 그는 분명 여행을 하면서 얻는 즐거움이 더 큰 듯했다. 이렇게 좋은 사람들을 두고 그리워하며, 또 떠나는 것을 보면 그 역시 대단해 보인다. 우린 잠시 방향을 잃고 방황을 하다가 주변이 어둠에 깔려 어둑어둑 해졌을 때 쯤 다음 목적지에 도착할 수 있었다. 그곳은 언덕 빼기의 중턱에 있어서 그런지 나무가 빼곡하고 마치 드라큘라가 있을것 같은 커다란 대저택이다. 주변에는 인적이나 차량의 움직임조차 찾아볼 수 없어 마치 은밀한 마약파티라도 할 것 같은 음침한 분위기가 느껴졌다. 창밖으론 커다란 오디오의 볼륨이 밖에까지 흘러나온다.

벨을 누르니 한참 있다가 한 여자가 나온다. 그녀는 작은 체구에도 풍만한 가슴을 강조하는 탑을 입고 나와서 인지 시선이 한쪽으로 집중된다. 그녀가 폴을 한참 바라보더니 그를 격하게 반긴다. 그녈 따라 복도를 지나 방으로 들어가니 넓은 공간 안에 열댓 명의 인원이 서로 뒤엉켜 술을 마시며 이야기를 나누고 있다. 폴이 들어서자 그들은 대화를 중단하고 시선은 폴에게 집중시킨다. 그를 인지하고서 모두가 폴의 이름을 외치며 그를 반긴다. 역시 폴도 친구들과의 재회가 오랜만인지 격한 떨림을 느끼는 듯했다. 모두가 그의 유년기 시절의 친구들이었다. 그들의 표정은 마치 그동안 폴의 존재를 잊고 그의 공백조차 못 느끼다가 그의 존재를 이제 막 깨달은 듯했다. 7년이라는 시간이 흘렀으니 그럴 만도 하다. 모두가 폴의 등장에 한층 더 흥분이 된 듯하다. 그 많은 인원이 격렬하게 감정표현을 하니 공간이 너무나도 좁게 느껴졌다. 천장은 이미 그윽한 담배연기로 뿌옇다. 담배 냄새는 아닌 것이 조금은 더 순하고 쾌쾌한 냄새가 풍긴다. 아마 마

카우치 서핑,
사람을 만나다

리화나의 냄새인 듯했다. 그들에겐 자연스럽고 당연한 일상이었다. 어쨌든 그 자리에서 나 역시 폴 덕분에 주목을 받을 수 있었다. 한 친구가 내 옆에 조용히 앉는다. 그에게 말을 걸었더니 한동안 대답이 없다. 알고 보니 영어를 한마디도 할 줄을 모른다. 대부분의 친구들이 영어를 일절 못하니 자세한 이야기는 폴이 통역을 해준다. 한 친구는 한참동안을 다른 방에 다녀오더니 커다란 영어사전을 하나 챙겨온다. 그는 한참동안을 사전을 뒤져보더니 단어와 단어를 하나씩 엮어간다. 아마 그들도 외곽에 살다보니 동양인과 함께 자리를 하는 것이 신기한 듯 보였다. 잠시 후 방을 나서서 집 구경을 부탁하였다. 그 집은 3층짜리 오래된 대저택이었는데 친구들끼리 거주하다보니 건물 내부가 청결하지는 않았다. 우선 계단을 내려가 지하실에 내려갔다. 지하실은 음침한 기운이 도는 창고였는데 불을 켜보니 그곳은 각종공구며 물건들이 쌓여있고, 분리된 한 공간에는 DJ박스가 설치되어있다. 천장에는 사이키 조명과 클럽이라고 적은 조그마한 나무 간판이 인상적이다. 마치 프라이빗 클럽이라고 할까.

「이곳에선 가끔씩 파티를 열 곤해. 아무래도 시골이다 보니 나가서 놀만한데 가없잖아.」 대단한 준비성이었다. 폴과 나는 천천히 지하실을 둘러보았다. 그곳은 영락없는 클럽이었다. 이런 집이 실제로 존재하고 있을지는 정말 꿈에도 몰랐다. 그리고 그녀는 또 다른 장소로 우릴 안내한다. 전등에 스위치를 올리자 10평정도 되는 공간 안에 온갖 악기들이 전시되어 있다. 나는 악기와 그 방의 어떠한 연관성도

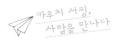
카우치 서핑,
사람을 만나다

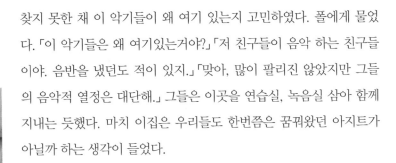

찾지 못한 채 이 악기들이 왜 여기 있는지 고민하였다. 폴에게 물었다. 「이 악기들은 왜 여기있는거야?」「저 친구들이 음악 하는 친구들이야. 음반을 냈던도 적이 있지.」「맞아, 많이 팔리진 않았지만 그들의 음악적 열정은 대단해.」 그들은 이곳을 연습실, 녹음실 삼아 함께 지내는 듯했다. 마치 이집은 우리들도 한번쯤은 꿈꿔왔던 아지트가 아닐까 하는 생각이 들었다.

그곳에서 꿈을 키우고 친구들과 즐거움과 슬픔을 함께 나누면서 때론 따분하고 지루할 때 언제든지 나가 외로운 밤을 친구들과 함께할 수 있는 공간처럼 말이다. 그들은 격리된 한 공간을 통해서 그들의 우정을 더욱 돈독히 하는 듯했다. 한참을 구경하고서야 집 구경을 겨우 맞췄다. 계단을 내려오다가 벽보하나가 유난히 눈에 띈다. 그들은 아무렇지 않게 내려가는데 가던 길을 멈추고 유심히 살펴보니 두 명의 남녀가 적나라하게 체위를 보여주고 있다. 대략 50가지는 되어 보이는데 어떻게 남녀가 함께 사는 곳에 이런 것까지 붙여놓았는지 내가 더 민망해 질 정도이다. 어찌됐든 다시 친구들이 모여 있는 방으로 들어왔다. 술파티를 할려고 하니 폴은 잠시 자신은 빠지겠다고 한다. 친구들이 술을 안 마신다고 불만을 토로한다. 폴은 여행을 다니면서 육류와 주류를 입에 대지 않은지 오래라 꺼려한다. 별수 없이 나 혼자서 그들과 함께 알코올 파티에 동참하기로 했다. 그리곤 한 시간이 지났을까, 그 후론 아무런 기억도 나지 않는다.

당신은 안녕한가요

Nantes에 도착한지 3일째 되는 날이다. 이 도시에 온지 얼마 되지 않았지만 Nantes의 공식적인 장소들은 두루 둘러본듯하다. 누군가 거실에서 TV를 보고 있는지 시끄러운 TV소리에 눈을 떴다. 졸린 눈을 부비며 거실로 나오자 아버지께서 TV의 소리를 줄이신다. TV에선 오케스트라의 연주가 준비 중이다. TV속의 지휘자의 지휘봉이 서서히 움직이기 시작하고 음악이 시작된다. 알레그레, 알레그레토, 안단테···. 시간이 흐를수록 긴장감은 더해지고 부드럽게 움직이던 지휘봉의 끝이 바빠졌다. 노여운 듯 지휘자의 표정역시 격해진다. 신이 들린 듯한 지휘봉의 움직임에 따라 바이올리니스트, 첼리스트들은 일제히 좌우로 손을 움직인다. 트럼펫 등 관련악기의 연주자들은

차분해 보이지만 그 연주가 힘들어 보인다. 심벌이 저 화면의 끝에서 박자를 맞추고 하프 연주자의 부드러운 손놀림이 더해지자 한층 음악에 활기가 더해진다. 점점 웅장해지는 그 위엄 속에 끝날 줄 모르고 계속된다. 이미 아버지는 그 음악에 혼을 뺏겨 버린 듯, 작은 TV 화면에서 눈을 떼지 못한다. 곧이어 폴도 무거운 눈꺼풀에 물만 묻히고서 "봉수아" 하며 칼칼한 목소리로 아침인사를 하고서 거실로 나온다. 나의 관심은 TV속의 오케스트라도 아니고 느지막하게 나온 폴도 아니다. 나는 호기심 어린 눈으로 선반위의 공예품들과 벽에 걸려있는 액자들을 자세히 관찰했다. 전체적으로 바다의 냄새를 물씬 풍기고 있다. 푸른색의 벽면과 목조로 만들어진 작은 범선부터, 배에서나 썼을 법한 옛 물건들까지 멀리서 봤을 땐 몰랐는데 자세히 보니 아름답다. 아버지가 벽난로위에 걸린 사진을 가리키며 그의 할아버지께선 해군이셨다며 오래된 초상화의 그림과 그가 수여받은 훈장을 가리킨다. 더욱이 놀라운 것은 그림속의 초상화에서 본 훈장이 작은 액

자에 그대로 보관되어 있으니 그저 놀라울 뿐이다. 그는 그 그림을 보면서 알아듣지 못하게 프랑스어로 이야기를 한다. 아마 옛이야기 인 듯했다.

반대편에선 폴이 삐걱거리는 의자에 앉더니 종이에 무언가를 큼지막하게 적는다. 그는 히치하이킹을 얻어 타기 위한 가장 쉬운 방법이라며 열심히 피켓위의 글씨를 부각시킨다. 지켜보는 나 역시 손이 근질근질하니 한손 거들었다. 우린 그렇게 경유할 곳들의 피켓을 모두 만들고서 여행에 필요할 몇 가지 양식들을 챙겨 집밖으로 나왔다. 밖은 추운 날씨였지만 마음만큼은 뜨거운 불덩이가 타오르는 듯했다. 아마 프랑스 한 바퀴도 거뜬히 돌아다닐 수 있을 것 같다. 그와 함께 아이팟으로 작게나마 산책을 즐기기엔 가벼운 재즈곡을 들으며 거리를 걷는다. 그 노래가 끝나갈 무렵 저 멀리서 차 한 대가 다가오고 있다. 우린 신이 나서 첫 번째 피켓을 들며 엄지손가락을 치켜들었다. 우린 차가운 바람으로 싸대기 한대를 얻어맞은 기분이다. 내 자신이 조금 한없이 비참해지고 초라해지는 기분이랄까? 그의 목소리가 거세지는 바람소리에 흩어져 버린다. 내가 상상했던 것보다 이곳은 더욱 허허벌판이다. 우린 허허벌판을 걷다보니 모든 행동을 좀 더 과장되게 했다. 어찌하면 좋을까 하다가, '이렇게 방황하다가 보면 하룻밤을 묵을 곳은 있겠지' 하며 폴과 나란히 걷는다. 아까 저 멀리서 보이던 그 길을 아직도 걷고 있다. 우린 아직도 집 주변을 벗어나지 못했다. 함께 걸으니 외로움이라도 덜하다. 우린 한없이 아스팔트 위를 걸으며,

함께 웃고 춤도 추며 허허 벌판의 공허함을 채우려 애쓴다. 잠시 후 지나가던 파란색상의 스포츠카가 멈춰 선다. 「가는 길까지 데려다줄 게요.」 나는 의자를 뒤로 젖혀 뒷좌석에 앉고 폴이 앞좌석에 앉는다. 스포츠카는 생소해서 근사해보이기도 하지만 튼튼해 보이는 것이 명품다웠다. 속도를 내어 달리니 성난 황소 같다. 폴과 그는 프랑스어로 이야기를 나눈다. 나는 못들은 척 유리창 너머를 바라본다. 그가 잠시 후 내게 질문을 해왔다. 「혹시 한국 분이세요?」 「네. 한국 사람이에요, 한국을 아세요?」 「그럼요, 부산에서 지낸 적이 있어서요.」 그가 으쓱한 표정으로 말한다. 그가 서울, 부산, 대구 하며 주요도시들을 나열한다. 그가 백미러로 내 눈을 쳐다보면서 오래된 기억들을 하나씩 들춰가면서 내게 말해준다. 나는 서서히 그의 이야기에 젖어 들어갔다.

「1990년 후반쯤이었는데 그때 나의 직업은 해군이었어요. 그중에 잠수함의 엔지니어였죠. 그때 잠수함을 타고서 부산하고 포항에 정박했던 기억이 나요. 그때 만났던 한국 엔지니어들은 잘 지내고 있는지 모르겠네요. 지금은 해군을 전역하고서 제가 타고 다니는 차의 회사에 엔지니어로 일하고 있어요. 어느덧 엔지니어로 일한지도 30년이 넘어 가네요.」 그는 그때 당시의 추억거리에 심취해서 한국에서 있었던 에피소드들을 들려준다. 「한국에서 2개월간 살았지만 그때 정말 새로운 것을 많이 보고 배웠어요. 해군에 들어가게 된 계기도 역시 여러 나라를 돌아다닐 수 있다는 조건 때문이었지요.」 그는 한동안 다녔던 나라들의 나열하며, 그 역시도 여행에 대한 구체적인 이야기를 털어 놓는다. 「어쩌면 여행지란 곳은 나의 일상과 영역에 동 떨어져 있는 곳이에요. 언젠간 다시 돌아 올 수 있지만, 그 곳을 떠나버리면 작은 세계는 서서히 잊혀 가거든요, 그래서 그곳에 가면 나는 모든 걱정을 두고 오는 편이에요. 과연 수백 시간 고민한다고 이래저래 궁리하던 걱정들이 해결되는 걸까요, 달라지는 것은 없으니 나 자신을 보완하고 전환하죠. 그러면 문제를 해결할 수 있는 새로운 영감을 제공할 테니까요.」 우리는 그 이야기에 대답하지 않고, 한참을 생각하며 숙연해졌다. 그에겐 어떠한 무거움의 무게추가 중심을 잃게 하여도 또 다른 무게추로 자신의 중심을 다잡을 것 같았다. 우린 금방 갈림길에 들어서 차를 멈춰 세운다. 그를 알기도 전에 헤어지는 것이 아쉽지만 그를 다 알진 못해도 그는 꽤나 매력적인 사람이라고 생각이 들었다. 어떤 길을 걷든지 얼마나 많은 돈을 벌지가 중요할지 몰라도 어떤 스승을 만나고 어떤 친구를 만나는 문제는 최우선의 사항인 듯했다. 지금 당장에는 잘 모를지라도 시간이 흐르다 보면 그 차이가 명확해 지지 않을까.

그가 급하게 떠나느라 사진 찍을 여유도 없이 가버렸다. 이 만남을 머릿속으로 만 기억해야 된다는 게 아쉬웠다. 우린 다시 도로가에서 피켓을 들고 차가 서주길 기다렸다. 지나가는 차들이 차례차례로 줄지어 지나간다. 잠시 후 눈앞에 구식의 폭스바겐 소형차 한 대가 선다. 20대의 남녀 3명이 섞여 타고 있었다. 소형차다 보니 뒷좌석에 장

정 셋이서 끼워 타니 먼저타고 있던 친구에게 미안한 마음이 들었다. 서로 인사를 나누고 그에게 좁아진 좌석에 대해 미안하다고 하니 괜찮다며 자신도 히치하이커라 말한다. 같은 여행자라고 하니 우린 조금 더 편해졌다. 아마 운전석 조수석에 앉은 남녀가 차 주인인 듯했다. 조수석에 자리 잡은 여자가 담배를 태우는데 마리화나 냄새가 진동을 한다. 딱히 캐묻진 않았지만 이미 엑스터시도 했다며 스스로 자랑을 한다. 말하지 않아도 그렇게 보였다. 운전석에 앉은 남자는 먹을 것도 챙겨주면서 이야기를 걸어준다. 그는 세 명이 모두 목적지가 같으니 함께 가는 것이 어떻냐고 제안을 한다. 우린 샘과 이야기를 해서 Rennes까지 함께 이동하기로 했다. 샘은 익숙한 듯 길을 안내한다. 「샘, 어떻게 그렇게 지리를 잘 알아요?」「전 이 동네에 살아요. 학교를 다른 동네에서 다녀서 집에 올 땐 항상 히치하이킹으로 집에 돌아오죠. 아마 집에 들어갈 때 히치하이킹으로 집에 가는 사람은 나밖에 없을 거에요.」「아냐, 전 세계에 단 한사람일수도 있어요, 매일 히치하이킹을 하는 거야. 뭐 다양한 이유일수 있지만 사람이 살다보면 비슷한 부류의 사람만 만나게 되잖아요. 살다보니깐 내 주변에 비슷비슷한 사람들만 있는 거에요. 그걸 극복할 수 있는 대안이었죠. 히치하이킹은 내가 애쓰지 않아도 쉽게 다양한 사람을 만날 수 있잖아요.」조금 전까지만 해도 장난을 치던 그가 진지하다. 별다른 이유 없이 그가 멋있어 보인다. 우린 아까 그 친구가 나누어준 바나나를 베어 물면서 이야기를 나눈다.

길거리에서 여행객을 도무지 찾아볼 수 없다. 마치 아무도 찾지 않는 곳만 찾아다니는 느낌이랄까, 거리의 한복판을 나란히 걷는 우리는 그 길이 길고도 지루했지만 우리가 걷는다는 것은 그저 단순한 발걸음이 아니라 이미 우리 존재를 표현하기 위한 발걸음이지 않을까? 붉은 빛이 저무는 도로가를 한참동안 걷다보니 이제야 Rennes의 시내로 들어갈 수 있는 문을 찾는 듯 하다. 주택단지가 보이고 앙증맞은 네모난 트램이 길거리를 돌아다니고 있다. Rennes는 작은 소도시만의 편안한 매력을 지니고 있는 듯했다. 지극히 소박하면서 단정된 느낌의 도시이다. 저녁이 가까워지자 모두가 허기가 지는지 말수가 급격히 줄었다. 모두가 걸으면서 무력감에 터벅터벅 걷는다.

「그럼 오늘 밤은 어디에서 잠을 자는 거에요? 하룻밤 묵을 데는 있는 거에요?」 샘이 살짝 웃으며 물었다. 우린 그동안 숙소에 대해 까맣게 잊고 있었다. 「아, 우린 아직 잠잘 곳을 구하지 못했어. 얼마 들고 왔어?」 폴이 말했다. 「나? 돈 한 푼도 가져 오지 않았는데? 우리 무전여행으로 다니기로 했잖아.」「그럼 정말 돈을 하나도 안 가져 온 거야? 비상금이라도 챙겨왔어야지.」 폴이 당황한 듯 웃는다. 잠시 말이 없던 샘이 다시 물었다. 「그럼 어떻게 하실 거에요? 아니면 일단 오늘은 누추하지만 저희 집에서 주무세요.」 그는 어린나이치곤 꽤나 생각도 성숙해 겸손한 구석도 가지고 있었다. 「그럼 오늘밤은 너희 집에서 신세 좀 져야겠다.」 나에겐 잠자리와 식량문제는 뒷전이었다. 어쩌면 이건 나의 편견일수도 있지만 여행자로서 배가 고프고 육신이 피로

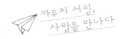
카우치 서핑,
사람을 만나다

하다는 것은 어쩌면 당연한 일이다. 그래야지 다가오는 인연에도, 음식한가지에도 감사할 줄 알고 여행을 통해서 만들어진 관계 속에서도 조금 더 친밀하게 다가갈 수 있기 때문이다. 만약 여행자가 배부르고 몸이 편하다면 여행을 다니면서 느낄 수 있는 외로움과 고독 그리고 여행을 통해서만 느낄 수 있는 것들을 직시할 수 있을까?

여행은 욕심을 버려야 비로소 여행다운 여행을 느낄 수 있다고 생각한다. 샘의 집에 들어서자마자 마치 약속이라도 한 듯이 비가 주룩주룩 쏟아진다. 이 비바람을 맞았더라면 지루한 감기에 걸릴 수 있겠다 하며 몸이 오글아 들었다. 그를 만나게 된 건 정말 행운이었구나, 하며 감사하게 그의 집에서 유난히 운치 있는 하룻밤을 묵었다. 차가운 비바람이 몰아치지만 집에서 느껴지는 포근함과 온기는 한나절을 꼬박 달려온 보람을 느끼게 해주었다.

Who am I

아침이 되니 하늘은 더욱 청명해졌다. 여행 중 묵었던 집 중에 정말 내 집처럼 편안하고 이곳에서 살면 좋겠다는 집이 몇 있는데 샘이 사는 조그마한 동네가 그렇다. 폴과 나는 또 부지런히 짐을 챙겨서 길 위로 다시 나왔다. 폴은 전날 밤 카우치서핑 요청을 보내느라 밤늦게 잤다. 그래서인지 눈도 붓고 유난히 피곤해 보였다. 우리는 파리에서 사왔던 쌀로 밥을 지어 도시락을 싸들고 왔다. 우린 또 어디론가 이어져있을 길을 따라서 걷는다. 내가 만나는 모든 사람은 나를 낯선 이방인으로 대한다. 나는 이방인이라는 이유하나만으로 그들에게 편하게 길을 물을 수도 있고 그들의 따뜻한 배려와 도움도 받을 수 있다. 우린 그 이후로 정확히 열 번의 히치하이킹 이후에 몽생미셸

(Mont saint Michel)에 도착할 수 있었다. 그곳은 세상과는 독립적인 공간 같았다. 프랑스의 서북부의 끝에 자리 잡고 있으면서 화강암질의 바위산위에 우뚝 서있는 성이다. 수도원이라는데 옛날에는 혁명군의 감옥으로 사용되었다가 다시 수도생활을 행한다는데, 무려 800년 동안 성을 지었다고 하니 그 규모나 그 연식에 감탄을 한다. 밀물이 되면 길을 빼놓고 바다에 떠있는 요새 같아 보여 더욱 더 고립된 느낌이다. 폴과 나는 잔잔한 수평선을 응시하며 별말 없이 걸어 올라갔다. 성문을 통과해서 성을 타고 올라가니 유난히 일본인 관광객들이 많다. 우린 널찍한 돌이 깔린 성의 외곽에 자리를 펴고서 도시락을 까먹었다. 주위를 한번 둘러보자 한결 여유가 생긴다. 푸른빛을 머금은 바닷물은 조용히 춤을 추듯 출렁거린다. 이곳에서 내려다보는 것만으로도 가슴이 설렌다. 지나간 과거를 되새겨 보면서 이 공간 속에서 얼마나 많은 사람들이 세상과 등진 채 외로이 살았을까 하며 머릿속에 생각이 많아진다. 한동안 우리는 성위에서 이야기를 하며 풍경을 감상하며 시간을 보낸다.

시간이 늘어지다 보니 조금은 지루해진다. 우린 들고 있던 카메라로 마치 작품을 만들어 내듯이 심오하게 사진을 찍어낸다. 마치 내 마음의 한 부분을 표현하듯이 조금은 서투르지만 몽생미셸이라는 공간이 강한 개성을 가지고 있어 어느 곳을 찍든지 작품이 된다. 우린 그렇게 시간을 보내다가 어두워지기 전에 성에서 내려와 근처 도심가로 이동하였다. 폴이 마치 약속이라도 있듯이 발걸음을 재촉한다. 그는

거리에서 줄선 집들 중에 독특하게 생긴 집에 벨을 누른다. 그가 아마 새로운 호스트를 섭외했나 싶었지만 집안은 음악과 술, 그리고 사람들로 가득한 파티장이었다.

우린 그곳에서 인사만 간단히 나누고 마치 물 만난 고기마냥 춤을 추기 시작했다. 폴은 만약 여행을 안다녔다면 백댄서를 했을 정도로 뛰어난 춤꾼이었다. 폴에게 물었다. 「폴, 이곳을 어떻게 알아낸 거야?」

혼자라는 것 고독하다는 것 외롭다는 것
그만큼 자유롭다는 것인데 우린 외롭다고
고독하다고 혼자라고 자기 자신을 처량하게 만든다.

「카우치서핑 게시판에 올라와 있더라고. 여행이란 게 이런 거 아니겠
어?」 우린 금방 떠들면서 농담도 주고받는다. 잠시 쉬기로 했다. 주변
을 어슬렁거리며 지나가는 친구와 통성명만하고서 오랫동안 알았던
사이처럼 이야기를 나눈다. 이런 간단한 인사도 서로의 모습을 숨기
지 않고 적극적으로 자기 모습을 드러내 보이는 게 좋아 보인다. 잠
시 후 아까 한 친구가 우리보고 자기 집에서 와서 자겠냐고 물었다며
폴이 나의 의견을 묻는다. 나는 두 번 생각할 것도 없이 그의 제안에
동의하고 폴, 그리고 그녀와 파티 장을 빠져나왔다.

「한잔 더할까요?」「전 지금도 충분히 흥이 나는 데요?」「그렇다고 혼

자 마실 순 없죠. 폴은 마시지 않는다고 하니 우리 집에서 제일 좋은 샴페인을 내놓을 테니 그냥 같이 마셔요.」 그녀의 집에 도착하자마자 벽난로에 불을 집혔다. 잠시 후 나무가 탁탁 소리를 내며 느낌 있게 활활 타오른다. 마치 운치 좋은 별장에 따라 온 듯한 기분이었다. 차가운 겨울 밤하늘 별들이 또렷또렷하게 매달려 있다. 집주변을 한 바퀴 돌아보는데 청아한 밤공기를 즐기며 밤하늘에 눈을 뗄 수가 없다. 그녀가 소파 뒤에 있는 와인 창고 실에서 모엣샹동 한 병 꺼내더니 나를 부른다. 금장장식을 한 모습이 참 고급스럽다. 폴은 술을 하지 않으니 나는 모닥불 앞에서 치즈와 마른 햄을 안주삼아 한잔씩 주거니 받거니 하며 그날 밤을 만끽했다. 중간 중간에 나오는 하품을 참았지만 술만 먹으면 졸린 나는 결국 그들에게 말하고 그녀에게 안내를 받아 2층에 있는 게스트 룸으로 들어왔다.

2층의 게스트 룸은 마치 호텔방을 방불케 했다. 푹신한 침대 매트릭스에 하얗고 포근한 침대에 몸을 맡긴 순간 그동안 모든 피로가 날아간 듯했다. 천장에는 통유리가 박혀있어서 통유리 너머로 드넓은 밤하늘이 한눈에 들어온다. 수많은 별들이 무언가를 속삭이는 듯하다. 밤하늘도 매력적이지만 이곳에 누워 후드득 떨어지는 빗소릴 들으면 얼마나 짜릿할까 기대감에 신이 난다. 나는 두 눈이 말똥말똥 부릅뜬 채 별들의 매혹적인 향연에 정신을 쏙 빼놓았다. 겨울의 밤하늘은 더욱 짙고 푸르러 보였다. 겨울의 짙은 밤하늘을 바라보며 마음이 평온해지며 어느 사이 나는 잠에 빠진다.

Bonsoir

아침 일찍, 한줄기의 햇살이 따스한 기운과 함께 평화롭게 잠든 나를 깨운다. 이 모든 것이 마치 꿈만 같다. 마치 꿈을 꾼 다음에는 한편의 꿈속의 일들이 현실처럼 다가오지만 졸린 눈을 부비며 다시 일상에 돌아왔을 때, 다시는 만나지 못할 기억 처럼 멀어진다. 아직까진 나는 꿈을 그리고 있다. 햇볕에 잘 말린 보송보송한 하얀색 솜이불 속에서 몸을 부비며 나태하게 아침을 즐겼다. 사소함 속에서 느끼는 행복이다. 나무계단을 타고 조심히 내려오자 소파의 한편에는 고양이 한 마리가 자리 잡고 눈을 껌뻑거린다. 잠시 후 폴과 그녀가 계단을 함께 내려온다. 그들은 어제보다 조금 더 다정해보인다. "봉수아" 아침 인사를 주고받고 그녀와 함께 아침에 갓 구워진 바게트를 사러 나

간다. 더없이 한가로운 아침 골목길에선 벌써부터 달콤한 빵 냄새가 빵집이 멀지 않다는 것을 알려주는 듯했다. 낮은 돌담벼락 사이로 작은 고양이 새끼 한 마리가 마주 가는 우릴 말똥말똥 바라보고 있다. 작은 시골마을이라서 그런지 지나가며 그녀에게 안부를 전하는 모습이 정답다. 마을의 중심엔 낡고 오래된 수백 년 된 교회가 서있고 돌을 쌓아 만든 우물도 보인다. 오래된 프랑스의 중세시대를 걷는 느낌이다. 길을 가다 만난 사람마다 뻣뻣해 보이는 바게트 빵을 들고 지나간다. 신선한 아침의 발걸음이 더 가볍다. 여행은 사소한 것 하나하나까지도 정말이지 행복하게 만들어준다. 그동안 길고도 긴 여정이었지만 이 기억만큼은 오래오래 간직하고 싶다. 또 해가지고, 며칠 밤이 흐르면 아쉬운 마음으로 제자리에 돌아와 있겠지만, 오래도록 사라지지 않을 나만의 기억이기에 길에서 소중한 사람을 만나고, 귀중한 기억을 만들었다고 말할 수 있을 것이다. 어느 때와 다를 것 없는 날이지만 오늘따라 유난히 발걸음이 가볍다.

언어만으론
전달될 수 없는 것들이 있다.

카우치 서핑,
사람을 만나다

멋진 여행가는 꿈을 꾸는 씨앗과 같다.

산들거리는 바람을 타고 다니며, 연꽃씨앗처럼 시냇물을 타고 다니기도 하며, 가끔은 지나가는 강아지 털에 붙어 모험하기를 좋아한다.

모험을 하며 한치 앞을 볼 수 없는 안개를 만나 길을 해매기도 하지만, 영하 16도 동장군의 입김에 벌벌 떨다가도 가슴 따뜻한 햇살 선생을 만나면 꽁꽁 언 마음을 녹인다.

마음을 촉촉하게 적셔주는 빗물을 만날 때엔 싹을 틔우며 남들에게 멋진 그늘을 만들어 주는 튼튼한 거송이 되리라 다짐한다.

카우치서핑이 무엇인지 아는 사람도 있겠지만, 궁금해 하는 독자들이 많을 것이다. 필자도 전국여행을 다닐 때에 외국인 친구를 통해 접하였지만, 이는 처음 들었을 땐 전대미문의 획기적인 발상이었다. 쉽게 말하자면 여행가, 모험가, 평생 학습자의 비영리 글로벌 네트워크입니다. 이는 프로필을 작성한 후에 거의 모든 세계를 대상으로 자신이 원하는 곳의 호스트를 서치하는 방식으로 전 세계 수 백 만 명의 사람들과 소통하고, 현지인들의 도움을 받아 무료숙박을 해결할 수 있는 기회를 제공한다. 운이 좋다면 가이드까지도 얻을 수 있고 그들과 그룹을 형성하여 사교적인 모임을 통해 국제적인 네트워크를 구축할 수도 있고 교육적인 교제를 창조할 수 있다.(www.couchsurfing.org)

카우치 서핑은 보스턴의 케이지 펜튼이라는 남자가 1999년 당시 아이슬랜드로 여행을 가기 전에 1500명의 아이슬랜드 대학생들에게 자신을 소개하고, 숙박할 수 있는 여유 공간을 제공할 의향이 있는지 메일을 보냈는데 50여 통의 재워줄 수 있다는 답장을 받게 됨으로써 시작되었다. 그는 여행을 다니면서 인간중심의 여행의 실현에 대한 많은 프로젝트 제안을 받으면서, 보스턴으로 돌아온 케이지 펜튼이 자신의 친구들과 함께 프로젝트를 구체화 하였다.

How to use CS

먼저 회원가입 이후에 프로필을 작성합니다. 프로필에는 자신의 생각이나, 관심 및 취미, 여행경험, 자신의 성향을 자세하고 정직하게 기재합니다. 자신이 카우치서퍼이든지 호스트인지 프로필을 신중하게 기재하는 것은 당신이 조금 더 긍정적인 경험을 하는데 도움을 줄 것입니다.(홈페이지…Sign up)

Useful Tip

카우치서퍼나 호스트로서 가장 중요한 것은 열린 마음으로 다양성을 인정할 수 있는 마음입니다. 97000개의 도시에서 366개의 언어를 사용하는 카우치서퍼들은 다른 언어를 쓰는 것 뿐 아니라 발상 자체도 다르기 때문에 그들의 발상을 존중하고 유익한 것을 배우려 한다면 나 자신이 세상으로 영역을 넓혀 가는데 도움이 될 것입니다.

지역사회의 정기적인 모임에 참여할 수 있습니다. 대게 각 도시마다 각자의 그룹 커뮤니티를 형성하고 있어, 사교적인 모임이나 대소규모의 개인 파티, 그리고 지역에 대한 정보도 확인 할 수 있습니다.

(홈페이지…로그인…검색(회원, 활동, 공동체)▢ or 그룹검색▢)

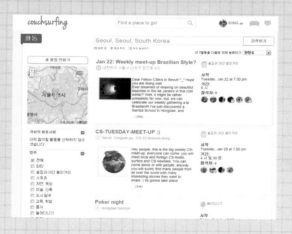

꼭 숙박의 목적이 아닙니다. 서로의 요구에 맞춰서 언어적인 교환을 위해서 혹은 라이프 스타일을 공유하기 위해서, 지역사회의 정보를 얻기 위해서 만남을 갖을 수도 있고, 조언을 위한 채팅을 할 수도 있습니다.

안전에 대한 문제는 (Reference)를 참
조하면 도움을 얻을 수 있습니다.
Reference는 직접 그들을 만난 사람의
주관적인 평가로 그들을 식별하는데
도움이 됩니다. 평가는 공개적여서
부정적이고 중립적인 평가라고 해서
프로필에서 제거되지 않습니다. 이는 호스트나 서퍼의 선택에 있어 중요한 선
택의 잣대가 될 수 있습니다.(홈페이지⋯로그인⋯프로필⋯Reference)

Facebook과 카우치서핑을 연동시킵니
다. 그렇다면 방문도시에서 호스트 또
는 서퍼들과 함께 만났던 안면이 있는
친구들을 쉽게 찾을 수 있도록 도와줍
니다. 그렇다면 이들과 좀 더 돈독한
관계를 만들어 갈수 있습니다.

(홈페이지⋯Sign up⋯Connect with facebook)

호스팅에 대한 팁

서퍼가 집에 와서 사용할 수 있는 영역을 정해주거나 기본적인 집안의 규칙을
명시해 주면 서로 충돌이 일어나거나 감정적인 소비가 줄어들 수 있습니다.
(홈페이지…Sign up…지역 검색…보증된 사람 ☐언어☐ 흡연여부 ☐애완동물허용 ☐휠체
어진입가능 ☐성별 ☐)

가끔 장기체류를 원하는 서퍼들에게 부담이 된다면 소액의 금액을 청구하기도
합니다. 실제로 일주일 이상 체류 했을 때 기본적인 소모품이나 식재료 값만
지불하는 서퍼들도 있습니다. 이는 모두 상호 합의에 의해서 이루어 집니다.

서퍼에 대한 팁

비영리단체이니 무료로 거처를 제공하는 기회를 주지만 단순히 더 적은 돈으
로 여행을 하고 무료로 편의 시설을 제공받는 것이 목적이 아니기에 소정의
선물을 하는 것이 좋습니다. 예를 들어 자기 문화만의 특별한 선물을 준다거
나 맥주를 대접하든지 직접 요리를 해서 식사를 대접하는 것도 서로의 문화에
대해 더 잘 이해할 수 있는 계기가 됩니다.

자신이 방문할 지역의 그룹 커뮤니티에 방문일정이나 그 지역의 향후 활동의

목록을 기재 한다면 굳이 Request를 하지 않아도 쉽게 자신을 노출할 수 있어서, 호스트들에게 쉽게 접근할 수 있습니다.

(홈페이지⋯로그인⋯나의 여행 계획 올리기)

카우치서핑 경험이나 영감이 부족하다면 서퍼를 초대해서 커피 한잔하면서 직접 카우치서핑에 대한 프로필수정을 부탁하거나 그들의 카우치서핑 경험을 듣는다면 서퍼가 되는 것에 있어 두려움을 덜 수 있습니다.

홈페이지에서 방문한 지역에 여행하고 있는 여행자들의 목록을 확인할 수 있습니다. 그들과 시간을 맞춰 커피 한잔 또는 산책을 하면서 여행에 대한 정보를 공유한다면 카우치서핑을 최대한 활용하는 좋은 방법일 수 있습니다.

(홈페이지⋯로그인⋯지역검색⋯만날 여행객□)

카우치 서핑, 사람을 만나다

1쇄 인쇄	|	2013년 05월 01일
1쇄 발행	|	2013년 05월 08일
글 · 사진	|	송우진
펴낸이	|	고봉석
펴낸곳	|	이서원
교정 · 교열	|	윤희경
표지디자인	|	이진이 / 고우정
편집디자인	|	이경숙
일러스트레이션	|	설민기
주소	|	서울시 서초구 신반포로 43길 23-10 서광빌딩 3층
전화	|	02-3444-9522
팩스	|	02-6499-1025
전자우편	|	books2030@naver.com
출판등록	|	2006년 6월 2일 제22-2935호
ISBN	|	978-89-97714-15-5 03810
값	|	13,800원